O AZUL ENTRE O CÉU E A ÁGUA

SUSAN ABULHAWA

O AZUL ENTRE O CÉU E A ÁGUA

Tradução
Jeane D. Clark

2ª edição

Rio de Janeiro | 2025

The Blue Between the Sky and Water © by Susan Abulhawa, 2015

Título original: *The Blue Between the Sky and Water*

Capa: Angelo Allevato Bottino

Texto revisado segundo o novo
Acordo Ortográfico da Língua Portuguesa

2025
Impresso no Brasil
Printed in Brazil

CIP-BRASIL. CATALOGAÇÃO NA PUBLICAÇÃO
SINDICATO NACIONAL DOS EDITORES DE LIVROS, RJ

A151a

Abulhawa, Susan, 1970–
  O azul entre o céu e a água / Susan Abulhawa; tradução de Jeane D. Clark. - 2ª ed. - Rio de Janeiro: Bertrand Brasil, 2025.
  322 p. ; 23 cm.

  Tradução de: The blue between sky and water
  ISBN 978-85-286-2227-0

  1. Ficção árabe. I. Clark, Jeane D. II. Título.

17-43553

CDD: 892.73
CDU: 821.411.21-31

Todos os direitos reservados pela:
EDITORA BERTRAND BRASIL LTDA.
Rua Argentina, 171 – 3º andar – São Cristóvão
20921-380 – Rio de Janeiro – RJ
Tel.: (21) 2585-2000

Não é permitida a reprodução total ou parcial desta obra, por quaisquer meios, sem a prévia autorização por escrito da Editora.

Atendimento e venda direta ao leitor:
sac@record.com.br

Para Natalie: minha filha, minha amiga e minha professora.

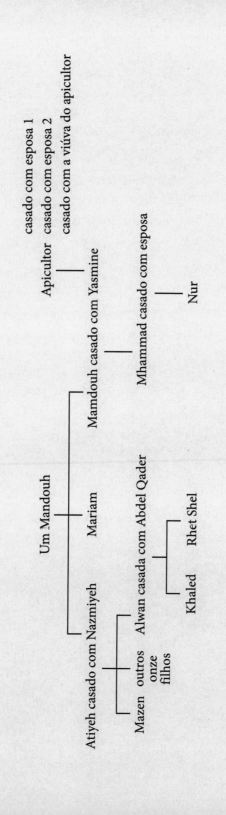

No final dos anos 1970 e nos anos 1980, Israel apoiou a ascensão de um movimento islâmico na Palestina, que passaria a ser conhecido como o Hamas e serviria para contrabalançar o partido Fatah, de Yasser Arafat — um movimento de resistência revolucionária secular, nos mesmos moldes de insurreições guerrilheiras de outras partes do mundo ao longo da Guerra Fria. Após o Acordo de Oslo em 1993, assinado por Israel e pela Organização para a Libertação da Palestina (OLP), teve início um interminável "Processo de Paz", e o Hamas se tornou a principal organização de resistência palestina contra a ocupação militar de Israel e a repressão constante das aspirações de autonomia do povo nativo da região. Depois de duas décadas de negociações fracassadas, durante as quais houve grande expansão de assentamentos exclusivamente judaicos em terras palestinas confiscadas e o estabelecimento de um sistema de *apartheid* nos territórios ocupados, os palestinos se revoltaram e fizeram eleições para a escolha de uma nova liderança. Em 2006, integrantes do Hamas obtiveram a maioria dos assentos na Autoridade Palestina, em pleitos considerados justos e transparentes. Israel e os Estados Unidos, porém, não ficaram satisfeitos com o resultado das eleições e tentaram derrubar a nova liderança. Enquanto o Fatah manteve o controle da Cisjordânia, o Hamas o fez em Gaza. Sem conseguir expulsar o Hamas, Israel isolou a minúscula faixa de terra mediterrânea, transformando-a na maior prisão a céu aberto do mundo. Documentos tornados públicos, obtidos anos depois, revelaram a precisão arrepiante com que Israel calculou a ingestão de calorias de 1,8 milhão de palestinos em Gaza para que ficassem famintos, porém não morressem de fome.

Khaled

"A ideia é obrigar os palestinos a fazerem dieta."

— Dov Weisglass

De tudo o que desapareceu, o que mais me fez falta mesmo foi o Kinder Ovo. Quando os muros se fecharam ao redor de Gaza e as conversas dos adultos foram ficando cada vez mais coléricas e tristes, senti a gravidade do nosso cerco pela quantidade cada vez menor daqueles delicados ovos de chocolate envoltos em papel laminado colorido e recheados de brinquedinhos-surpresa nas prateleiras das lojas. Quando ele sumiu de vez e o metal enferrujado das prateleiras refletiu o meu olhar vazio, percebi que aquele chocolate coloria o mundo. Sem ele, as nossas vidas ficaram cor de sépia metálico e, depois, desbotaram, adquirindo um tom preto e branco, como o mundo costumava ser nos antigos filmes egípcios, na época em que minha teta Nazmiyeh era a garota mais ousada de Beit Daras.

Mesmo depois que os túneis foram escavados sob a fronteira entre Gaza e o Egito para contrabandear os itens de necessidade básica, continuou difícil encontrar Kinder Ovo.

Vivi na época desses túneis, uma rede de artérias e veias subterrâneas com um sistema de cordas, alavancas e roldanas que bombeava comidas, fraldas, combustível, remédios, baterias, fitas cassete, absorventes para a mamãe, lápis de cera para a Rhet Shel e tudo o que se possa imaginar que a gente conseguia comprar dos egípcios 24 horas por dia, sete dias por semana.

Como os túneis acabaram com os planos de Israel de obrigar a gente a fazer dieta, eles os bombardearam, e muitas pessoas morreram. Então, cavamos outros, maiores, mais profundos e longos. Aí eles bombardearam a gente de novo, matando mais pessoas ainda. Só que os túneis continuaram ali, como um sistema vascular vital.

Uma vez, Israel convenceu os Estados Unidos e o Egito a construírem um muro de aço subterrâneo impenetrável ao longo da fronteira de Rafah para interditar os túneis. As pessoas ficaram observando tudo com binóculos, das colinas arenosas de Rafah, rindo durante um mês, enquanto o Batalhão de Engenharia do Exército dos Estados Unidos trabalhava. Os americanos viam a gente e, apesar de terem ido embora com o mesmo desinteresse de quando chegaram, tínhamos certeza de que as nossas risadas, ecoando pela fronteira, os haviam irritado. Assim que partiram, os nossos rapazes começaram a perfurar os muros com maçaricos, abrindo caminho pelo metal que pretendia arrasar a nossa subsistência. Eles acabaram se tornando um presente, pois tinham sido feitos com um aço de primeira que pudemos reciclar e usar em outras coisas.

Nós, acostumados a sermos perdedores, ganhamos daquela vez. Tínhamos passado a perna em Israel, no Egito e nos poderosos Estados Unidos. Durante algum tempo, Gaza virou uma grande festa. Os nossos jornais publicaram tiras cômicas com Mubarak, Bush e Netanyahu coçando as cabeças e os traseiros, enquanto a gente gargalhava nas colinas de Rafah, levando o que tinha feito com todo aquele ótimo aço: peças de carro, brinquedos, vigas de construção e foguetes.

Minha teta Nazmiyeh chegou a comentar:

— Que Alá nos proteja e tenha piedade de nós. Toda essa alegria e animação em Gaza vão acabar provocando um derramamento de sangue e trazendo dor de cabeça. A luz sempre lança sombras. — Ela devia estar pensando em Mariam.

Não muito tempo depois, entrei na quietude daquele azul do lugar sem tempo, onde podia absorver toda a seiva da vida e deixar que fluísse por mim como um rio.

Daí Nur chegou, com a boca cheia de palavras árabes, cortadas e lixadas no final com a pronúncia enrolada de uma estrangeira. Chegou com todo aquele entusiasmo idealista americano, que se acha capaz de resgatar pessoas destroçadas como eu e sanar lugares repletos de feridas como Gaza. Porém, ela estava ainda mais despedaçada que todos nós.

E todas as noites, quando Nur punha a minha irmã Rhet Shel para dormir, teta Nazmiyeh colocava o céu no lugar e mamãe bordava as estrelas e a lua *nele. De manhã, assim que Rhet Shel acordava, ela pendurava o sol. Era assim na época em que Nur voltou.*

Aquelas eram as mulheres da minha vida, as cantigas da minha alma. Tinham perdido, de um jeito ou de outro, os homens que amavam, exceto eu. Fiquei o máximo que pude.

I

Enquanto a nossa história divagava pelas colinas, refestelando-se em dias rústicos, o rio Suqreir fluía por Beit Daras

UM

*Mariam, a minha tia-*khalto *por parte de mãe, visualizava cores e as classificava. Duas gerações depois, recebi o nome do amigo imaginário dela. Mas talvez não fosse apenas imaginação. Talvez ele fosse realmente eu. Porque nos encontramos no rio hoje em dia e ensino Mariam a ler e a escrever.*

Aldeia das aldeias, cercada de jardins e oliveiras e margeada ao norte por um lago, Beit Daras ficava na rota de correio entre Cairo e Damasco, no século XIII. Orgulhava-se de ter um caravançarai, uma antiga estalagem à beira da estrada que atendia ao constante fluxo de viajantes que transitavam pelas rotas comerciais da Ásia, do norte da África e do sudeste da Europa. Os mamelucos o criaram em 1325 d.C., quando dominavam a Palestina, e, por muitos séculos, o caravançarai ficou conhecido pelos aldeões como el-Khan. Com vista para Beit Daras, havia um castelo em ruínas construído pelos cruzados no início do século XII que, por sua vez, estava situado em uma cidadela erguida havia mais de um milênio por Alexandre, o Grande. Outrora ponto de parada para os poderosos, ele fora reduzido a escombros, e o que restara perdurava fragilmente, preservando a totalidade do tempo e virando palco de brincadeiras de crianças e de escapulida de jovens casais que desejavam fugir dos olhares vigilantes.

Um rio, transbordando de um sortimento divino de peixes e de flora, corria por Beit Daras, trazendo bênçãos e despejando os dejetos, os sonhos, as fofocas, as orações e as histórias da aldeia até o mar Mediterrâneo, no norte de Gaza. A água que fluía pelas rochas cantarolava segredos da terra, e o tempo serpenteava ao ritmo de vidas que rastejavam, saltitavam, zumbiam e esvoaçavam.

Quando Mariam tinha 5 anos, roubou o *kohl* de olho da irmã, Nazmiyeh, e o usou para escrever uma prece em uma folha, que em seguida jogou no rio de Beit Daras. Era uma oração pedindo não só um lápis de verdade, mas também permissão para entrar no prédio onde se entra quando se tem um. Não passava de uma série de rabiscos, claro, apesar da presença de uma escola de ensino fundamental com duas salas e quatro professores, pagos com arrecadações mensais entre os aldeões. Ela se limitava a observar o irmão e os outros alunos de farda, cada qual carregando um lápis — verdadeiros símbolos de status — e mochilas de livros nas costas enquanto subiam a colina até aquele lugar encantado com duas salas, quatro professores e muitos lápis.

No fim das contas, Mariam não precisou da escola para aprender, só de papel e lápis. Criou um amigo imaginário, Khaled, que a esperava todos os dias às margens do rio de Beit Daras para ensiná-la a ler e a escrever.

A cor do rio era um mistério para Mariam, que se sentava à margem contemplando a aparente ausência de cor, o empréstimo que ele fazia dos matizes ao redor. Nos dias de sol, o rio irradiava um azul-claro como o céu. Na primavera, quando o mundo ficava especialmente verde, ele também tomava essa cor. Em certas ocasiões, tornava-se translúcido e, em outras, turvo ou lamacento. Ela se perguntava como aquela água podia absorver tantas cores enquanto o oceano se mantinha sempre azul esverdeado, exceto à noite, quando a pureza do negro cobria tudo para a hora de dormir.

Depois de muito refletir, a jovem Mariam concluiu que somente algumas coisas mudavam de cor. Percebeu também, desde cedo, que sua visão era totalmente diferente da dos outros. As pessoas mudavam de cor conforme seus estados de ânimo; não obstante, a irmã Nazmiyeh dizia que só Mariam enxergava essas nuances. Tons de azul costumavam impregnar as pessoas quando oravam, embora nem sempre. As expressões faciais dos indivíduos tampouco combinavam sempre com as cores. As auras brancas pareciam malignas, e muita gente as apresentava até mesmo ao sorrir. Os tons de amarelo e azul demonstravam sinceridade e contentamento. O preto era o mais puro de todos, a aura dos bebês, de extrema bondade e força.

As flores e as frutas apresentavam matizes distintos, dependendo da estação, como as árvores. E também a tez dos braços de Mariam, que ia de bronzeada a superbronzeada no verão. Porém, os cabelos eram sempre pretos, e os olhos permaneciam iguais: um verde e outro castanho, com toques de avelã. O olho esquerdo, o verde, era seu preferido, pois todos gostavam de admirá-lo, ainda que tanta curiosidade deixasse Nazmiyeh apreensiva, com medo de que a irmãzinha pudesse ser amaldiçoada com o *hassad*, o terrível mau-olhado que atinge a pessoa devido à inveja de outros.

DOIS

Minha teta Nazmiyeh me contou que tinha sido a garota mais bonita de Beit Daras. Também disse ser a mais endiabrada; eu ficava imaginando como ela era no auge da traquinagem juvenil.

Cabia a Nazmiyeh proteger Mariam dos males do hassad. Algumas pessoas simplesmente tinham olhos vorazes e causticantes, que podiam lançar mau-olhado com facilidade, mesmo sem intenção. Por isso, ela insistiu que a irmã usasse um amuleto azul para repelir a inveja que os outros sentiam dos olhos incomparáveis dela e passou a recitar com frequência as *suras* do Alcorão por ela, pedindo mais proteção.

O tema dos olhos de Mariam surgiu uma vez entre as amigas de Nazmiyeh, enquanto lavavam roupa à beira do rio. A maioria era recém-casada ou esperava o primeiro filho, mas, algumas, como a própria Nazmiyeh, ainda não tinham marido.

— Como é possível que ela tenha apenas um olho verde? — quis saber uma.

Nazmiyeh tirou o véu, soltando os cachos brilhosos tingidos de hena, que lembravam os de uma medusa, e jogou a camisa branca do irmão no balde. Então, disse em tom de brincadeira:

— Algum garanhão romano provavelmente transou com alguma antepassada nossa há uns séculos e agora está dando pra ver no olho da pobre coitada da minha irmã.

Naquela liberdade privada feminina típica das manhãs de lavagem de roupa, todas caíram na risada, os braços afundados nos baldes. Uma delas comentou:

— Pena que não foi uma cobra de duas cabeças, para ela ter os dois olhos verdes.

E outra acrescentou:

— Uma grande pena mesmo para a sua antepassada, Nazmiyeh. Bem que ela teria gostado de duas cabeças!

As gargalhadas ficaram mais agudas, estimuladas pelos comentários vulgares que ousavam fazer. Nazmiyeh tinha o poder de deixar o pudor de lado, permitindo aos que estivessem ao seu redor revelarem os sentimentos primitivos de seus âmagos. Ela agia com uma ousadia que a um só tempo intrigava e constrangia as amigas, mas poucas chegavam a censurá-la, pois, se por um lado seus comentários talvez trouxessem o feitiço que derretia corações, por outro, podiam agir como uma picada venenosa ou o sendeiro de terríveis indecências. Ela era amada e odiada por isso.

Nazmiyeh acreditava que a estranha coloração do olho da irmã tivesse a ver com o dom especial de observar o invisível. Apesar de Mariam não ser clarividente, conseguia ver o brilho das pessoas.

— Como assim, *brilho*? — perguntou-lhe um dia Nazmiyeh.

— O *brilho*, ora! — E Mariam, com a mão, traçou a área ao redor da cabeça da irmã. — Esta parte.

Nazmiyeh acabou se dando conta de que o âmago das pessoas formava um halo colorido que só a irmãzinha conseguia enxergar. Depois disso, a família passou dias testando o dom de Mariam.

— Está bom; agora me diz como estou me sentindo — pediu o irmão Mamdouh, ao voltar para casa após uma briga com os garotos do bairro.

— Você está vermelho e verde — retrucou Mariam, voltando a se concentrar no que estava fazendo.

Nazmiyeh zombou.

— Vermelho e verde juntos significam que você está com medo e com tesão.

— Como a Mariam não faz a menor ideia do que é tesão, sei que você está mentindo, sua mal-educada! — Mamdouh deu um tabefe na nuca de Nazmiyeh e, em seguida, correu para se proteger.

— Melhor correr mesmo, garoto!

— Morro de pena do pobre jumento que se casar com você — disse Mamdouh, escondendo-se atrás da porta.

Nazmiyeh caiu na risada, o que só o irritou ainda mais.

Apesar de o dom especial de Mariam ter diminuído ao longo dos anos, continuou sendo um dos dois segredos da família, e Nazmiyeh o usava em proveito próprio. Quando a mãe e as irmãs de um pretendente foram conhecê--la em casa, ela as tratou com arrogância e sarcasmo, porque Mariam intuiu que não a consideravam digna do rapaz. Na feira, ela disse poucas e boas a vários mercadores que tentaram passar-lhe a perna. O dom de Mariam era a arma secreta de Nazmiyeh, que proibiu que ele fosse mencionado fora de casa, tal como proibiu que se falasse de Sulayman.

TRÊS

Um Mamdouh, minha bisavó, viveu antes do meu tempo. As pessoas a chamavam de Doida, mas, no fundo, ela era a epítome do amor puro, do tipo silencioso e impenetrável. Também via coisas que os outros não viam, embora de um jeito diferente de Mariam.

Havia cinco clãs importantes em Beit Daras, cada um com o próprio bairro. As famílias Baroud, Maqademeh e Abu al-Shamaleh eram as mais influentes, donas da maioria dos pomares, apiários, fazendas e pastagens. "Baraka" era o sobrenome de Nazmiyeh, Mamdouh e Mariam, mas nada de que pudessem se gabar. Eles moravam no bairro de Masriyeen, um aglomerado esfarrapado de palestinos sem pedigree, que se acomodaram na zona mais pobre de Beit Daras. A família viera do Egito havia cinco séculos, tendo mudado ou disfarçado o sobrenome porque tinham escapado do castigo de alguma rixa tribal ou desonrado a família de algum modo e sido obrigados a partir. Ninguém sabia dizer ao certo.

Por boa parte de suas vidas, Nazmiyeh, Mamdouh e Mariam foram conhecidos na região como os filhos de Um Mamdouh, a doida do vilarejo. Embora não se soubesse quem era o pai dos três, ninguém ousava falar mal da mãe diante deles, pois Nazmiyeh podia aparecer na casa da pessoa e, sem inibição nem papas na língua, aprontar um escândalo. Apesar de os filhos lamentarem o estado da mãe e fazerem de tudo para protegê-la do escárnio dos outros, não lhe podiam servir de escudo eternamente. De vez em quando, alguém encontrava Um Mamdouh com o olhar distante, falando ao vento em uma língua desconhecida; às vezes, ela dava risadas inexplicáveis.

Uma vez, viram-na levantar o *thobe* e defecar no rio, e o filho Mamdouh, na época com apenas 11 anos, acabara batendo em um menino muito maior que ele porque o garoto ousara comentar o ocorrido. Em várias noites, os três tiveram de convencer a mãe a não dormir no pasto, em meio às cabras.

Dizia-se que o pai os abandonara antes que pudessem se lembrar dele, exceto Nazmiyeh, a mais velha.

— O nosso pai voltou uma vez para comer *ghada* com a gente — contou aos irmãos.

Mamdouh não se recordava daquilo, mas acreditou na irmã, porque ela jurou pelo Alcorão. Além do mais, tinha de ser verdade. Caso contrário, como Mariam teria sido concebida?

Não obstante, Mamdouh gostaria de se lembrar de um pai.

QUATRO

Não quero me adiantar e falar de Nur, que só viria dali a duas gerações, quando o meu tio-khalo Mamdouh foi trabalhar para o apicultor. Porém, se você acredita, como eu, que as pessoas são feitas em parte de amor, em parte de carne e osso e em parte de tudo o mais, então mencionar o nome dela agora faz sentido, na origem de sua esfera amorosa.

À medida que Mamdouh crescia, o corpo foi se tornando mais viril, e a voz, mais grave e repleta de autoridade. Ele conseguiu um trabalho fixo com um apicultor, cujos frascos de mel eram vendidos dentro e fora do país, chegando ao Egito e à Turquia e até mesmo a Mali e ao Senegal. Em apenas um mês, o velho apicultor se deu conta de que encontrara o rapaz que poderia treinar para assumir os negócios, os quais tinham passado de geração a geração até chegar a ele, que tinha três esposas, duas das quais lhe deram cinco filhas e um filho, falecido logo depois do nascimento. Apenas uma, a mais nova, Yasmine, demonstrara jeito para a apicultura. Mal sabia ele que, menos de três anos depois, os séculos de experiência com abelhas, apiários, ceras, colmeias, favos e apicultores que compunham a sua vida desapareceriam como se nunca tivessem feito parte da história. Restaria apenas o amor dele pelas abelhas, que Yasmine, a filha favorita, levaria no coração e cultivaria no solo de outro continente. Porém, naquela época, ninguém imaginava que isso aconteceria. O futuro do povo de Beit Daras se distanciava tanto de seu destino que, mesmo se uma vidente o tivesse revelado, ninguém haveria acreditado.

Assim, o apicultor começou a ensinar a Mamdouh tudo que sabia sobre a arte da apicultura. Dava sorrisos praticamente banguelos, por conta do raquitismo, e nunca usava luvas protetoras, afirmando que não gostava de se separar das abelhas, embora sempre usasse o chapéu com tela e mantivesse um fumegador por perto para o caso de elas enxamearem. Insistiu que o rapaz usasse luvas até sentir a verdadeira conexão com as abelhas em todas as partes do corpo, começando pelo coração e passando para outros órgãos vitais, até que lhe atingisse a pele.

— Só então você não mais precisará de luvas — ensinava, dando tapinhas nas costas do rapaz.

Na realidade, Mamdouh nunca teria a conexão visceral com a apicultura que o mentor esperara. Sim, ele chegava todos os dias cedo ao trabalho e ali ficava, escutando o apicultor durante horas a fio. No entanto, o entusiasmo e a atenção do rapaz resultavam da dor causada pela ausência do pai e de um desejo profundo que lhe atingia a virilha. Ele dava pouca atenção às histórias, mas desfrutava a sensação reconfortante de estar ali e de perscrutar as redondezas em busca de Yasmine, a filha mais nova do patrão. E, como a lembrança costuma sucumbir à insistência da nostalgia, Mamdouh acabou fabricando a memória de um pai que assumiu as características do mentor e a personalidade de um apicultor, sentado para tomar chá após uma refeição e falar sobre mel, procurando lufadas de amor pelo cômodo.

Antes de Mamdouh se tornar aprendiz do apicultor, sua família sobrevivera de qualquer coisa que ele conseguisse vender de porta em porta ou ganhar com pequenos bicos e esmola nas mesquitas. Nunca era o suficiente, porém, sobretudo depois que as ânsias esquisitas da mãe pioraram. Certa vez, durante o Eid, quando ele nem bem completara 12 anos e a mesquita dera à família metade de um cordeiro, Um Mamdouh fora consumida por uma onda de apetite tão voraz que nenhuma comida chegava a saciá-la. O filho tivera de estapeá-la antes que acabasse com a toda a carne. Como, segundo o Alcorão, o céu fica sob os pés das mães, todos sabem que bater na mãe significa reservar um lugar no inferno. No entanto, com certeza Alá o perdoaria, porque ele não agira como filho, e sim como provedor da casa, a quem cabia garantir a carne para a família comer. Foi nessa época que Mamdouh e as irmãs começaram a se voltar contra Sulayman, o outro segredo da família, porque descobriram que o apetite da mãe se tornara voraz por culpa dele. Assim, perceberam que a proximidade de Sulayman desencadeava o apetite insaciável da mãe e seus olhos revirados, mostrando apenas a parte branca, assim como o cheiro de fumaça queimada que o acompanhava por onde quer que ele passasse.

CINCO

Mais cedo ou mais tarde, quem conhecia a minha bisavó Um Mamdouh acabava descobrindo Sulayman. Ou, então, ficavam sabendo dela depois de ouvirem falar de Sulayman. Naquela época, todos evocavam um verso do Alcorão Sagrado (Al Hijr 15:26-27): "E, com efeito, Ele criou o homem a partir da argila do barro modelável escuro. E, antes, criou o jinn, do fogo puríssimo sem fumaça."

Numa noite escura e nublada de dezembro de 1945, Um Mamdouh perambulou em busca da lua até encontrá-la, uma meia-lua tênue enredada nas estrelas acima de Beit Daras. Sulayman estava com ela. Passara a acompanhá-la o tempo todo. Conforme Um Mamdouh fitava o céu noturno, ouviu gemidos e risadas abafadas atrás das ruínas de umas antigas termas romanas. Caminhou na direção dos ruídos e viu os contornos de quatro rapazes adolescentes, as peles reluzentes com os raios da lua e as luzes das estrelas. Tremendo e ofegando na escuridão gelada, os rapazes tinham levantado as *galabiyas* acima da cintura e se masturbavam, ao que tudo indicava não por prazer, mas em uma espécie de competição. Ela começou a amaldiçoá-los e a condená-los ao inferno por tamanho pecado. Então, os garotos ficaram flácidos de medo e abaixaram atabalhoadamente as *galabiyas*, até um deles ver de quem se tratava.

— É a maluca da Um Mamdouh! — gritou, e todos suspiraram, aliviados, para então rirem com malícia.

— Volta lá pro seu bairro de Masriyeen! — berrou um deles.

— Doidos não são permitidos aqui — disse outro. — Você vai levantar o thobe e fazer cocô no rio de novo?

Um Mamdouh recuou, agitando as mãos freneticamente.

— Parem com isso! Sulayman está ficando bravo, e ele nunca fica assim. Parem! Precisam parar!

As risadas se intensificaram.

— Quem é Sulayman? Esse é o apelido do seu filho afeminado? Ele também vai fazer cocô no rio, vai?

De repente, antes que Um Mamdouh pudesse detê-lo, Sulayman começou a emergir da face dela. As estrelas, pontos no céu escuro, reluziram ao redor da cabeça da mulher conforme aquela presença ia aumentando. Sulayman se espalhou até os ombros dela, uma imensidão negra com olhos furiosos de fogo vermelho, e vociferava palavras incoerentes, que ressoavam estrondosamente em todas as direções. Um cheiro impregnou o ar, causticante como poluição.

Petrificados, mantendo as pernas retas apenas por causa do medo que as enrijecera e com as almas tão flácidas quanto os pênis, dois dos garotos urinaram involuntariamente, um se borrou, e o mais velho de todos, Atiyeh, o mais arrogante e cruel com Um Mamdouh, ficou assombrado e mudo.

Pelo resto da vida, os garotos comparariam entre si suas memórias do ocorrido, ressaltando que nada os havia apavorado mais desde então, nem mesmo as gangues de judeus e nem, depois, o exército israelense, que chegara a princípio com armas de fogo e facões e, posteriormente, com incríveis máquinas de matar. Tinham vislumbrado Sulayman em um raro momento de fúria. Um jinn de verdade.

SEIS

Segundo o Alcorão, Alá fez os jinni *do fogo puríssimo, sem fumaça. Todos sabiam disso. Embora alguns os reverenciassem e outros os temessem, todos os respeitavam e se encolhiam de medo ante seu poder. Os que se comunicavam com eles eram evitados por alguns, reverenciados por outros e temidos pela maioria.*

No dia seguinte, os pais e anciões de cada família se reuniram e seguiram para o casebre de pedra de Um Mamdouh, onde foram recebidos pelos Baraka. As mulheres foram convidadas a se sentar no tapete do interior, enquanto os homens, incluindo o garoto assustado, desfrutaram a hospitalidade de Mamdouh no pátio, área em que os anfitriões ofereceram chá, tâmaras e narguilés ou *hookahs*, já abastecidos de tabaco, além de água de rosas e limões. Era evidente que os Baraka estiveram esperando aquilo. Como Sulayman emergira para proteger Um Mamdouh, e já não havia como esconder aquele segredo, o filho dela concluíra que os moradores da cidade apareceriam. Assim sendo, pegara os narguilés emprestados com o apicultor, que os cedera de bom grado, supondo que se destinavam a pretendentes de Nazmiyeh.

Dentro do casebre, a pequena Mariam observava com desconfiança a chegada dos visitantes. Nazmiyeh servia chá de hortelã adocicado para as mulheres, usando um véu adornado com moedas de metal baratas que tilintavam de forma ruidosa quando ela movia a cabeça. Várias de suas mechas de cabelo ficavam ousadamente soltas, permitindo ao mundo que vislumbrasse os rebeldes cachos acobreados. Ela andava devagar, ciente do olhar das mulheres. Vestira seu *dishdasha* laranja e verde, que contornava com perfeição os seios volumosos, o traseiro grande e o quadril amplo contrastando com a cintura fina. De algum modo, conseguia ocupar todo o espaço do ambiente em que entrava, sugando todo o ar.

— Bem-vindas à nossa humilde casa, senhoras. A gente está honrada com a sua visita — disse ela por fim, com um sorriso que permitiu às mulheres respirarem na sala.

— Nós é que estamos honradas, jovem charmosa — retrucaram elas, em uníssono.

À primeira vista, Nazmiyeh não era bonita nem atraente para os que a olhavam de longe; no entanto, mostrava-se irresistível para os que a observavam de perto e deparavam com sua rebeldia e irreverência. Tinha uma tez cor de nogueira que não procurava clarear, evitando o sol. Não tentava alisar o cabelo cacheado usando toucas, ferro quente ou outros artifícios nem em ocasiões especiais, tais como casamentos, quando as mulheres tiravam os *hijabs* e se exibiam umas para as outras. Em vez disso, deixava os cachos soltos e livres, rebeldes e eriçados. Independentemente do que pensassem dela, Nazmiyeh se mostrava alguém difícil de ignorar. Com efeito, era objeto de muitas fantasias em Beit Daras.

As mulheres da aldeia levaram de presente frutas e verduras frescas, azeite de oliva, mel e doces. Desculparam-se em nome dos filhos, garantindo à matriarca, a quem se dirigiam respeitosamente como *haji* Um Mamdouh, que todos os garotos envolvidos tinham levado uma surra e se desculpariam pessoalmente, se ela permitisse. *Haji* Um Mamdouh permanecia sentada em silêncio, falando apenas quando alguém se dirigia diretamente a ela. Declarou às mulheres ser Alá Aquele quem perdoava, acrescentando que já havia desculpado os garotos. Ficou claro para todos, embora de forma tácita, que era o perdão de Sulayman que ali se buscava e oferecia.

Só depois de várias horas, uma das mulheres contou qual era o estado de Atiyeh, o rapaz assustado.

— Tragam Atiyeh — disse a *haji*. — Vou ajudar o garoto.

Quando ele entrou, Nazmiyeh lançou um olhar tão indignado e reprovador que o jovem parou por um instante, mais inseguro do mundo do que nunca. Acabara de fazer 15 anos, embora aparentasse muito menos, e Nazmiyeh, 17, embora aparentasse muito mais. Uma vergonha intensa se espalhou pelo corpo de Atiyeh, chegando-lhe aos órgãos, diante da visão de Nazmiyeh no *dishdasha* laranja e verde realçando o corpo curvilíneo. O coração do rapaz apertou de constrangimento e também, ele tinha certeza, de paixão. E, apesar de todos os olhares concentrados nele, Atiyeh, sentiu a chegada de uma ereção. Ajoelhou-se então, depressa, para beijar a mão de Um Mamdouh e disfarçar o embaraço. Continuava, porém, incapaz de falar. A *haji* segurou a cabeça do garoto entre as mãos, inclinou-a para trás e pôs-se a enunciar ditos sem nexo, olhos revirados, mau hálito chegando a todos ao redor. De súbito ela parou, o olhar de volta ao normal. O rapaz se levantou, aparentemente mais alto do que antes de ter se ajoelhado, como se, naquele momento, tivesse ultrapassado a última fronteira rumo à idade adulta e lançou um olhar para Nazmiyeh, domando a fúria do dela e garantindo-lhe que ele era mais forte. Ninguém se deu conta daquela troca furtiva de olhares, apesar de ter durado uma eternidade para os dois. Em seguida, o jovem saiu como se nada tivesse acontecido, dando provas de que Um Mamdouh, a estranha mãe solteira com três filhos no bairro Mazriyeen, a mulher que certa vez defecara no rio e dormira no pasto, era, na verdade, um dos abençoados *asyad*, mortais com o dom de se comunicar com os *jinni* do outro mundo.

A notícia se espalhou depressa por Beit Daras e pelos vilarejos vizinhos, e as pessoas começaram a ir até a casa de *haji* Um Mamdouh. Algumas queriam investigar o mundo dos espíritos. Há outros *jinni* em Beit Daras? Eles nos querem fazer mal? São bons ou ruins? É verdade que têm livre-arbítrio? São como a gente? Vivem mais de mil anos? A maioria procurava respostas para enigmas amorosos. Ele me ama mesmo? Qual é o melhor pretendente para minha filha? Meu marido está querendo uma segunda esposa? Uma terceira? Todos sempre levavam incenso árabe, *bakhour*, para acender, porque *haji* Um Mamdouh dizia que o jinn o adorava. Em certa ocasião, uma mulher deu à matriarca um frasco de perfume da Lituânia, e Sulayman se manteve afastado até ela jogá-lo fora. Essências daquele tipo, à base de álcool, repeliam o velho jinn, o que muita gente considerou uma prova de que Sulayman podia muito bem ser um anjo.

SETE

Foi nessa época em Beit Daras que minha tia-khalto Mariam ganhou sua caixinha de madeira de sonhos e cruzei a barreira do tempo e da morte, antes de nascer, para esperá-la à beira do rio, onde eu lhe ensinava a escrever, ela me falava das cores e compúnhamos letras de canções.

Mariam ficou encantada ao ver tantos visitantes irem até a sua casa em busca dos conselhos da mãe. Eles chegavam com presentes e traziam a energia de outros vilarejos, bem como histórias de famílias benquistas de Beit Daras. Quando viam Mariam, louvavam Alá por aqueles olhos inigualáveis. Porém, na mesma hora, Nazmiyeh pegava a irmã, levava-a para um canto e recitava *muawithat* do Alcorão, para protegê-la com as palavras de Alá e para os elogios não lhe lançarem a maldição do hassad. Às vezes, ela o fazia diante das mulheres, desejando que se envergonhassem pela ousadia com os elogios a alguém que não era Alá, o Criador que concebera os olhos da irmã. Mariam, porém, não se importava. Adorava chamar atenção e queria os visitantes só para si. Brigava com Nazmiyeh para servir o chá das visitas em seu lugar, chegando a ameaçar quebrar toda a louça da família se a irmã não cedesse.

— Está bem, irmãzinha. É que achei a bandeja pesada demais pra você — cedeu Nazmiyeh, transformando a hostilidade dos olhos diferentes de Mariam em um sorriso, conforme a caçula levava o chá.

O dom de Mariam de ver auras foi diminuindo com o tempo, de forma que, àquela altura, aos 6 anos, ela só via ocasionais surtos de sentimentos intensos. Seu mundo interior, porém, estava sempre ordenado por cores. Assim, depois de passar algumas semanas criando coragem, por fim pediu às mulheres um lápis azul-cobalto, da cor de Khaled, o amigo que sempre a esperava à beira do rio.

No dia seguinte, diversas mulheres lhe trouxeram vários lápis, cadernos, borrachas e apontadores, tudo em uma caixa de madeira entalhada, onde se incrustava com inscrições de madrepérola a palavra *Alá*. Mariam recebeu o presente boquiaberta e grata. Era uma caixinha de madeira de sonhos, que levaria consigo pelo resto da vida. Começou a passar mais tempo às margens do rio, e nem as ameaças nem as palmadas de Nazmiyeh a incitaram a ficar em casa durante o dia. Tinha que levar a caixinha até a beira do rio, onde Khaled lhe ensinava não só a escrever o próprio nome, como também os 99 de Alá. Não demorou muito para que Mariam desvendasse os segredos da linguagem. Parou de ficar observando os alunos caminharem até a escola; todos os dias, depois de cumprir as tarefas, ia até o rio.

Nazmiyeh a seguiu diversas vezes na tentativa de avistar Khaled. Como nunca o encontrou, concluiu que Mariam o inventara para tentar explicar a autoalfabetização, e assim as duas seguiram cuidando de suas vidas. Aqueles foram, talvez, os dias mais felizes da vida dos Baraka juntos. Um Mamdouh era respeitada, Mamdouh cuidava das abelhas com satisfação em seu emprego e Nazmiyeh continuava sonhadora, cada dia mais bela.

Durante dois anos, Mariam voltava no final da tarde, todos os dias ansiosa para mostrar à irmã tudo o que Khaled lhe ensinara, e Nazmiyeh folheava as páginas com o coração transbordando de orgulho. Tinha certeza de que ela era a primeira menina em todo Beit Daras a aprender a ler. Certa vez, em um momento de imenso amor pela irmãzinha brilhante, Nazmiyeh começou a chorar. Segurou com delicadeza o rosto de Mariam entre as mãos, inclinou-se para se aproximar mais e comentou:

— Você é a pessoa mais maravilhosa que eu já conheci, irmãzinha. Nunca se esqueça de como é especial e do quanto é amada. Sempre estaremos juntas.

— Você está bem? — quis saber a caçula, que não estava acostumada a vê-la deixar transparecer esse lado sentimental.

— Estou sim! Bem até demais. Estou apaixonada — sussurrou Nazmiyeh. Mariam deixou escapar um suspiro, arregalando os olhos.

— Psiu, *habibti*. — A mais velha pôs o dedo na boca sorridente. — Depois eu lhe conto. Mas, por enquanto, esse é o nosso segredo.

Nazmiyeh sempre desempenhara um papel materno na vida de Mariam. Porém, as duas também eram irmãs e podiam conspirar e guardar os segredos uma da outra. Assim, com quase 8 anos de idade, Mariam resolveu que explicaria quem Khaled realmente era, mas não naquele momento. Precisavam rezar a quarta *salá* do dia e preparar o jantar antes que Mamdouh voltasse do trabalho no apiário.

OITO

Minha bisavó Um Mamdouh só se comunicava com o mundo espiritual por meio de Sulayman, um velho jinn banido da própria tribo por ter se apaixonado por uma mortal. Os aldeões ficaram sabendo desse detalhe com o tempo, mas nem por isso deixaram de respeitar o poder dela. Embora as visitas dos habitantes do vilarejo tivessem diminuído com o passar do tempo, elas continuaram até a chegada da história, quando Beit Daras acabou arrastada pelo vento.

Em fevereiro de 1948, cinco homens chegaram à casa dos Baraka. Eram anciões do vilarejo e *mukhtars*, que haviam sido escolhidos entre as principais famílias de Beit Daras. Tratava-se de indivíduos devotos que, em geral, não visitariam uma mulher como Um Mamdouh, por ela lidar com o mundo dos espíritos e não ser casada. Tinham rostos enrijecidos e sérios, dignificados pela idade e pela tradição tribal. Saudaram Mamdouh, o único filho da *haji*, com firmes apertos de mão e beijos em cada lado do rosto, um sinal de consideração para com o homem da casa, apesar de ele só ter 17 anos. Mostraram respeito à *haji* e a honraram, desviando os olhos dela e pondo a mão direita no coração.

— Bem-vindos à nossa casa — disse o filho, fazendo um gesto para que entrassem e se sentassem nas almofadas sobre o tapete, perto da mãe.

— Que Alá lhe dê vida longa, *haji*. Viemos buscar sua ajuda, juntamente com a de Sulayman — revelou Abu Nidal, o respeitável *mukhtar* da família Baroud. Antes que pudessem dizer mais, Um Mamdouh fechou os olhos, deixando-se conduzir pela atmosfera do além. Inalou o ar pesado que circundava os visitantes, resmungando incompreensivelmente até o corpo se encher de ecos e a tez exalar um cheiro forte de fuligem. Em seguida, abriu os olhos.

— Os senhores vieram para saber quais são as intenções dos judeus? — perguntou ela. Como todos assentiram, a mulher prosseguiu: — Nossos vizinhos pacíficos dos *kibutzim* não são nossos amigos. Estão tramando planos traiçoeiros para Beit Daras.

— Tem certeza, *haji*? Há anos somos bons vizinhos. Nós lhes demos colheitas e os ensinamos a arar estas terras. Os médicos deles trataram da nossa gente e, *enshallah*, fizeram com que se recuperasse.

— Estou apenas informando o que Sulayman me diz. Ele não mente.

— Conte mais — pediram.

— Somente Alá sabe o que vai acontecer e apenas a Sua vontade vai se realizar. Nossos vizinhos vão chegar de conluio com outros e derramar o sangue dos Bedrawasis de Beit Daras — prosseguiu Um Mamdouh, referindo-se a uma família conhecida pela bravura e pelas habilidades guerreiras. — Beit Daras vai vencer. Todos vocês vão lutar e viver, mas alguns de seus irmãos e filhos perecerão; ainda assim, não será o fim. Mais judeus voltarão, e os céus lançarão uma chuva de morte em Beit Daras. Os cabeças-duras dos Bedrawasis do vilarejo não se renderão. Vão repelir os inimigos diversas vezes, mas a fúria deles será grande demais. O sangue nativo vai jorrar por essas colinas até o rio, e a guerra será perdida.

Percebendo a gravidade daquela visita, Nazmiyeh, então com 20 anos, ficou quieta, ouvindo a conversa do espaço apertado na parede quebrada entre a cozinha e a sala. Escutando às escondidas ao lado da irmã, Mariam não entendeu muito bem as palavras formais da mãe, mas sentiu a preocupação que causavam. Ao servir café aos visitantes, observou como estavam sentados eretos e rígidos, com as mãos entrelaçadas no colo. Remexidas, pequenos tiques nervosos e goles em seco eram os únicos movimentos perceptíveis ali. Eles não se entreolhavam, como se isso pudesse revelar o desespero que tentavam esconder. Nazmiyeh puxou Mariam para perto, e as duas ficaram assim, escutando o silêncio trepidante rastejar pelo chão e subir pelas paredes. Por fim, enquanto os homens sorviam cafés, Um Mamdouh falou de novo:

— Somente Alá sabe o que vai ocorrer, mas, se Beit Daras não se render, esta terra vai se erguer, mesmo se a guerra for perdida.

Ninguém compreendeu o significado das palavras e ninguém ousou pedir uma explicação. Foi suficiente ter ouvido *esta terra vai se erguer*. Eles se aferraram a essas palavras de esperança e se valeram delas até os últimos dias, que para alguns viria a seguir, em combates, e para outros, nos escombros da nostalgia que pavimentavam os campos de refugiados.

— Que Alá lhe dê vida longa, *haji*. Aceite isto por seus esforços — disse Abu Nidal, pondo um maço de notas palestinas diante dela. A mulher, porém, recusou-o.

— Ponha o seu destino nas mãos de Alá. Confie Nele e lute por nós, Abu Nidal. Não aceito dinheiro. Alá é o meu provedor e protetor. Meu filho lutará com os senhores. Vou ficar, e Sulayman também, para ajudar a gente, mas saiba que os inimigos trarão ifrits do *iblis*, demônios das profundezas das trevas. Que Alá lhes dê vida longa e proteja Beit Daras e seu povo.

NOVE

Mariam e minha teta Nazmiyeh ficaram escutando da parede quebrada da cozinha naquele dia, quando a mãe falou sobre iblis *e* ifrits *para os* mukhtars. Iblis *era o diabo, e ifrits, seus terríveis seguidores, porém Mariam não compreendia por que eles estavam vindo para Beit Daras. Enterrou a cabeça no peito da irmã e aferrou-se a ela com mais força. Nazmiyeh lhe pediu que buscasse a caixinha de madeira e transcrevesse uma mensagem em nome da irmã, a qual dizia: "Se você quiser se casar comigo, a sua família vai ter que vir amanhã."*

Uma semana depois de Atiyeh ter recuperado a voz, que perdera por causa do susto ao ver Sulayman, ele e Nazmiyeh haviam trocado olhares de novo no *souq*. Ela tentou lançar-lhe seu olhar mais fatal, com os olhos delineados de *kohl* preto e realçados pelo véu de um *niqab*, que estava provando por ser adornado com lindos sininhos, mas ele nem pestanejou; apenas semicerrou os olhos, numa tentativa zombeteira de superar o olhar fixo da moça. Então, notou que as sobrancelhas dela foram se descontraindo e os olhos se estreitando por causa do sorriso que ele sabia ter ocorrido sob o véu. Ela devolveu o véu ao vendedor e desviou os olhos, ciente de que Atiyeh a observava.

Eles se encontraram daquela forma diversas vezes, comunicando-se apenas por olhares. Seis meses depois, marcaram um encontro nas ruínas da cidadela romana, e, por mais dois anos, Nazmiyeh rejeitou todos os pretendentes, esperando que os irmãos mais velhos de Atiyeh se casassem, até chegar a vez dele de escolher uma noiva. Ambos sempre se encontravam na primeira quinta-feira do mês, em um lugar que passaram a considerar seu recôndito particular. Angustiados com a paciência exaustiva e o amor irredimível, acabaram concordando que não era pecado ficar de mãos dadas e, entrelaçando-as, apertando-as, segurando-as e acariciando-as, fizeram com que delas surgisse uma linguagem amorosa que falava de cumplicidade e promessas.

Naquele mesmo lugar, em 332 a.C., Alexandre, o Grande, tinha erguido fortificações depois de sitiar a Gaza conquistada, aproximadamente 35 quilômetros ao sul. Enfurecido pelos cinco meses de resistência de Gaza à marcha de seu exército macedônio rumo ao Egito, ele por fim conseguira abrir caminho, matando todos os habitantes homens e vendendo as mulheres e as crianças como escravas. Foram aqueles os alicerces sobre os quais os romanos, depois de vários séculos, construiriam sua cidadela em Beit Daras. Cerca de três mil anos depois, elas eram as ruínas longínquas onde o amor entre Nazmiyeh e Atiyeh tentava se acomodar, de mãos dadas, na primeira quinta-feira de cada mês.

Porém, no intervalo entre os encontros, um desejo sufocante os perseguia e atormentava sem lhes dar sossego. Eles nem prestaram atenção ao caos político que se desenrolava, até os *mukhtars* do vilarejo visitarem Um Mamdouh, dando um caráter mais urgente à união do casal.

A família tentou dissuadir Atiyeh da vontade ferrenha de se casar logo, mas foi tudo em vão. Impressionado com a determinação do neto, o patriarca reuniu os homens do clã. E, apesar do temor que se espalhava pela Palestina, conforme as notícias diárias das atrocidades cometidas pelas gangues sionistas contra ingleses e palestinos vinham à tona, *haj* Abu Sarsour chegou com seis homens e um dote de ouro para pedir a mão de Nazmiyeh para o neto dele, Atiyeh.

Todos concordaram que não seria apropriado fazer uma festa de casamento em circunstâncias tão temerosas. Porém, assim que a paz e a ordem fossem restauradas no país, o pai e o avô de Atiyeh prometeram planejar a maior cerimônia que o vilarejo já vira. Por enquanto, tinham levado um *ma'zoon* para oficializar o casamento de ambos, a fim de que a união fosse *halal* aos olhos de Alá. Era incomum um casamento às pressas assim, com bodas proclamadas, mas aqueles eram tempos incomuns.

Em vez daquilo, como preliminares para a noite de núpcias, Nazmiyeh, as amigas e as respectivas mães passaram o dia nos banhos turcos de Gaza, esfoliando a pele da noiva nas saunas a vapor, enquanto mulheres a esfregavam, depilavam e massageavam cada parte do corpo com óleo de lavanda. Elas relaxaram nos azulejos ancestrais aquecidos, tomando *karkadeh*, um chá de hibisco gelado, e inalando o ar úmido com aroma de eucalipto.

DEZ

Não vivi naquela época. Porém, quando fui para aquele azul, quando a minha condição virou o que virou, Sulayman me revelou tudo. Não entendo tudo e nem espero que você entenda, mas talvez acredite, como eu, que existem verdades que desafiam outras, pontos em que o tempo se dobra sobre si.

Os judeus investiram, como *haji* Um Mamdouh previra, e foram repelidos pelos dois mil residentes de Beit Daras e seu leal jinn, Sulayman. Voltaram repetidas vezes, em março e outras ocasiões em abril de 1948, e foram se enfurecendo cada vez mais, sem conseguir acreditar que um vilarejo de fazendeiros e apicultores conseguisse sobrepujar o poder de fogo da preparadíssima Haganá, com armas automáticas e aviões de combate contrabandeados da Tchecoslováquia, debaixo do nariz dos britânicos, em preparação para a conquista. Durante o último ataque, em abril, cinquenta mulheres e crianças de Beit Daras foram massacradas em um único dia, e, depois disso, os homens mandaram suas famílias fugirem para Gaza, enquanto eles ficavam para lutar.

— Só até as hostilidades acabarem — disseram. — Levem apenas o que precisarem para uma ou duas semanas.

Nazmiyeh preparou uma trouxa com comida e pertences para duas semanas e foi até o rio pegar Mariam. Atravessou o vilarejo, passando entre as muralhas de medo. A atmosfera estava pesada, quase insuportável, e as pessoas vacilavam, como se não tivessem certeza de que uma perna devia seguir a outra. As mulheres andavam apressadas, com trouxas equilibradas nas cabeças e crianças escanchadas nos quadris, parando de vez em quando para reacomodá-las. Os pequenos se esforçavam para acompanhar os mais velhos, que os puxavam pelos braços. A perplexidade traçava rugas nos rostos de todos com que Nazmiyeh deparou, e apesar da barulheira e do caos ao seu redor, ela teve a impressão de ouvir as batidas de coração nos peitos.

Perto do rio, o ar se tornou mais leve, formando uma brisa sobre o solo, perpassando nos galhos das árvores e fazendo as folhas farfalharem. O céu estava azul-claro, com nuvens idílicas e lânguidas. Mariam se encontrava sentada em sua pedra, um rochedo à beira do rio em que inscrevera seu nome no dia em que aprendera a fazê-lo. Abrira o caderno no colo e mantivera a caixinha de madeira dos sonhos ao seu lado. Nazmiyeh viu que os lábios da irmã se moviam como estivesse falando sozinha, talvez até rindo, segurando um lápis.

— Aí está você. Vem, Mariam. A gente tem que ir embora — chamou Nazmiyeh. Porém, a irmã continuou conversando como se não a tivesse ouvido. Nazmiyeh se aproximou. — Com quem você está falando?

A irmã saltou para abraçá-la.

— Com o Khaled — respondeu, mas, como Nazmiyeh não viu ninguém, constatou desanimada que a irmãzinha padecia da mesma loucura que perturbava o mundo da mãe.

— Mariam, o Khaled é um jinn?

— Não. Ele é o seu neto.

Uma explosão retumbou.

— A gente tem que ir. Ouviu só essa explosão? Levanta agora e vem comigo. — Nazmiyeh puxou-a pelo braço. Mariam pôs as coisas na caixinha e entoou a cantiga que a irmã mais velha a ouvira cantando antes:

> *Ah, venha me encontrar*
> *Eu estarei naquele azul*
> *Entre o céu e a água*
> *Onde o tempo é o presente*
> *E a gente, a eternidade*
> *Fluindo como um rio*

— Já chega! Está na hora de ir embora! — gritou Nazmiyeh. — Os homens vão ficar para lutar, e a gente vai voltar assim que os judeus forem embora.

Enshallah. Se Alá quiser.

No vilarejo, Mariam implorou à irmã que a deixasse fugir no dia seguinte, com os vizinhos, que também estavam indo para Gaza.

— *Minshan Allah*, por favor, Nazmiyeh — suplicou, acrescentando que precisava de mais tempo com a mãe, Mamdouh e Atiyeh, que iam ficar para defender o vilarejo se os judeus voltassem. Insegura e confusa como todo mundo, Nazmiyeh relutantemente concordou. Os vizinhos partiriam cedo, no dia seguinte, e prometeram levar Mariam junto, *enshallah*.

Nazmiyeh partiu, então, junto com a família do marido, deixando a irmã ir com os vizinhos; o irmão e o marido ficariam para lutar, e a mãe também continuaria ali, de modo que Sulayman ajudasse Beit Daras. Sem ter de cuidar da família, ela percorreu com os demais a trilha rumo a Gaza, ensurdecida pelo clamor de seu coração que lhe ordenava a voltar para pegar Mariam.

Na manhã seguinte, quando os vizinhos acordaram, Mariam já tinha partido. Dissera à filha deles, no meio da noite, que no fim das contas resolvera partir com Nazmiyeh. Em vez disso, fora até as cercanias do vilarejo para se esconder no lugar favorito das brincadeiras, a pequena plataforma dentro do poço, grande apenas para uma garotinha se agachar junto à sua caixa de sonhos de madeira, com inscrições de madrepérola, e um saquinho de pão com queijo. Ela precisava ver Khaled a fim de lhe contar aonde estava indo para que assim ele pudesse encontrá-la de novo.

O poço ficava um pouco longe do centro do vilarejo, onde a maioria dos combates vinha ocorrendo. Em um dia normal, Mariam teria considerado os queixumes, gritos e estampidos longínquos como chamados de animais selvagens — vira-latas, bodes, jumentos, pássaros — ou disparos de caçadores. Mas aquele não era um dia normal. O estrondo das bombas e a forma como faziam a terra sacudir eram inconfundíveis, e ela sabia que os sons abafados que se seguiram reverberavam do sofrimento humano. Durante quase dois dias, Mariam não se mexeu na pequena plataforma do poço, nem mesmo quando homens estranhos, falando uma língua estranha, apareceram para pegar água.

ONZE

A guerra mudou as pessoas. Criou covardia e coragem, gerou lendas. Contou a história da minha bisavó, uma mulher esquisita, feita de amor, que nunca mentiu na vida e trilhou o mundo de um jeito distinto de todos os demais. A história dela foi repetida diversas vezes e, conforme foi sendo recontada, minha bisavó passou a ser conhecida como Um Sulayman, a corajosa anciã de Beit Daras.

A Naqba, a catástrofe que deu início à obliteração da Palestina, começou aos poucos em 1947, uma atrocidade de cada vez no país. Em Beit Daras, a batalha decisiva ocorreu em maio de 1948, assim que os judeus europeus imigrantes instauraram um novo Estado chamado Israel no lugar da antiga Palestina. O Haganá e a Gangue Stern, que passaram a se autointitular "Forças de Defesa de Israel", ocuparam Beit Daras depois de horas de bombardeio ininterrupto com morteiros. Um batalhão do exército sudanês tentou ajudar, mas chegou tarde demais. A floresta foi engolida pelas chamas, que devoraram as casas ao norte. Nuvens de fumaça adejaram baixinho, tingindo o mundo de preto, encobrindo os mortos como mortalhas obscuras e invadindo os pulmões dos vivos, que ofegavam e convulsionavam, enquanto buscavam refúgios. O caos reinou, perpetuado por mais explosões, àquela altura desnecessárias, pois Beit Daras fora totalmente consumida pela neblina da morte e da derrota. Os aldeões que haviam ficado para trás haviam morrido ou fugido para Gaza; os que restaram foram tomados como prisioneiros e nunca mais vistos.

Os palestinos que batiam em retirada de outros vilarejos confluíam em um dos diversos caminhos que passavam por Beit Daras rumo a Gaza. *Haji*

Um Mamdouh, o seu filho, Mamdouh, e o marido de Nazmiyeh tinham sobrevivido ao ataque e se unido à torrente de seres humanos em fuga. Sulayman os ajudou a escapar do cativeiro. Um Mamdouh ordenou aos dois jovens homens que vestissem *abayas* de mulheres e, em seguida, tirou dois cordões vermelhos de seu *thobe* e amarrou-os em torno das cabeças deles.

— Tudo o que está embaixo desses cordões vai confundir os soldados. Sulayman se encarregará disso. Vocês só devem retirá-los quando estiverem em segurança e, ainda assim, não desatem os nós, em hipótese alguma.

Ao pisar do lado de fora, vestido como uma mulher com um cordão vermelho acima da testa, Mamdouh viu e sentiu o cheiro, pelo véu, daquele mundo novo de cinzas, brasas que ainda ardiam lentamente e vidas perdidas. A fúria da terra enegrecida, que penetrava pelos pés dele, dificultava-lhe os movimentos, e a perda incompreensível de vidas e do país se infiltrou em seus pulmões, levando-o a tossir. Ele entrou numa fila com outras três famílias de mulheres e crianças que tinham sido cercadas por soldados sionistas e estavam entregando os pertences a eles, formando uma pilha de víveres, joias, roupas e até fotografias. Mamdouh conseguiu sair com uma só foto, a única que a família tinha, tirada por um jornalista que havia visitado Beit Daras algumas vezes. Fora feita em um daqueles dias em que Nazmiyeh tentara surpreender Mariam às margens do rio para conhecer Khaled. Mamdouh estava de pé à beirada, abraçando Nazmiyeh, que, jogando charme, estava com a mão no quadril. A mãe aparecia ao lado, com um *thobe* finamente bordado que ela mesma cosera, mas tinha um aspecto de alguma forma distante. E também Mariam, talvez com 8 anos, flagrada em uma conversa casual com o amigo Khaled, um garoto de uns 10 anos com uma mecha de cabelos brancos, os dois sentados ao redor da caixinha dos sonhos dela. Quando o fotógrafo deu o instantâneo à família, ninguém se lembrou de ter visto Khaled naquele dia às margens do rio e, até contemplarem a foto, todos haviam presumido que ele era fruto da imaginação de Mariam.

Mamdouh olhou para aquela foto, tentando tocar no passado e obrigar o relógio a reverter o curso, conforme ele e os outros afundavam, chocados, em um lamaçal de tristeza. Sem palavras, afastaram-se das próprias vidas e dos soldados conquistadores, embriagados por uma antiga virulência que misturava ambição e poder com Deus.

Atônitos e confusos com aquele destino inimaginável, os aldeões continuaram a percorrer os 35 quilômetros até Gaza. Ao longe, ouviram o som de um único tiro, seguido do grito abismal de uma mulher. Logo, uniram-se a uma procissão maior de desespero humano, vinda dos outros vilarejos. De vez em quando, atiradores de elite miravam e pessoas tombavam. Não restava nada a fazer, exceto recolher os mortos e os feridos e prosseguir. Uma bala atingiu a perna de Mamdouh e ele caiu, fazendo a *abaya* desprender. O cunhado, ainda disfarçado de mulher com outra *abaya*, tentou carregá-lo, mas não conseguiu. Tampouco a mãe. Porém, Sulayman o fez. Entrou no corpo da anciã e carregou o filho dela, que pesava e media quase o dobro da mãe, rumando para Gaza com as demais almas em fuga.

Soldados árabes surgiram no caminho. Os que restaram dos batalhões derrotados tinham sido obrigados a se despir e ficar apenas com as roupas de baixo, todos agrupados, como forma de humilhação. Os soldados sionistas também apareceram, atirando para o alto na direção da multidão, querendo garantir que ninguém voltasse para casa. Quando um grupo deles deparou com uma velha frágil carregando com facilidade um homem ferido, mandou que parasse. Ela começou a revirar os olhos, e uma poderosa poção de medo borbulhou nos intestinos dos soldados. Um atirou na mulher, que tombou, sangrando, deixando cair o filho ferido. Porém, os soldados não se moveram, os ossos espumando, os corações congelados e os rostos pálidos, antes de entrarem em combustão, contorcerem-se e serem consumidos pelo fogo.

Outros soldados que apareceram para resgatar os assassinos de Um Mamdouh também foram envolvidos pelas chamas, até doze homens uniformizados do novo Estado judeu ficarem carbonizados no solo, não muito longe do lugar em que a idosa e o filho estavam, ela morta e ele com uma perna gravemente ferida. Todos testemunharam o ocorrido.

Os aldeões que fugiam de Beit Daras não precisavam de explicações para aquele fogo repentino. Sabiam que era Sulayman; não obstante, marchavam de modo mais premente naquele momento, já que outros soldados viriam para se vingar dos restos carbonizados. Um homem deixou de lado os pertences da família e carregou o cadáver de *haji* Um Mamdouh. Podiam até abandonar os demais corpos que entulhavam o caminho rumo a uma vida de refugiado, mas deixar a amiga de Sulayman seria inaceitável. O velho jinn não lutara ao lado deles?

Foi então que os aldeões em fuga ouviram uma voz feminina gritar "Alwan!" e viraram-se para ver Nazmiyeh correndo na direção deles, os cabelos soltos e o corpo exposto sob as roupas rasgadas e ensanguentadas.

DOZE

Minha teta Nazmiyeh falava comigo sobre tudo no mundo, mas nunca a respeito do dia em que Mariam partiu. O dia em que o nome "Alwan" foi plantado no seu coração e que mais tarde seria colhido para dar nome à minha mãe.

Outrora uma encruzilhada estratégica entre o norte da África, o Oriente Médio e a Europa, a região simples e arenosa de Gaza se tornou o eixo do comércio das especiarias, o negócio mais lucrativo da era medieval. Os palestinos de Gaza eram conhecidos como artesãos refinados, produzindo joias muito procuradas, já em 2000 a.C. Nobres e peregrinos continuaram a se dirigir a Gaza ao longo dos séculos, e acadêmicos de todo o mundo passaram pelo "Caminho do Mar", que levava à Grande Biblioteca de Alexandria.

Aquelas mesmas praias de Gaza tinham sido visitadas pelos Baraka e outros aldeões nos passeios de família de sexta-feira. Outrora destinado à diversão, à natação e aos churrascos, o lugar se tornara um lamaçal de tristeza e ansiedade que tolhia todos os movimentos de Nazmiyeh e seus esforços de encontrar Mariam em meio à multidão. Quando ela, por fim, encontrou os vizinhos, a constatação de que a irmãzinha não saíra de Beit Daras a deixou ainda mais desesperada. Culpou-se por não tê-la obrigado a partir junto consigo. Amaldiçoou a menina pela teimosia e se imaginou puxando-lhe a orelha ao encontrá-la. Embora soubesse o que precisava fazer, teria de esperar até o cair da noite a fim de se esquivar da família de Atiyeh, que certamente a impediria. Dormiu mais cedo, para descansar antes de outra jornada e, pela primeira vez na vida, lembrou-se de um sonho ao despertar. Ele a fez acordar de supetão, em meio às pessoas adormecidas. Uma garotinha parecida com Mariam, os cabelos escuros encaracolados e um nome estrangeiro, porém sem os olhos de tons diferentes, mostrava-lhe uns papéis e dizia:

— *Teta*, são do Khaled. Quer que eu os leia pra senhora? — Ela anuiu, e a menininha leu: — Aqui está dizendo o seguinte: "Mariam está esperando você. Ela saiu do poço."

Apesar de Nazmiyeh ter prometido a Atiyeh que o esperaria em Gaza, voltou no escuro para Beit Daras, pulando por cima dos pesadelos das famílias que dormiam no chão.

A negritude da noite era densa e plácida, enquanto Nazmiyeh caminhava pelo caminho deserto rumo ao vilarejo. Embora as estrelas enfeitassem o mundo no alto, ela não conseguia ver nada à frente ou aos seus pés. Parou para rezar, curvando-se e ajoelhando-se em adoração suplicante. Pediu perdão pelos pecados. Pediu a Alá que a guiasse. Implorou para encontrar a irmã viva e, então, suplicou à terra que tirasse de seu caminho escorpiões e animais selvagens. Dali a pouco, ao longe, vislumbrou o clarão de labaredas e rumou naquela direção, acreditando que Alá iluminara o percurso.

No caminho, deparou com outros palestinos, que caminhavam na direção oposta. Eles conseguiam sentir as presenças uns dos outros na escuridão, pela forma como o medo os imobilizava.

— Quem está aí? — perguntou uma voz de feminina em árabe, e Nazmiyeh relaxou ao ouvir o sotaque *fallahi* da Palestina.

— Estou tentando voltar até Beit Daras para encontrar a minha irmã — respondeu ela, e as duas se aproximaram, de maneira que pudessem se ver melhor. Várias crianças agarravam o *thobe* da outra, caladas, enquanto as duas desconhecidas se abraçavam, como se estivessem reencontrando um parente perdido. A mulher relatou horrores indescritíveis no vilarejo e aconselhou Nazmiyeh a não voltar.

— Nem tenho coragem de descrever o que estão fazendo com as mulheres — salientou.

Nazmiyeh lhe desejou uma jornada segura, e ambas oraram pedindo proteção para si mesmas e uma para a outra, antes que a estranha partisse na direção das águas borbulhantes do litoral de Gaza, e a irmã de Mariam rumo às chamas distantes.

Já estava quase amanhecendo quando Nazmiyeh chegou ao poço em Beit Daras, onde Mariam costumava se esconder quando brincava com outras crianças. Chamou-a com suavidade lá dentro, mas sem qualquer resposta. Estava exausta, suja e sedenta, com os pés cheios de bolhas e as narinas repletas de areia. O bombardeio diminuíra, e Nazmiyeh viu soldados uniformizados serpenteando pela terra chamuscada, a maioria deles na colina, saqueando as casas maiores. A pilhagem ainda não chegara ao bairro de Masriyeen, dando tempo à jovem de tomar água do poço antes de chegar despercebida em casa. Entrou em cada cômodo, sempre sussurrando o nome de Mariam, também sem qualquer resposta. Procurou na cozinha e no banheiro e, depois, seguiu até o buraco escavado na parede entre a cozinha e a sala, o recôndito em que costumavam escutar às escondidas. Parou antes de contornar a quina. Era o último lugar para olhar. *Por favor, Alá, faça com que ela esteja ali.*

E lá estava Mariam toda encolhidinha, dormindo com a caixinha dos sonhos, os joelhos apoiados no peito. Nazmiyeh se atirou ao chão e abraçou a irmã.

— Ah, *habibti*! — disse aos prantos, sentindo o peso do medo e do cansaço se esvair dos ombros.

Mariam acordou e agarrou a irmã, os soluços abafados no peito de Nazmiyeh.

Pela janela viram que alguns aldeões, ao longe, haviam obtido autorização para partir. Embora os soldados estivessem confiscando pertences e joias, permitiam-lhes ir embora. Nazmiyeh ficou esperançosa. Fizera bem ao voltar. Em ter confiado em Alá. Tudo daria certo. Entregariam aos soldados tudo o que tinham e iriam para Gaza. Ela podia até caminhar os 35 quilômetros de novo, ainda naquele dia. Tudo acabaria bem. *Allahu akbar.*

Nazmiyeh puxou a irmã para perto, como se fosse abarcá-la por completo. Beijou o rosto dela e deixou que as lágrimas da menina escorressem, traçando linhas na face cheia de fuligem.

Nenhuma das duas ouviu os dois soldados até um deles puxar Nazmiyeh pelo véu e arrancá-lo. Mariam ficou pasma. Os abundantes cachos acobreados de Nazmiyeh respiraram, exalaram e cortaram o ar quando ela se virou para encarar os agressores, o olhar penetrante fazendo os soldados recuarem e se entreolharem. E sorrirem. Eles falavam línguas diferentes e, ao que tudo indicava, não se entendiam, gesticulando para se comunicar. Ela se colocou diante da irmã e começou a tirar as três pulseiras de ouro, o *shabka* do seu dote. O marido quebrara a tradição e a presenteara antes do casamento planejado. Um dos soldados aceitou as pulseiras, mas o outro, sem qualquer interesse pelo ouro, não desgrudou os olhos de Nazmiyeh. Ele se aproximou, pegou um punhado de cabelo dela e o levou ao próprio rosto. Então inalou, fechou os olhos, agarrou-a pela nuca e a obrigou a esfregar o rosto nos órgãos genitais dele.

Conforme a apalpavam, rasgavam suas roupas, forçavam-na a ficar de costas e a despiam, Nazmiyeh mandou Mariam virar o rosto e fechar os olhos com a maior força possível. Disse que logo tudo acabaria e elas seguiriam seu caminho. Podia aguentar aquilo, pensou.

Nazmiyeh não entendeu o que o soldado gritou antes de penetrar nela. Apenas cerrou os dentes, abafando a agonia do estupro para que a voz não escapasse e chegasse aos ouvidos de Mariam.

— Grita! — mandou o soldado em sua língua, enquanto lhe dava estocadas cada vez mais fortes. — Grita! — Ele a levantou pelos cabelos, mas Nazmiyeh não compreendia nem suas palavras nem sua vontade de ouvi-la sofrer. Em vez disso, continuou a aguentar a violação tão silenciosamente quanto possível. Não conseguia ver Mariam, nem sabia aonde tinha ido. Fechou os olhos, lembrando-se do marido, Atiyeh, aquele homem tão bonito, em sua primeira noite juntos. Naquela ocasião também ficara calada, ciente de que a mãe dele e as cunhadas na certa estavam escutando atrás da porta da alcova. A lembrança daquela cumplicidade furtiva a levou a dar um tranco na cabeça, na tentativa de desassociá-la daquela realidade. O soldado achou que ela estava resistindo, o que o estimulou.

O segundo rapaz passou a estuprá-la, e o primeiro tentou meter o pênis na boca da jovem. Deu diversos tapas nela.

— Grita! — ordenou. — *Grita!*

Ela viu os olhos do homem, fendas de tom acinzentado em meio a bolsas de gordura. Os lábios dele estavam úmidos de saliva, e o suor lhe escorria pela fronte. Nazmiyeh manteve o maxilar contraído, o que irritou o soldado e o levou a se afastar, resmungando, em seu idioma:

— Sei como fazer pra essa puta gritar!

Ele voltou, arrastando Mariam pelos cabelos, como uma boneca molenga, a caixinha dos sonhos agarrada ao peito. As irmãs se entreolharam por um instante interminável, mas não o suficiente para dizer uma palavra antes de o tiro na cabeça de Mariam ressoar por uma eternidade, e a caixinha dos sonhos despencar escancaradamente, espalhando todo o conteúdo. Ante a terrível constatação de que o sol nunca mais brilharia por completo na sua vida, Nazmiyeh deixou escapar um urro selvagem de seu âmago.

O soldado de olho cinzento deu uma risada, excitado pelo grito que tanto quis arrancar dela, e empurrou o outro para foder de novo o corpo ensanguentado da mulher árabe voluptuosa. O lamento de Nazmiyeh continuou, à medida que ele ejaculava no corpo dela, e então foi a vez de o outro homem violá-la, enquanto ela olhava para Mariam, que jazia em uma poça vermelha crescente. Com uma determinação extenuante, continuou a gritar, como se a sua voz pudesse dilacerar a realidade completamente, para que nunca mais tivesse de encará-la.

Outros dois soldados chegaram, excitados pela vulgaridade, e, puxando-a pelos cabelos, colocaram-na em uma nova posição. Até mesmo os cachos desafiadores foram derrotados e ficaram flácidos de suor. Mais militares entraram e saíram do corpo da jovem, talhando sua vida até se satisfazerem. Ela ficou ali, uma marionete entalhada e vazia, com filetes de lágrimas, sangue e pavor ressequidos. Ouviu a própria respiração sibilante e se entregou ao silêncio desejoso da morte, torcendo para que a matassem também.

Porém, então, Mariam se moveu. A irmãzinha se levantou do cadáver no chão e se agachou perto de Nazmiyeh. Segurou com delicadeza o rosto inchado e choroso da irmã com as mãozinhas ossudas e repetiu as palavras que já haviam dito antes:

— Você é a pessoa mais espetacular que já conheci, irmãzona. Nunca se esqueça de como é especial e do quanto é amada. Sempre estaremos juntas.

— Não estou entendendo. Como você está falando comigo? — indagou Nazmiyeh, sem pronunciar uma só palavra.

— Tudo acontece como deveria. Um dia, tudo isto passará. Não haverá mais horas, soldados nem países. As angústias mais profundas e os triunfos mais gloriosos vão se esvair. Tudo que importará será este amor — acrescentou Mariam, apesar de seu corpo sem vida jazer em meio ao sangue.

Nazmiyeh tentou abraçar a irmã, enquanto sua aparição continuava a falar:

— Por favor, me deixe aqui. Não quero ir embora de Beit Daras. Mas você precisa partir agora. Tenha uma filha, e a chame de Alwan. Anda, vai!

— Saiam! — gritou um oficial israelense que acabara de chegar, ordenando aos soldados que deixassem a mulher árabe e levassem o corpo da criança para ser queimado com os outros. Sem dizer uma palavra, sem olhar para ninguém e sem medo, Nazmiyeh recorreu a um ódio preciso e frio para recolher os papéis, cadernos e lápis da irmã. Cobriu os seios com a caixinha de Mariam e o que restara das roupas rasgadas. Ficou de pé totalmente extenuada, com sêmen e sangue grudados pelas pernas, e saiu em passos vacilantes, sem olhar para trás.

 Os soldados não pareceram se importar. Ninguém a agarrou nem a chamou. Não faria diferença se o tivessem feito. Um passo após o outro, Nazmiyeh foi sendo levada pelas palavras da irmãzinha. Pela sensação das mãos da criança tocando-lhe o rosto. Pela maturidade da sua voz. Pelo amor. Quando por fim se deu conta de onde estava, já caminhara seis quilômetros na direção de Gaza, para onde outros palestinos em fuga estavam indo. Foi aí que ela viu um grupo de homens consumidos pelo fogo. Ao se aproximar, ficou sabendo que eram soldados sionistas e viu a mãe e Mamdouh caídos no chão. Atiyeh também estava ali, tentando levantar o irmão dela. Nazmiyeh correu na direção deles, querendo gritar, o som bloqueado na sua garganta. O ódio e a determinação que a haviam levado até ali se esvaíram, e as pernas ficaram bambas. Ela se esforçou e, quando finalmente soltou a voz, o que lhe brotou dos lábios foi uma promessa de outro tempo e outro lugar:

 — Alwan! — gritou, e continuou a repetir o nome ao vento até chegar ao que restara de sua família.

II

Mas a violência de uma história estrangeira queimou aqueles dias idílicos na terra natal, e o mar Mediterrâneo lambeu as feridas da nossa história ao longo do litoral de Gaza

TREZE

Minha teta Nazmiyeh pendurava o céu todas as manhãs, como um lençol de safira no varal, rodopiando na brisa.

Os refugiados perambularam de um lado para o outro, perdidos em sua confusão, por vários dias. Como as barracas só seriam distribuídas semanas depois, as pessoas dormiam no chão, com pedras, insetos e outros animais. Porém, os corpos acostumados com o trabalho pesado e a rotina religiosa continuaram a acordar antes do nascer do sol, somente para encarar a morosidade de um destino dormente, que traçava seus dias em filas repetitivas. Eles se enfileiravam cinco vezes por dia para a *salá*. Duas vezes para ganhar pão e sopa. Várias para usar os banheiros comunitários. As fileiras chegaram até a invadir os sonhos e moldar os pensamentos rebeldes, a ponto de, quando pensavam em retaliações, já imaginavam as filas a fim de receber as armas antes da partida para o combate, como soldados enfileirados. Quando os representantes das Nações Unidas chegaram, os refugiados fizeram fila para escrever os próprios nomes em cadernos grossos. Em troca, ganharam pequenos carnês, que eram carimbados após cada provisão recebida. Conforme a realidade de sua condição foi se cristalizando ano após ano, os refugiados guardavam com zelo qualquer prova que tinham de suas casas, com o intuito de passá-la aos filhos. Portanto, aqueles carnês de racionamento começaram a se acumular como fragmentos de identidade e herança, chegando a ser emoldurados e expostos em paredes de museus.

Quando Nazmiyeh deixou os estupradores para trás naquele dia fatídico de 1948, sem ter sido impedida nenhuma vez, ela percebeu que Mariam continuava com ela e que aquela imagem não fora apenas resultado de alucinação. A presença constante do espírito da irmãzinha a protegia. Tinha certeza disso; nunca duvidou de que Mariam pudesse ouvi-la. Portanto, falava com ela frequentemente. A princípio, Atiyeh ficou perplexo ao ouvir a esposa falando sozinha, enquanto fazia faxina na casa, tomava banho e lavava a roupa. Depois de cada *salá*, ela dizia: "*Habibti*, Mariam". Antes de fazerem amor, pedia a Mariam que não olhasse. Com o tempo, Atiyeh acabou se acostumando e até começou a acreditar que talvez, lá do mundo invisível, Mariam estivesse protegendo a família. Afinal de contas, como Nazmiyeh bem lembrou, ele próprio não se assombrara com a visão de Sulayman e ficara mudo?

— Não duvide da existência de um ser só porque você não pode vê-lo ou ouvi-lo, marido — disse Nazmiyeh a ele. — Sei que vi e ouvi a Mariam naquele dia, assim como estou vendo e ouvindo você agora, aqui na minha frente. Foi por causa dela que a gente conseguiu sobreviver durante a nossa jornada até aqui, quando os sionistas começaram a matar indiscriminadamente depois que Sulayman pôs fogo nos soldados.

Quando o primeiro filho nasceu, um menino de olhos cinzentos, Nazmiyeh enxergou apenas os olhos do estuprador e gritou para as sombras:

— Este é filho do demônio. Alá está me testando? Como posso amar esta coisa? Como vou amar o filho do diabo? — *Astaghfirullah!* A parteira colocou o bebê nos seios da mãe, mas ela o empurrou e continuou a suplicar para o nada: — Me diga, Mariam!

— Você está delirando agora por causa do trabalho de parto, mas é melhor parar de falar maluquices, ou este bebê vai acabar morrendo de fome, mulher! — avisou a parteira.

Nazmiyeh virou o rosto e avistou algo em um canto obscuro do ambiente. Deu um largo sorriso e, depois, uma gargalhada. Risadas tensas e esquisitas. A parteira, uma mulher de Beit Daras que se lembrava da *haji* que defecara no rio e falava com o jinn, suspeitou que a jovem puxara à mãe e, naquele momento, comunicava-se com o mundo proibido. Olhou para o canto do cômodo para ver o que atraíra a atenção de Nazmiyeh, mas não viu nada além de papéis espalhados com desenhos infantis em uma caixinha de madeira aberta. A parteira pegou depressa os próprios pertences, recitando baixinho versos do Alcorão, e saiu tão rápido que se esqueceu de receber o pagamento do marido, que esperava do lado de fora.

Atiyeh cobriu o primogênito e observou o olhar ausente de Nazmiyeh. Não conseguiu acalmar o bebê e tentou convencer a esposa a alimentá-lo. Acariciou os cabelos dela, pôs a criança naqueles braços inertes e hostis e, em seguida, pegou-a de volta. Tentou consolá-la, mas o choro da fome atingiu a ambos, pai e filho.

— Que nome a gente vai dar pro nosso primogênito, Nazmiyeh? O que você acha de Mazen? Você quer ser Um Mazen, minha querida? O menino precisa saciar a fome agora.

— Vamos dar o nome de Iblis! — respondeu ela. Diabo.

Atiyeh caminhou de um lado para o outro, nervoso, sem conseguir acalmar o bebê, cujos berros ecoavam do abismo do abandono. Por fim, segurou o filho com uma das mãos e, com a outra, deu um tapa no rosto da esposa, com toda a força de sua angústia.

— Nazmiyeh! Ou você amamenta esta criança agora, ou, por Alá, vou me separar de você!

Ela fitou o rosto do marido e viu aqueles endurecidos olhos marejados. Estendeu os braços e, aos poucos, levou o bebê choroso até o seio, sugado com uma ferocidade que, de início, lhe provocou repulsa. Porém, dali a pouco, a sucção do filho criou um ritmo que fluiu por ela até que ficasse calma como um rio. Nazmiyeh balançou o corpo em uma lenta cadência maternal, hipnotizada pela boca conectada ao seio. Continuou a se mover, mãe e filho tornando-se um só, enquanto lágrimas silenciosas umedeciam o seu rosto. Atiyeh segurou a mão da esposa, e os dedos de ambos se entrelaçaram em uma dança, como ocorrera em um tempo e espaço irrecuperáveis, toda primeira quinta-feira de cada mês.

Mais tarde, ela falou com Mariam:

— Continua comigo, por favor, irmã.

Às vezes, Nazmiyeh pedia à irmãzinha que lhe desse um sinal de que ainda estava por ali.

— Nunca vou duvidar, irmã — salientou ela, aos nove meses de gravidez do quarto filho, enquanto se curvava para dar banho nos outros três, que tinham entre si uma diferença de dez meses. Todos meninos. Toda vez que engravidava, Nazmiyeh rezava para que fosse a menina destinada a se chamar Alwan. — Me dê um sinal, talvez, Mariam.

De vez em quando, ela abria a caixinha da irmã e folheava os papéis, sem entender a escrita incompreensível. Naquelas ocasiões, Nazmiyeh desejava saber ler. Depois, guardava-os com delicadeza, tomando cuidado para não rasgar nada, e recolocava a caixinha na prateleira mais alta, longe do alcance das crianças e protegida entre pilhas de roupas dobradas.

Quando deu à luz o quinto filho, a dor do parto se tornara parecida com o frio do inverno ou o suor do verão: às vezes difícil de aguentar, mas já conhecido e tolerável. Ela respirava de forma compassada, agachada, e empurrava repetidamente até a criança estar pronta e a parteira conseguir puxá-la. Nazmiyeh prendeu a respiração.

— É o quê? — perguntou.

Outro menino. Ela respirou o ar estagnado do ambiente e fechou a cara, olhos cerrados e testa franzida, já imaginando que teria de enfrentar outra gravidez em breve, até sua filha, Alwan, vir ao mundo. Em seguida, expirou sua decepção e rogou a Alá que a próxima criança fosse uma menina.

CATORZE

O vínculo da viúva do apicultor com a gente era puramente de amor. Aquela mulher sem filhos viveria feliz em qualquer lugar, desde que pudesse meter as mãos numa terra fértil, deixar o esterco revigorante vicejar sob as unhas e conversar com as plantas que cultivava.

Mamdouh fitou o carnê de racionamento, emitido pela Agência das Nações Unidas de Assistência aos Refugiados (UNRWA), que o indicava como chefe da casa. Só que não havia casa nem nada a chefiar. Morava em uma barraca, que compartilhava com a irmã Nazmiyeh, o marido dela, Atiyeh, os filhos dos dois e os pais do cunhado. Não obstante, Mamdouh raramente ficava ali. Na maior parte dos dois primeiros anos depois que foram obrigados a deixar Beit Daras, ele dormiu nas areias do litoral de Gaza, sob uma abóbada de estrelas. Conseguiu trabalho como assistente de um ferreiro local e passou a dar um terço do que ganhava a Nazmiyeh e o outro terço à viúva do apicultor. Achou que era a atitude correta para honrar o homem que fora como um pai para ele. No entanto, também havia outro motivo. Durante os anos em que fora aprendiz, Mamdouh e a filha mais nova do apicultor, Yasmine, tinham se apaixonado. Eles nunca haviam falado no assunto, nem tomado uma atitude a respeito porque ela fora prometida e, depois, acabara se casando. Mesmo depois que o marido acabara assassinado pelos judeus, a jovem e Mamdouh só transmitiam seus sentimentos mútuos por meio de olhares furtivos, quando ele chegava para dar dinheiro à madrasta dela.

A viúva do apicultor era uma mulher animada que adorava cozinhar e se manteve inalterada, apesar da guerra, da expropriação, da viuvez e da pobreza.

Era a terceira esposa do criador de abelhas, não muito mais velha do que a própria Yasmine. E, embora elas não gostassem muito uma da outra nos tempos mais auspiciosos, acabaram se aproximando devido ao passado, pois foram as únicas duas sobreviventes da família depois da guerra e criaram um lar afável, com as feridas e perdas compartilhadas, além do prazer da viúva pela comida. Ela passava os dias cozinhando e garantindo os melhores ingredientes para as refeições seguintes. Algumas semanas depois de ter passado a viver como refugiada, a viúva recolhera os fragmentos do seu coração partido e vasculhara a área em busca de um pedaço de terra onde pudesse cultivar uma pequena horta.

Todos os dias, ela colhia os frutos de seu trabalho, que usava para cozinhar, preparar remédios fitoterápicos e negociar. As verduras, ela utilizava para pechinchar e conseguir leite de cabra fresco, que batia para fazer manteiga, aquecia para fermentar e fazer coalhada ou iogurte, filtrava para fazer *labneh* e curtia para fazer queijo. Trocava beterrabas, repolhos, pepinos e batatas por frangos e ovos. Enquanto as outras mulheres ficavam nas barracas, aflitas e abaladas com a lama e a humilhação, imobilizadas naqueles tempos estagnados à espera do jornal do dia seguinte, da próxima provisão, na expectativa de que alguém fizesse alguma coisa, de que chovesse ou anoitecesse, de que retornassem a Beit Daras, a viúva do apicultor começou a espalhar o cheiro da normalidade no ar e inspirou outras mulheres a se dedicarem aos lares provisórios. Logo elas começaram a se reunir, como sempre tinham feito, para lavar roupa, fofocar, enrolar folhas de uva, catar gorgulhos e pedrinhas do arroz. Os maridos suspenderam varais de roupas para elas e construíram cozinhas comunitárias e fornos sob a terra, para assar o pão. Em meio à comoção de uma revolta nacional e à tristeza coletiva que se aprofundaram até as raízes da história e se expandiram por várias gerações, os refugiados de Beit Daras voltaram às piadas e aos escândalos de costume. E, enquanto aguardavam a volta para casa, nasceram bebês e planejaram-se casamentos. O ímpeto das banalidades reconfortantes da vida fez com que fossem dos catres aos espaços comunitários, onde se reuniam para orar, tomar o café da manhã e o chá da tarde. A guerra fora um grande equalizador e pusera todos, independentemente da posição social ou da riqueza, nas mesmas barracas de lona, alinhadas em fileiras igualmente espaçadas em campos abertos e sem sombra. Todas as crianças brincavam juntas e, em pouco tempo, passaram a frequentar aulas ao ar livre ou nas barracas. Os canalhas, os santos, os fofoqueiros, as mães, as prostitutas, os devotos, os comunistas, os egoístas, os hedonistas e todos os outros *istas* retomaram seus costumes naquele destino novo e amorfo.

Com o tempo, tijolos de barro e metal corrugado substituíram as barracas de lona, e os campos de refugiados deram origem a uma subcultura marcada por profundo orgulho, rebeldia e inabalável reivindicação pela dignidade da terra natal, não importando quanto tempo demoraria e nem quanto custaria. Os campos se tornariam o epicentro de um dos problemas mais inextricáveis do mundo, e alguns dos poetas e artistas árabes mais importantes nasceriam em meio àquela multidão. E ali, no âmago da comunidade sem teto, o amor e o carinho que a viúva do apicultor injetava em cada refeição fizeram de seu lar uma fonte de vida, de onde os aromas da cebola, do alecrim, da canela, do cardamomo e do coentro adejavam para todo o campo, despertando lembranças, histórias e esperanças. Na hora da refeição, a casa daquela mulher estava sempre cheia de gente. Vizinhos, velhos e novos amigos. E, obviamente, uma vez por mês, Mamdouh ia até lá. Chegava acanhado, concentrando a atenção e o esforço na tentativa de andar com a maior elegância e simetria possíveis. A bala que golpeara uma de suas pernas durante o Naqba atingira a placa de crescimento, o que, consequentemente, interrompera seu desenvolvimento, enquanto a outra continuara a crescer alguns centímetros, levando-o a mancar e a andar de forma desajeitada. O calço que ele colocara num dos sapatos ajudava, mas não era suficiente.

A viúva do apicultor preparava os pratos favoritos de Mamdouh usando um *hashweh* especial com a sua própria mistura de temperos e recheando os legumes da horta com arroz e carne. Ele adorava o *koosa* dela, uma abobrinha recheada com molho de tomate condimentado. O tempo que passava naquela casa no dia do pagamento era tão recompensador quanto seus ganhos, não só pela comida saborosa, como também pela oportunidade de ver Yasmine, pois, como se sabia, embora não se mencionasse, ele acabaria pedindo a mão dela em casamento algum dia, quando tivesse economizado o suficiente para iniciar uma família.

De fato, Mamdouh vinha guardando o outro terço do salário justamente com esse fim e, em menos de um ano, acumulou o bastante para buscar trabalho no Cairo, onde conseguiu um emprego em uma grande empreiteira. Antes de partir para lá, para a cidade que, na época, administrava Gaza, levou Nazmiyeh e Atiyeh para pedir a mão de Yasmine. Ofereceu um modesto dote de duzentas libras egípcias e um *shabka* de noivado composto por um colar de ouro e brincos pendentes combinando. Para dar as boas-vindas a Yasmine,

Nazmiyeh tirou uma das duas pulseiras do seu próprio *shabka*, que o marido comprara para repor as que tinham sido roubadas pelos soldados, e a colocou com carinho no pulso da futura cunhada. As mulheres deram início aos *zaghareet*, gritos que difundiam a alegria de um coração para que todos ouvissem.

Os uivos anunciavam ao mundo que Yasmine aceitara, e uma comemoração espontânea teve início. Os vizinhos já haviam se reunido do lado de fora da casa de Yasmine com expectativa — afinal, questões matrimoniais nunca eram mantidas em segredo em comunidades palestinas, e ali, no ambiente apinhado do campo de refugiados, todos sabiam quase tudo sobre todo mundo. A dança e a cantoria prosseguiram noite adentro. A viúva do apicultor e Nazmiyeh, na qualidade de representantes do sexo feminino da noiva e do noivo, anunciaram que a festa oficial de noivado aconteceria dali a duas semanas e, depois, Mamdouh viajaria para o Cairo sozinho, a fim de trabalhar e juntar dinheiro para o casamento e a nova casa.

No dia da comemoração oficial do noivado, a viúva do apicultor comprou carne fiado do açougueiro, a quem pagaria mais tarde com os produtos frescos da horta, e fez um banquete, servindo cordeiro assado com cominho, canela e pimenta-da-jamaica, oferecido com sementes de pinheiro torradas e arroz, folhas de uva enroladas e abobrinhas recheadas, saladas variadas, *mezze* e molho de iogurte com pepino, hortelã e alho, refeição que os refugiados comentariam por várias semanas.

— Ninguém cozinha como a viúva do apicultor — diziam.

E Mamdouh retrucava:

— É verdade, porque ela faz tudo com amor.

As mulheres convidadas falavam com carinho do noivo. Era uma boa escolha para Yasmine, apesar de ser manco e não ter família, exceto uma irmã. Então, uma das mulheres sibilou, numa incontida reprovação a Nazmiyeh:

— Todo mundo sabe que aquela mulher pode dar uma chicotada com a língua sem piedade, o que não é nada de que se orgulhar.

Porém, uma vizinha comentou:

— Que Alá proteja a gente da sua língua ferina. Aquela pobre coitada mais parece uma coelha, parindo um filho após o outro desde a guerra. Morda a língua e se arrependa. Não vou aceitar que fale mal assim de Um Mazen no dia feliz do irmão dela!

QUINZE

Subitamente transformados em refugiados sem teto após Israel ter-lhes tomado tudo, os palestinos se tornaram objeto tanto da pena quanto da exploração de todo o mundo árabe. As mentes mais brilhantes da Palestina passaram a gerar frutos para outras nações — fazendeiros outrora orgulhosos foram buscar o pão de cada dia, tornando-se trabalhadores desesperados distantes de suas terras. Meu tio-khalo Mamdouh foi levado por essa torrente de subemprego que continuou a carregá-lo para terras cada vez mais distantes.

No Cairo, Mamdouh trabalhava sem descanso. Morava em um dormitório com outros operários palestinos e acordava todos os dias com o chamado do *adan* convocando os fiéis para a oração. Fazia sua *salá* matutina antes do trabalho e, ao fim do dia, só lhe restava energia para tomar uma xícara de chá e compartilhar um jantar leve com os colegas antes de despencar na cama. Às vezes, ficava acordado para contar o dinheiro, que guardava em uma pochete presa o tempo todo ao seu corpo até poder mandar os ganhos para que Yasmine os guardasse. Tirava dois dias de folga por mês a fim de ir até Gaza e saborear os quitutes preparados pela viúva do apicultor, Yasmine e Nazmiyeh, que passavam o dia anterior planejando e cozinhando os pratos favoritos dele. Mamdouh já encontrava água esquentando no fogo ao chegar, de modo que pudesse tomar um banho decente, o único que tomava no mês devido ao fato de só haver água gelada na bica do dormitório. As três mulheres da sua vida já teriam lavado e arejado ao sol um *dishdasha* simples e, assim que ele por fim chegava de táxi ou jinriquixá, envolviam-no com o robe longo e o cobriam de beijos e de bênçãos.

Todas as vezes, trazia consigo souvenires e histórias do Cairo. Em uma, contou novidades do Kuwait, onde o petróleo estava fazendo surgir novas cidades e indústrias, e uma nova sociedade de intitulados beduínos passara a contratar os palestinos para todo tipo de serviço: construção, trabalho em hospitais e escolas, até mesmo o preparo de refeições e a limpeza do traseiro deles. Vários dos colegas palestinos de Mamdouh no Cairo já haviam se mudado para lá e falado bem do deserto.

— Estive pensando que a gente podia ir pra lá — disse ele, mesmo sabendo que Nazmiyeh jamais deixaria a Palestina e que Yasmine provavelmente também relutaria em fazê-lo. A viúva do apicultor, por outro lado, estava disposta a voar para onde quer que o vento a levasse, exceto para solos áridos, onde alimentos não brotassem da terra, e o Kuwait era basicamente um deserto no litoral.

Nazmiyeh estava na sexta gravidez quando Mamdouh e Yasmine partiram para o Kuwait. Antes de irem embora, ela acariciou o rosto do irmão e, em seguida, o da cunhada. Beijou os dois com os olhos marejados e repetiu as palavras que Mariam inculcara em seu âmago:

— Sempre estaremos juntos.

Nazmiyeh sentiu a dor de ser a única da família a ficar em Gaza, embora soubesse que Mariam continuaria ali, junto com o marido, um homem que enfrentara a própria família para ficar com ela. Os parentes de Atiyeh nunca chegaram a aceitá-la e, à medida que mais irmãos dele se casavam, o grupo de mulheres que a odiava foi ficando cada vez mais cruel, sob a liderança da sogra, que nunca aceitara o fato de o filho ter se casado com alguém de nível social mais baixo. Diziam que Nazmiyeh era embruxada como a mãe, Um Mamdouh, e que levaria o mal a qualquer lugar em que estivesse. Além disso, diziam que a língua ferina da jovem comprovava que tinha o diabo no corpo e achavam que rebolava de propósito ao caminhar, afirmando ter pena de Atiyeh por ele ser obrigado a suportar tamanha vergonha. Comentavam que o *hijab* dela estava sempre meio solto na cabeça e que, às vezes, ela deixava cair alguns cachos acobreados sob as vistas de todos.

O isolamento que criaram para Nazmiyeh e Atiyeh, porém, acabou aproximando-os ainda mais. Um bebê após o outro chegava para subsistir quase sem alimento suficiente, e os pais passavam as noites contando as moedas obtidas com a pesca diária. A vida da família florescia ternamente, com rotinas, bobagens, lágrimas e dificuldades. Quando os garotos eram pequenos, Nazmiyeh carregava dois de uma vez nas costas durante o trabalho, e, conforme iam crescendo, começavam a ir com o pai no barco pesqueiro rumo ao mar Mediterrâneo, onde aprendiam a se maravilhar com o mundo e a se curvar humilde e agradecidamente para Alá todos os dias, cercados de água por quilômetros e quilômetros. Nazmiyeh ficava esperando no litoral até que sumissem de vista na imensidão do oceano. Às vezes, continuava ali um pouco mais, contemplando o misterioso azul entre o céu e a água e cantando a música de Mariam:

> *Ah, venha me encontrar*
> *Eu estarei naquele azul*
> *Entre o céu e a água*
> *Onde o tempo é o presente*
> *E a gente, a eternidade*
> *Fluindo como um rio*

DEZESSEIS

Quando minha teta Nazmiyeh falava do irmão, Mamdouh, ou do meu tio Mazen, seus olhos mudavam. Tornavam-se ambientes vazios onde ela entrava, mobiliando-os depressa com histórias dos dois. Não era nostalgia, mas um exercício de memória, um afazer para mantê-los por perto.

Três anos depois da partida, Mamdouh e Yasmine fizeram uma visita com seu primogênito, um menino de 1 ano que nomearam Mhammad em homenagem ao pai de Yasmine, o velho apicultor de Beit Daras. Nazmiyeh, sempre grávida ou amamentando, com crianças penduradas nos braços, acolheu Mhammad e pediu ao irmão que voltasse a morar em Gaza, para que o menino pudesse crescer com os primos na própria terra de origem. Embora não fosse Beit Daras, era a Palestina. Mamdouh, porém, encontrara um lugar no Kuwait no qual começara a progredir e a subir de cargo, passando de operário a contramestre. O estudo incompleto era compensado por um talento natural para matemática e análise espacial. Como lidava com facilidade com os projetos e as plantas, um famoso arquiteto palestino o colocara sob tutela no Kuwait.

— Os palestinos estão construindo o Kuwait desde a areia — contou Mamdouh a Nazmiyeh. — Vocês precisam ver! Meu mentor está fazendo projetos para todo o país. Outro palestino já formou o exército de lá, e teve um que fundou a força policial. Os principais médicos e cirurgiões são todos palestinos e também estão cuidando de quase todos os ministérios do país, da educação ao interior. — Ele fez uma pausa antes de, em seguida, anunciar com orgulho: — Vou ser arquiteto.

Com tantos partos sucessivos, Nazmiyeh estava sempre carregando bebês ou levando filhos grudados nas pernas ou pendurados nos seios. E, apesar de se queixar o tempo todo das intermináveis demandas das crianças e de afugentar os mais velhos como se fossem moscas irritantes quando exigiam demais ou se comportavam mal, ela sempre ficava inconsolável quando partiam para o mar com o pai. Esperava na praia arenosa do mar Mediterrâneo, sentindo o vazio da ausência dos filhos, enquanto observava uma onda rebentar após a outra. Para o homem e os meninos que moravam no coração de Nazmiyeh, também fazia parte do encantamento da pesca a volta para casa e para a mulher que os esperava cheia de expectativa, com refeições fartas e, no caso de Atiyeh, com uma noite de amor que adentrava a madrugada e assumia diferentes contornos sucessivamente até ele sentir uma pontada na alma, exaurido de amor por ela.

Porém, a alegria do pai e dos filhos sempre era tolhida pelo desânimo dela quando partiam. Portanto, durante aqueles primeiros anos após o Naqba, com Gaza ainda governada pelo Egito, ficou combinado que um dos meninos mais velhos permaneceria com a mãe sempre que Atiyeh partisse para as pescarias com pernoite. Foi em uma ocasião daquelas, no inverno, quando Mazen, na época com 12 anos, ficara para assumir o papel de homem da família, que Nazmiyeh percorreu em disparada o campo de refugiados de Nusseirat, como um furacão, levantando poeira, enfurecida, lembrando a todos por que não deviam atravessar-lhe o caminho.

Mais cedo, apenas uma hora antes, Mazen entrara de supetão em casa, chorando, a raiva dominando-lhe o corpo juvenil e a incredulidade fazendo sua voz tremer, e confrontara a mãe.

— A senhora foi estuprada? E sou o filho do seu estuprador?

Nazmiyeh ficou rígida. Afastou-se dos legumes que vinha cortando, olhou nos olhos de tom acinzentado do filho, quase tão azuis quando o céu matutino. Seu primogênito, que mamara nos seios dela mais tempo do que qualquer outro, agora estava prestes a se tornar adulto. Ela o abraçou, absorvendo a fúria e a humilhação.

— Não — respondeu ela, com uma calma implacável. — Quem foi que falou isso? — Mazen disse um nome. — Conheço esse menino — afirmou Nazmiyeh, saindo pela porta da frente, seguida do filho.

Não chegou a ir muito longe, pois logo viu o garoto com os amigos. Ele correu quando viu Nazmiyeh se aproximando, e ela gritou para os outros:

— É melhor vocês pegarem aquele danado, ou vou arrancar as orelhas de todo mundo! Não vai sobrar ninguém!

Eles obedeceram, assustados com a ira lendária da mulher. Ao alcançar o garoto, que se contorcia para tentar escapar das mãos dos amigos, Nazmiyeh o puxou pela orelha e começou a bater nele com o chinelo. Quanto mais o rapaz berrava, mais ela o castigava. As pessoas foram se reunindo ali. Um idoso interveio e exigiu que Nazmiyeh parasse, evocando a concórdia de Alá para acalmá-la. *La ellah illa Allah*. A mulher o fez, pois nem mesmo ela desobedeceria à ordem social de respeitar os mais velhos, mas continuou a gritar com o garoto, insistindo que revelasse quem lhe contara a imundície que vinha espalhando.

Mais tarde, naquela noite, o garoto, a mãe e a avó foram à casa de Nazmiyeh. O jeito acuado do menino a fez se lembrar do dia em que Atiyeh, assombrado e emudecido por Sulayman, chegara a sua casa em Beit Daras para pedir perdão à mãe dela. Então sorriu e convidou todos a entrar e tomar chá.

— Um Mazen, o meu filho me contou o que falou, e vim até aqui para lhe dizer duas coisas. Primeiro, que pode acabar de dar a surra, se quiser. Segundo, que ele não ouviu aquilo na minha casa. Foi a velha parteira. Ela falou na frente do meu filho que, quando Mazen nasceu, você gritou que era o filho do demônio.

— *Tfadalo*, irmãs. — Nazmiyeh serviu o chá. — Vou lidar com essa parteira quando o meu marido e os meus filhos voltarem.

As boas-vindas tão ansiadas por Atiyeh e pelos filhos foram substituídas, daquela vez, pela urgência de assuntos pendentes. O *mukhtar* da cidade fora convocado para resolver a questão da terrível fofoca da parteira, e todos aguardavam a chegada do pescador com ansiedade.

Os homens se reuniram: Atiyeh, o *mukhtar*, o marido da parteira e vários anciões. O encontro se iniciou com café e uma mostra de arrependimento do marido da parteira. Ele garantiu a Atiyeh que colocara a mulher no devido lugar e lamentou pela língua dela, que desonrara a ambos. Ofereceu a Atiyeh uma das pulseiras de ouro da esposa em sinal de desculpas; não tinham muito mais a dar. O *mukhtar* aconselhou que Atiyeh aceitasse a oferenda, que poria um basta na disputa, e foi o que ele fez. O marido de Nazmiyeh e o da parteira trocaram um aperto de mãos, abraçaram-se e beijaram-se no rosto cordialmente, e a reunião terminou com chá e doces. No dia seguinte, Nazmiyeh foi ao mercado exibindo a nova pulseira de ouro no braço, que ostentou por uma semana para dar uma lição na velha. Depois, acabou devolvendo-a, um gesto magnânimo que a levou a conquistar o respeito e a eterna lealdade da parteira.

Ninguém ousou pronunciar nem mais uma palavra sequer sobre o assunto, e a parteira passou a negar que alguma vez tivesse pensado qualquer mal de Nazmiyeh. As pessoas se esqueceram rápido do ocorrido, mas a dúvida estava plantada no coração jovem de Mazen, germinando um profundo sentimento de solidão, bem como um impulso tácito, porém ferrenho, de resistência nacional. Ele deixou de participar das pescarias e se tornou o protetor da mãe.

DEZESSETE

Às vezes, minha teta Nazmiyeh perdia a força nas pernas e parava o que quer que estivesse fazendo até recobrar os movimentos. Aquela paralisia repentina podia durar de alguns minutos a vários dias. Uma curandeira tradicional lhe disse que não precisava se preocupar. Falou que os anjos estavam zelando por ela e que prender-lhe as pernas era a solução que tinham encontrado para evitar que caminhasse para o mal. Minha teta acreditou naquilo, certa de que Mariam era seu anjo, e a comprovação de tudo lhe veio durante a Guerra dos Seis Dias.

Durante a décima gravidez de Nazmiyeh, em 1967, Israel atacou o Egito, provocando uma guerra que duraria apenas seis dias e traria à vida dela o desfile de uma nova geração de soldados sionistas. O primeiro que Nazmiyeh viu de perto usava óculos escuros de armação grossa e deixava transparecer uma inocência irrelevante deslocada em militarismo hostil. O rosto jovem estava embriagado pelo poder e recoberto pela sordidez da invasão enquanto ele apontava o rifle com autoridade ameaçadora. Atiyeh e os filhos mais velhos tinham sido capturados e levados em um caminhão, junto com outros homens, de modo que Nazmiyeh estava sozinha, com as crianças pequenas apavoradas aferrando-se ao cafetã que ela usava, quando olhou para o soldado e ele ordenou, aos gritos, que continuasse andando. Sentiu um ódio latente que a estimulou a atacar, mas as pernas perderam a força, totalmente bambas, e ela caiu no chão antes que o soldado atirasse. Só voltaria a caminhar três anos depois. Então com 40 anos, Nazmiyeh teve certeza de que Mariam havia interferido para salvá-la, pois certamente a teriam baleado. Alguns vizinhos a levantaram e carregaram até uma área designada, enquanto soldados de capacete, uniformes ameaçadores e botas de cano alto, todos filhos idênticos de uma puta sionista, saqueavam e pilhavam as casas, estupravam e matavam, queimavam a terra e renovavam a glória da degradação árabe.

A humilhação daquela guerra se infiltrou em todos. Andavam cambaleantes de um lado para o outro, mergulhados em mais uma perda, um novo ódio e um pavor reavivado. As pessoas viram na televisão o exército judeu de poloneses, austríacos, alemães, franceses, britânicos, italianos, russos, ucranianos, iranianos e outros entrar marchando em Jerusalém e destruir os bairros não judeus. Foi um momento chocante que dividiu o mundo em dois: os que festejavam e os que choravam.

Os palestinos choraram, mas as lágrimas sempre secam ou se transformam em outra coisa. Com o tempo, o anormal se normalizou, e a brutalidade constante dos soldados israelenses acabou se tornando o custo da sobrevivência. Houve quem perseverasse e revidasse também.

As pernas de Nazmiyeh continuavam paralisadas quando ela deu à luz o décimo primeiro filho, gerando boatos que se propagaram pelo campo e enriquecendo a reputação da mulher acerca de sua maestria nos assuntos relacionados ao leito conjugal. As mulheres lembravam como o marido abandonara toda a família por causa dela. E como jamais olhara para outra mulher com segundas intenções e nem conseguira uma segunda esposa, como tantos homens faziam. E mesmo naquela época, quando Nazmiyeh não conseguia mexer as pernas, ela e Atiyeh tinham arrumado um jeito de conceber outro filho. As mulheres do campo ficaram impressionadas, com dúvidas que não ousavam pedir para que esclarecesse. Como ela fazia? Tentaram imaginar os detalhes mecânicos, e muitas passaram a procurar aconselhamento de Nazmiyeh sobre pormenores íntimos e aventuras carnais.

Apesar de várias considerarem um sinal de boa sorte ela ter parido tantos filhos um após o outro, a esposa de Atiyeh ficou arrasada com o parto e sua incapacidade de gerar a filha que prometera chamar de Alwan. Chorou quando a parteira anunciou que dera à luz outro menino. Ela sentia o útero em frangalhos; das pernas, ainda nenhuma melhora. Ansiou ver Mariam ao colocar o recém-nascido para mamar. Soltou um longo suspiro, deixando escapar a exaustão de anos, e começou a falar com a irmã invisível enquanto a parteira, que já se acostumara com os peculiares monólogos pós-parto da amiga, fervia a placenta para preparar o caldo revigorante que vendia como tratamento para várias enfermidades, de gripe a esterilidade. O útero fértil de Nazmiyeh se tornara uma boa fonte de renda para a parteira, pois era considerado extremamente abençoado.

— Ah, Mariam. Está vendo só, irmã? — perguntou Nazmiyeh para o nada. — O que faço agora? Talvez não consiga sobreviver a mais um. Faz quase vinte anos que os meus peitos não secam.

Ninguém entendeu por que Nazmiyeh parou de conseguir andar, nem como ela misteriosamente recuperou o movimento. Independentemente do motivo, não fazia diferença. Surgiam cada vez mais histórias e explicações, dando cada vez mais vazão ao mito de Nazmiyeh e ao fascínio que ela exerce.

DEZOITO

O destino se cumpriu na décima segunda e última gravidez da minha teta Nazmiyeh, quando a minha mãe Alwan por fim nasceu. Foi no mesmo ano em que meu tio-khalo Mamdouh telefonou do Kuwait para dizer que sua família logo se mudaria para a Amreeka. "Para a Carolina do Norte", especificou. A minha teta não sabia onde ficava, só que era um lugar ainda mais distante. Um dos seus filhos já estava noivo e planejava se mudar para a Arábia Saudita a fim de trabalhar. Em vez de retornarem e se reunirem, os integrantes das famílias estavam partindo e debandando. Minha teta achou que a Palestina acabava se dispersando, indo para cada vez mais longe, ao passo que Israel se aproximava cada vez mais. Os israelenses confiscaram as colinas e instauraram colônias exclusivas de judeus nos solos mais férteis. Desenraizaram as canções nativas e plantaram mentiras no solo para fazer germinar uma nova história.

Nazmiyeh levou sua preciosa joia, Alwan, a filha prometida, ao seio.

— Ela está aqui, Mariam! Finalmente chegou, irmãzinha — sussurrou após o parto, enquanto a parteira recolhia a placenta e limpava o lugar. Como sempre faziam com cada recém-nascido, Nazmiyeh e Atiyeh ficaram deitados juntos e contaram os dedinhos das mãos e dos pés, procuraram marcas de nascença e guardaram na lembrança os detalhes corriqueiros de mais um marco importante de seu amor.

— Agora que a gente tem Alwan, não vamos mais fazer sexo — declarou Nazmiyeh.

Atiyeh deu um sorriso malicioso, sem se deixar abalar.

— Isso é o que você diz *agora*, mas nós dois sabemos muito bem que você não vive sem isso. Além do mais, o que vai dizer para toda a mulherada que vem pedir seus conselhos? A sua abstinência poderia afetar o crescimento populacional dos palestinos, e a gente já não ameaçaria mais Israel demograficamente.

Nazmiyeh riu.

— Está bem, então. Vou continuar com o sexo, para o bem maior da Palestina.

A resistência em Gaza começava a aumentar, e uma via férrea subterrânea passou a levar armas e combatentes treinados para se unir às guerrilhas da OLP. A conspiração para sabotar a ocupação de Israel ganhou força. No dia em que Alwan completou 1 ano, os combatentes conseguiram destruir várias tubulações de gás que abasteciam as colônias exclusivas de judeus das cercanias, levando o caos aos israelenses. Para comemorar, depois de três semanas da imposição de um toque de recolher, Nazmiyeh decidiu marcar a ocasião com uma festa de aniversário na praia para Alwan, que acabara de começar a andar.

Os filhos fizeram uma fogueira para assar peixes e legumes. Dois, já comprometidos, levaram as noivas. Mazen, então com 20 anos, ainda não escolhera uma esposa, e os outros diziam jocosamente que ele era como Yasser Arafat, "casado com a resistência". Os familiares se sentaram sobre mantas, fumaram, riram e ouviram o chamado da água, que estava gelada demais para que nadassem. Outros fizeram piquenique na praia também, felizes por saírem de casa depois do toque de recolher. Um grupo de homens perambulava sem família, e soldados observavam com hostilidade, como sempre faziam em seus postos.

— Só a minha esposa é mais bonita que o oceano — comentou Atiyeh.

Nazmiyeh suspirou.

— O que você está querendo, marido? Sei que quer alguma coisa quando faz esse tipo de elogio.

Ele sorriu, dando baforadas no narguilé, e piscou para a esposa.

— Por enquanto, um desses *kebabs* de peixe já serve.

Ela lhe lançou um olhar insinuante e estendeu o braço para pegar um *kebab*, notando que um grupo de homens atrás de Atiyeh caminhava lentamente na direção deles. Um dos filhos do casal perguntou ao irmão se os conhecia. Eram estrangeiros. Nazmiyeh tampouco os reconheceu. Então, um deles sorriu, agitou o braço para saudá-los e gritou em um impecável árabe palestino:

— Mazen Atiyeh! *Salaam*, irmão! Tudo bem com você?

O corpo dele ficou rígido enquanto os irmãos se juntavam e fechavam igualmente a cara. Atiyeh se levantou e ordenou a Nazmiyeh que tirasse as crianças dali. Os estrangeiros podiam até parecer nativos e falar muito bem, mas um verdadeiro palestino jamais saudaria um companheiro acompanhado da família daquele jeito. Caso quisesse fazer um cumprimento, primeiro se dirigiria respeitosamente aos pais ou a todos reunidos e, ainda assim, somente um amigo muito íntimo se aproximaria de um homem com a família reunida. Aqueles homens tinham chamado Mazen pelo nome para que ele se identificasse — ao perceberem que haviam sido desmascarados, sacaram as armas.

Os agentes secretos armados de Israel apertaram o passo, bradando ordens. As noivas gritaram, pedindo ajuda, e Nazmiyeh tirou as crianças da areia. As mulheres de outras famílias na praia pegaram os filhos pequenos, enquanto os palestinos das cercanias se agruparam, em uma demonstração inútil de força, pois mais soldados surgiram ali. A areia foi chutada, a comida, pisoteada, o narguilé, derrubado. Um dos irmãos foi empurrado para cima do carvão em brasa na grelha, e suas queimaduras chiaram na água. Então, um rebelde determinado abriu caminho em meio ao caos. Era Mazen. Ele saltara para proteger o pai, erguendo-se sobre a luta e, quando um dos sionistas pôs uma arma na cabeça dele, o jovem se imbuiu de uma resolução irredutível. O perigo imediato, que ameaçava a vida de Mazen, fez a multidão se calar na mesma hora e revelou a ele uma coragem que sempre esperara ter. Ou, pensou o rapaz, podia ser também uma falta de apego à vida, uma aceitação despreocupada da morte.

— Isso aqui! — vociferou ele, batendo com força no peito. — Isso aqui é só um corpo!

Ele golpeava a região do coração a cada palavra. Os olhos de tom acinzentado pareciam tão cheios de graça e donos do destino que até os agressores não se moveram, naquele momento imprevisível, que oscilava entre a vida e o massacre.

As pessoas perceberam que os israelenses se deram conta de que haviam capturado alguém muito especial. Se não tinham tanta certeza antes, notaram que fora Mazen, de fato, que planejara a sabotagem do gasoduto das colônias israelenses. Alguns dos soldados empurravam outras pessoas enquanto algemavam Mazen, mas a voz do rapaz continuava a se sobressair, aos gritos:

— Atirem! As suas armas não podem me matar! Mas vão matar vocês, tanto quanto a morte do meu corpo!

Em meio ao tumulto, com gente sendo afastada, arrastada, algemada, vendada, empurrada e espancada, certa calmaria perdurava, como se a brisa tivesse parado de soprar, capturada na rede de palavras desafiadoras de Mazen. Foi como se o sol tivesse feito uma pausa no céu para escutar. E ficou evidente a todos ali que Mazen fora o líder do movimento secreto de resistência. Sabiam que sua resistência e recusa de se submeter pacificamente o tornariam alvo de ainda mais tortura por parte dos judeus.

— As suas balas não podem atingir a minha humanidade! Não podem atingir a minha alma! Não podem arrancar as minhas raízes do solo desta terra que tanto cobiçam! A gente não vai deixar que vocês roubem a nossa terra!

O rapaz espumava pelo canto da boca no momento em que o levaram embora à força, vendado e amarrado. Nazmiyeh viu o sangue pulsar com vigor nas veias salientes do filho conforme ela tentava segurá-lo consigo, empurrando e lutando contra os soldados. Não havia espaço suficiente naquele litoral para conter seu amor materno. Com toda a força daquele amor, tentou invocar Mariam enquanto suplicava que Alá resguardasse o filho, protegendo-os de todos aqueles demônios.

Um dos soldados meteu a coronha do rifle nas costelas de Mazen, que se contorceu de dor, mas não se calou. Os agentes secretos o arrastaram aos trancos, como se os pés do rapaz tivessem criado raízes no chão, encorajando mais e mais gente a tentar impedir o sequestro. Mais pessoas chegaram, gritando *"Allahu akbar! Allahu akbar!"*. Os israelenses começaram a atirar na multidão, e vários homens tombaram conforme os soldados voltavam correndo para os veículos, arrastando os prisioneiros. Mesmo enquanto era enfiado na mala do jipe, Mazen ainda se fazia ouvir:

— Mentiram para vocês! Disseram que as armas deixariam vocês mais fortes. O verdadeiro poder não usa armas. Homens de verdade não usam força bruta contra mulheres e crianças! Todos vocês estão mortos por dentro, e as suas almas mortas e vazias é que vão acabar com este Estado militar cruel!

Os israelenses partiram depressa. No total, mataram quatro, feriram onze e sequestraram oito filhos e filhas da Palestina naquele dia. As pessoas ficaram paradas naquela costa na encruzilhada de três continentes, onde especiarias e olíbano tinham sido comercializados antes mesmo do nascimento da história. Restou apenas o pranto das mães pela malfadada nobreza da resistência e o sangue na areia, que logo seria lavado pela maré. *"Allahu akbar! Allahu akbar!"*, gritaram. Foram, então, dedicar-se à rotina da derrota interminável, cuidando dos feridos, lavando os mortos para o enterro, acalmando as crianças, andando de volta para casa, amaldiçoando os judeus, preparando o jantar e, por fim, dando um jeito de atravessar a noite. Os pensamentos e as palavras de Mazen Atiyeh, filho de Nazmiyeh, inspiraram a imaginação de muitos, deixaram as linhas telefônicas ocupadas e dominaram as conversas nos estabelecimentos de café. Todos contemplaram a ideia de serem mais fortes do que as balas, mesmo que os corpos não fossem, e de que os judeus eram mais fracos exatamente por causa das armas que usavam para oprimir.

A história da resistência de Mazen na praia contra os soldados israelenses armados passou de boca em boca, tomando dimensões cada vez maiores, até que ele se tornou uma lenda da região. Confirmou-se que o rapaz era um dos principais guerrilheiros do movimento secreto de resistência local. Evidentemente, diante da preocupação de que ele sucumbisse à tortura israelense, vários colegas se esconderam. Porém, os israelenses nunca voltaram para procurá-los. Mazen não os traiu nas masmorras de Israel, o que apenas consolidou ainda mais seu heroísmo. Sua coragem naquele dia foi amplamente comentada, dando às pessoas uma sensação de poder pessoal, ainda que débil. Ninguém se surpreendeu ao saber, três meses depois, que Mazen fora acusado de conspirar contra o Estado e condenado com base em evidências secretas à prisão perpétua.

Foi então que Nazmiyeh passou fervorosamente a tentar invocar Sulayman em busca de ajuda.

III

O destino se deslocou inevitavelmente, e algumas
peças se perderam no outro lado dos
oceanos Atlântico e Pacífico

DEZENOVE

Embora eu e Nur jamais tenhamos conversado fora dos sonhos dela, eu a trouxe para casa. Depois o fiz de novo. Nur era o nosso elo perdido, o prendedor de roupa extra de que a minha teta Nazmiyeh precisava quando se punha a pendurar o céu. Ela via cores do mesmo jeito que Mariam.

O sol não brilhava plenamente naquela manhã em Charlotte, na Carolina do Norte, como se o dia ainda não estivesse pronto para começar. O ruído da chuva batendo no telhado tinha levado pingos a tamborilarem nos tons de rosa e açafrão no coração de Nur; a alvorada adquiria um matiz cinzento e úmido, assim como parecia adquirir o avô. A cor do homem clareou, porém, quando a viu descendo a escada.

— Bom dia, *habibti*. — Ele sorriu para Nur, de pé vestida com o pijama que lhe cobria os pés, esfregando os olhos com uma das mãos e segurando Mahfouz, o ursinho de pelúcia, com a outra.

— Hoje é sábado de PGC!

Todo sábado, o café da manhã era panqueca com gotas de chocolate. O *jiddo* dela se levantou da cadeira. Nur gostava de observar o andar cambaleante do avô, sem a bengala e com a bota especial. Ele tinha uma perna boa. A outra era mais curta, porque um soldado malvado havia atirado na placa de crescença dele. Movia-se de um jeito ritmado quando se inclinava para baixo para pisar com a perna mais curta e depois se esticava todo com a perna boa. Quando andava, o corpo dele se movia para cima e para baixo, de um lado para o outro, para a frente e para trás, em uma cadência fluida que, para a neta, mais parecia uma canção.

— O que é que a gente vai fazer hoje, *habibti*? — perguntou ele, enquanto a tomava nos braços e ia até a cozinha, carregando-a com seu andar melodioso.

— *Jiddo*, a gente pode ir pro parque pra andar de pedalinho e dar comida pros patinhos. Aí depois você me conta de novo a história de como a sua placa de crescença quebrou? E a gente pode comprar sorvete também? Aí podemos passar na casa da cerâmica e pintar algumas. E...

— Bom, pelo visto, este vai ser um dia bem cheio, mas o seu velho *jiddo* precisa cochilar em algum momento. E é placa de crescimento, não placa de crescença.

Nur imaginou uma placa de cerâmica com pintura bonita crescendo em algum lugar dentro da perna do avô. Às vezes tinha medo de quebrar a dela também.

Ele a deixou sentada à mesa e voltou com panquecas. Eram apenas os dois e o ursinho, que tinha como olho direito um botão verde que a avó Yasmine costurara para combinar com os olhos dela, e como esquerdo, um botão marrom com nuanças de avelã. A avó Yasmine tinha ido para o céu já fazia algum tempo, mas Nur não sabia ao certo quando, e a criança prometera ao *jiddo*, no dia em que o encontrara chorando no sofá, que cuidaria dele como fizera a avó. Porém, por enquanto, era ele que cuidava da maioria das coisas. A menina sabia preparar o cereal, que eles comiam quando ela insistia em fazer o jantar. Porém, o *jiddo* dizia que o mais importante a aprender eram as palavras. Aos 5 anos, ela já sabia ler os livros ilustrados.

— O meu papai gostava de comer panqueca com gotinha de chocolate? E o que é que o Mahfouz fazia? — perguntou Nur, querendo ouvir a mesma resposta que ele lhe dava todas as manhãs de sábado de PGC.

— Gostava, sim, *habibti*. Adorava. E a gente comia PGC todo sábado, que nem hoje. A única diferença era que o Mahfouz ficava perto da mesa, esperando as sobras, mas a gente não dava porque chocolate não faz bem pros cachorros. Em vez disso, a gente dava biscoito canino pra ele.

— Por que o Mahfouz morreu, *jiddo*?

— Quando os cachorros ficam velhos, eles morrem e vão pro céu.

— O meu pai era velho?

— Não, *habibti*. Às vezes, acidentes acontecem, e... Vamos falar sobre coisas alegres nos sábados de PGC, que tal?

Ela pensou na resposta do avô, balançando as pernas debaixo da mesa.

— Tá bem. Escuta só. Isso é alegria. — Nur franziu os lábios e soprou.

— Uau! Acho que ouvi um assobiozinho!

A menina abocanhou um pedaço grande de panqueca, as bochechas estufadas enquanto mastigava, e, ainda balançando as pernas, perguntou de boca cheia:

— *Jiddo*, como é que pode que o meu papai não conseguia enxergar as cores dos brilhos?

— A maioria das pessoas não consegue. Você sabe que eu também não enxergo.

— Eu sei. Mas como é que pode? Como as pessoas sabem que alguém está bravo com elas, se não conseguem ver as cores dos brilhos?

O avô deu um sorriso de um intenso cor-de-rosa com margens safira.

— *Habibti*, pouquíssimas pessoas veem as cores como você. A minha irmã Mariam via. É um dom tão especial que acho que a gente deve manter como o nosso segredo. O que você acha?

Mais tarde, enroscada no colo do *jiddo* enquanto faziam um piquenique no lago, ela perguntou:

— Você vai me contar de novo a história de como atiraram na sua placa de crescença?

O avô queria lhe contar aquela história e milhares de outras de Beit Daras várias vezes, e a curiosidade da menina o deixava feliz. Queria que ela conhecesse e nunca se esquecesse do lugar que lhe marcava o coração. Também insistia que só falassem em árabe. Certa vez, explicou a Nur:

— As histórias são muito importantes. Somos compostos por elas. O coração humano é feito das palavras que a gente põe nele. Se um dia alguém disser coisas cruéis pra você, não deixe que essas palavras entrem no seu coração. Tome cuidado pra não pôr palavras cruéis no coração dos outros também.

A menina insistiu:

— Não vou ficar chateada desta vez. Ah, conta pra mim, vai.

— Está bom, *habibti*. Mas, se alguma parte te chatear, é só falar que eu paro.

O avô de Nur ajeitou a própria roupa e tomou um gole do café turco na xicarazinha. Gostava de levar o fogareiro a gás naqueles passeios para poder fazer café, porque assim se lembrava dos velhos tempos em Beit Daras, quando era criança e a comida costumava ser preparada numa fogueira ao ar livre. Respirou com suavidade, absorvendo o sopro de outrora, e começou a falar:

— A nossa única escolha era partir. Por mais que a gente lutasse, não era páreo pras armas deles, nem mesmo quando os soldados do Sudão, que é o nome de um país, *habibti*, vieram ajudar. Então, a gente começou a ir embora com todo mundo. Estávamos eu e a minha mãe...

— E o Sulayman?

— Ah, sim, não me esqueci de que ele também estava com a gente. Sulayman não é uma pessoa de carne e osso. É mais como um anjo, mas só a minha mãe conseguia vê-lo, exceto naquele dia. Ali, todos nós vimos Sulayman.

Nur arregalou os olhos.

— Aí ele ficou grande e entrou na sua mamãe, e todo mundo falou *uau* e ficou com medo.

O *jiddo* sorriu, beijando-lhe a cabeça.

— Você tem que esperar essa parte. Ainda não cheguei aí. As pessoas vieram de várias direções e se reuniram no mesmo caminho para Gaza. Ainda dava pra ouvir o barulho de tiros. Uns soldados malvados apareceram na estrada, atirando pro alto pra garantir que a gente não voltaria pra casa.

— Por que eles fizeram isso?

— Porque roubaram o nosso país.

— Eles podem roubar os Estados Unidos também? — quis saber Nur, franzindo a testa pequenina de um jeito que levou o avô a sorrir.

— Você não precisa temer que os soldados venham pra cá — respondeu ele. — Seja como for, de repente percebi que não conseguia dar nem mais um passo e caí. Tinha levado um tiro... e foi na placa de crescimento. É por isso que minha perna não cresceu mais.

— Gosto do jeito como você anda — comentou a neta. E, antes que o *jiddo* prosseguisse, exibiu um largo sorriso e acrescentou: — E sei que isso deixa você contente.

— Você tem razão, mas lembre-se de manter as cores só entre a gente, porque os outros não entenderiam.

— Sou muito boa em guardar segredos!

— Mas não do seu velho *jiddo*, né?

— Você não é velho! — protestou Nur, veemente, um leve tremor no queixo traindo seus pensamentos sobre Mahfouz, o cachorro que morrera de velhice.

— Se eu fosse velho, por acaso conseguiria fazer isso? — indagou ele, pondo-se a fazer cócegas na neta, cuja risada lhe acalentava o coração.

— O que aconteceu depois que as pessoas malvadas atiraram na sua placa de crescida?

E os dois prosseguiram, entrando e saindo do tempo, enquanto a pequena Nur ouvia as histórias de Beit Daras, da época em que o *jiddo* era um menino chamado Mamdouh, um aprendiz de apicultor, e tinha duas irmãs e uma mãe que se comunicava com o jinn.

VINTE

O exílio nos Estados Unidos permitiu ao meu tio-khalo que tivesse uma carreira e ganhos financeiros com os quais teria apenas sonhado em outro lugar. "É um grande país", dissera ele a Yasmine, que não havia estado de todo convencida. Porém, ele acreditara naquilo, apesar de o exílio o ter transformado em um estrangeiro, eternamente deslocado em todo lugar. O exílio lhe tomou o filho, a princípio ao lhe extrair a terra natal do coração dele e destruir o árabe em sua língua e, depois, ao tomar-lhe a vida em um acidente de carro. Seu único consolo na época foi Yasmine ter sido poupada do sofrimento.

Quando a neta nasceu, Mamdouh quis que o filho a chamasse de Mariam, em homenagem à querida irmã. Se ele e Yasmine tivessem tido a sorte de conceber outro filho e se provasse ser uma menina, ele a teria chamado de Mariam. Apesar de Yasmine ter sobrevivido ao seu primeiro encontro com o câncer, a doença lhe levou o útero depois do único filho. No entanto, as palavras, as histórias e os sonhos perduraram, tentando encontrar lugar na geração seguinte. Mamdouh e Yasmine procuraram explicar isso ao filho. Disseram-lhe que significaria muito para eles ter uma neta chamada Mariam ou — como último recurso, ele buscou ceder um pouco — qualquer outro nome árabe.

— Não entendo por que você se recusa a nos dar essa alegria, Mhammad — disse Yasmine para o filho.

— Mãe, você sabe muito bem que gosto que me chamem de Mike.

— Você se chama Mhammad porque sou a sua mãe e foi esse o nome que lhe dei. Onde foi que erramos? Você nega a sua identidade e se casa com uma mulher que olha pra gente com desprezo, como se fôssemos lixo. Vê se se endireita, menino! — Yasmine raramente era tão severa, mas sentira a presença da morte rastejando nas margens de seus dias, o que fizera tudo mudar. — Um homem que nega as próprias raízes não é homem — prosseguiu, como se a Palestina fosse despontar no filho em resposta à mera força da raiva e da tristeza materna.

— É por isso que é tão difícil conversar com você. Tudo sempre vira um drama árabe, um interminável sentimento de culpa.

— Meu filho, por quê? — insistiu ela. — Por que você me insulta? Não criei você assim. Por que tem vergonha de ser árabe? É o que você é, quer queira ou não.

— Mãe, vou conversar com a minha esposa! — exclamou ele, saindo.

A esposa, uma castelhana de Madri, inicialmente recusara um nome árabe para a criança. Tanto ela quanto o marido buscavam apagar tal herança infeliz de suas vidas. Por que haveria de permitir que a própria filha recebesse um nome árabe? E que diferença fazia se deixaria a sogra feliz? Ela logo morreria, e seriam os dois que se veriam obrigados a chamar a filha por um nome que os lembrava de algo que preferiam não recordar. Viver nos Estados Unidos já era difícil o bastante com um nome como Mhammad; por que deixariam a filha sofrer também?

— Por que os árabes adoram sofrer? Parece até que buscam mais drama para culpar as pessoas — comentou ela.

— Eu sei, querida. Mas você precisava ter visto a minha mãe. Estava diferente dessa vez. Acho que acredita que o fim está chegando para ela.

Entraram em um acordo. "Mariam" estava fora de questão, porque daria aos sogros controle demais. Porém, a esposa concordou em considerar outro nome árabe, desde que o sobrenome fosse o dela.

Yasmine sugeriu o nome de Nur, porque aquela criança era a *nur* de sua vida, a luz de seus dias, e ela morreu um ano depois, sem chegar a descobrir que o sobrenome da neta era Valdez.

VINTE E UM

Houve um tempo, depois que a esposa e o filho morreram, em que meu tio-khalo entrou em desespero. Nur era tudo que lhe restara, e a mãe dela nunca permitiria ao avô que a visse novamente. Ele implorou, chorando como uma criança. Contratou advogados e recorreu ao tribunal. No fim das contas, o dinheiro lhe deu o que queria. Precisou gastar tudo o que possuía, tudo por que trabalhara e tudo que economizara, mas conseguiu sua Nur, e isso lhe bastava. Ele telefonou para a irmã, a minha teta Nazmiyeh, para lhe contar que estavam, por fim, voltando para casa.

Quando o mundo ficou gelado e a neve começou a cair, Nur e o *jiddo* fizeram a sopa especial que preparavam todo ano em um panelão e congelavam em pequenas porções para aquecê-los nas refeições de inverno. Como a gripe do avô o estava levando a tossir mais do que o normal, Nur resolveu ajudá-lo. Ela já sabia como usar o micro-ondas e conseguia pegar a sopa congelada no congelador, subindo em uma cadeira. Sentia-se grande o bastante para preparar o jantar e levá-lo para o *jiddo* quando ele estava abatido demais por causa da gripe para sair da cama, onde os dois ficavam jogando, lendo livros e assistindo à televisão juntos enquanto comiam. Quando o alarme especial para a oração tocava, ele se levantava da cama para que pudessem rezar a *salá* juntos.

Naquele inverno, assim que os documentos foram concluídos e o *jiddo* obteve a custódia total da neta, ele tomou duas decisões importantes. Primeiro, que tinha chegado a hora de voltarem para a Palestina, pois lá era o lugar deles. Já comprara as passagens e estava esperando vender o carro antes da partida que se daria dali a três semanas. A segunda foi que o novo e premente projeto dos dois era escreverem juntos uma história de amor que Nur decidiu batizar de *Meu jiddo e eu*. Ele pediu à neta que anotasse as atividades preferidas compartilhadas por ambos, e ela fez desenhos e ditou o que queria escrever, pois ainda não sabia a grafia de todas as palavras. Em inúmeras páginas, ambos registraram os pontos altos dos passeios frequentes no parque dos patinhos, incluindo os desenhos de Nur com os dois em um pedalinho e do seu *jiddo* empurrando-a em um balanço no parquinho do castelo. Em outras páginas, ela os desenhou lendo uma história na hora de dormir. Mahfouz, o ursinho, aparecia na maior parte do que pintava, e ela escreveu uma história especial sobre os olhos de botão de tom verde e marrom. Um capítulo inteiro foi dedicado às manhãs de sábados, às da PGC, e incluía um desenho de uma panqueca gigante com gotas de chocolate e uma bola de sorvete do lado. Nur tinha certeza de que nenhuma outra menina do mundo tomava sorvete todo sábado de manhã. Era um privilégio tão grande que ela até aceitava comer verduras em todo o resto da semana. Alguns capítulos foram dedicados ao passado em preto e branco, e nessa parte eles colaram a única fotografia que o *jiddo* tinha da época.

— Este é mesmo você? — perguntou Nur.
— É isso aí. Eu era jovem naquela época.
— As suas pernas estão do mesmo tamanho.
— É verdade. Essa foto foi tirada antes de eu ser ferido.
— E essa é a Mariam?
— É, sim.
— Eu sabia!
— E essa aqui é a minha outra irmã, Nazmiyeh. E o garotinho... Bom, foi bem estranho. A gente não se lembrava de ter visto o menino, mas sabíamos tudo sobre ele e achávamos que era imaginário. Chamava-se Khaled. Era amigo da sua tia-*amto* Mariam.
— É, eu conheço ele. E gosto da mecha de cabelo branco dele.

O avô observou a foto com mais atenção e a limpou, esfregando-a para tirar a poeira.

— Nunca reparei nisso antes.

Depois de uma semana escrevendo o livro, a gripe do *jiddo* piorou tanto que ele não conseguiu se levantar da cama nem para as orações e precisou dormir no hospital. Foi aí que Nur conheceu Nzinga, do Departamento de

Assistência Social, ou DAS, e a mulher a levou para morar com uma família adotiva até o avô melhorar. Todos os dias, ela ia ao hospital com Nzinga, que era alta e bonita e usava uma bandana colorida chamada *gele* e tinha uma fala engraçada, porque, como ela explicou, vinha de um país distante chamado África do Sul. Naqueles passeios até o hospital, Nur aprendeu frases em zulu e, em troca, ensinou a Nzinga palavras em árabe. Passava a maior parte do dia ali, conversando com o *jiddo* e trabalhando no livro de ambos. Quando ele cochilava, conversava com as enfermeiras, apertava todos os botões que tinha autorização de apertar, das máquinas automáticas aos elevadores. E, diariamente, compartilhava o progresso do livro com vários funcionários do hospital e com Nzinga, quando ela chegava para levá-la de volta à família adotiva.

À medida que as páginas foram sendo preenchidas com histórias e desenhos, Nur sugeriu ao *jiddo* que eles fizessem uma lista de palavras boas para guardar no coração.

— Que ideia maravilhosa, maravilhosa mesmo, Nur! — exclamou ele, a cor reluzindo até atingir um amarelo exuberante, que Nur adorou ver, pois as cores vinham se tornando cada vez mais raras. O avô tinha contado que a tia-*amto* Mariam também foi parando de ver as cores conforme crescia, embora de vez em quando ainda as visse em ocasiões "bem emotivas". Ela perguntara o que aquilo significava, e o *jiddo* explicara que situações emotivas eram as que a levavam a sentir um calor no coração, que começava a bater mais rápido ou parecia querer sair do peito, situações que faziam com que ela sentisse um nó na garganta ou lhe davam vontade de chorar. Nur ponderou sobre todas aquelas possibilidades e pediu que ele descrevesse qual delas sentira quando ela lhe contou que queria fazer uma lista de palavras para guardar no coração um do outro.

— Senti um calor no coração e tive a sensação de estar voando alto no céu. É assim que sempre me sinto quando estou com você.

Eles fizeram a lista um para o outro. A menina começou, mas ficou sem palavras depois de "Legal, Engraçado, o Meu Favorito de Todos e o Melhor".

O avô pôs-se a ler a dele:
— Linda, Amável, Luz da Vida do *Jiddo*...

— Você também é isso tudo. *Jiddo*, meninos podem ser lindos? Quero pôr isso na minha lista também — disse Nur.

— Claro que meninos podem ser lindos. Você acha o seu velho *jiddo* lindo?

— A-hã! Principalmente quando você anda sem a bota especial e a bengala.

— Inteligente, Carinhosa, Gentil, Atenciosa... — Ele as escreveu com lentidão, as mãos trêmulas.

— Eu também! Quer dizer, você também! Quero colocar essas na minha lista. Me diz como é que eu escrevo. Você é bom nesse jogo de lista! — exclamou a menina, radiante.

O *jiddo* começou a tossir e pressionou o botão que chamava a enfermeira para verificar como ele estava. Como a neta gosta de fazer isso, ele geralmente a avisava para que ela mesma pudesse apertar o botão, mas deve ter se esquecido daquela vez. A enfermeira fez Nur ficar esperando no sofá do lado de fora do quarto, como nos momentos em que ele tinha que ir fazer xixi ou cocô. Nur deu uma risadinha ao pensar no *jiddo* fazendo cocô.

Mais enfermeiras passaram correndo por ela rumo ao quarto dele. Estavam demorando muito e não a deixavam entrar. Nur achou que podia ser um daqueles cocôs difíceis de sair, quando a pessoa tem que fazer muita força.

— Ainda não — disse uma das assistentes. — Por que não vai pegar alguma coisa na máquina automática?

— Está bom! Já sei como fazer isso sozinha — gabou-se a menina.

Ela tomou um lanche. Foi até a capela do hospital para ver se o pastor Doug estava lá, mas não o encontrou. Ficou na cafeteria por um instante, ajudando as atendentes a abastecerem o bufê de saladas, até elas lhe informarem que era hora de ir. Depois de subir e descer de elevador várias vezes, insistindo em apertar os botões para todos os passageiros, ouviu Nzinga gritar para pararem o elevador.

— Nur! Aí está você! Estive procurando você por todos os lados. Tenho que levá-la de volta para a família adotiva — disse.

— Oi, Nzinga. Preciso pegar o meu livro e as minhas coisas.

— Já peguei tudo para você. Olha — disse Nzinga, abrindo uma sacola de plástico e mostrando o livro feito à mão amarrado com uma fita azul.

— Não! Tenho que ir dizer tchau pro *jiddo* primeiro — protestou Nur, sentindo algo diferente por dentro, um estranho aperto no coração, que ia até a garganta, como um nó.

— Sinto muito, mas a gente não vai poder fazer isso, meu anjinho — explicou Nzinga, agachando-se para ficar na altura do rostinho dela.

Nur já não conseguia mais ver as cores em torno das pessoas para entender se o que elas diziam era bom ou ruim. O nó aumentara, preso na garganta. O queixo da menina estremeceu e os olhos marejaram. Não conseguiu dizer mais uma palavra, sem nem saber por quê.

Nur saiu do hospital com os bracinhos estendidos para segurar a mão de Nzinga. Olhou para trás instintivamente, querendo ver se o avô tinha saído do quarto e descido o elevador para se despedir, mas ele não estava lá, e a sua ausência fez o coração de Nur doer. Doeu tanto que ela parou e o nó na garganta explodiu em um choro estrondoso. As portas de vidro à sua frente lhe transmitiram um horror e um medo que ela ainda não conseguia entender e para os quais nem sequer tinha vocabulário.

O segurança, que travara amizade com a menina no hospital, foi até elas, e Nzinga a pegou no colo.

— Não quero ir embora. Por favor, não me obriguem a ir — disse Nur aos prantos. — Tem troços muito emotivos.

O segurança lançou um olhar suplicante para a assistente social, também já comovida.

— Por que a gente não dá uma passada na cafeteria? Pode ser, senhorita? — indagou ele.

Nzinga concordou.

Ele acrescentou:

— E vamos comprar as coisas de que você mais gosta.

A ideia da musse de chocolate com creme chantili desviou a atenção de Nur do troço doloroso que sentia no peito, mas ela não sorriu, abraçando o pescoço de Nzinga, com medo de soltá-la. O troço no peito pareceu, naquele momento, um monstro. O *jiddo* era quem fazia os monstros desaparecerem de debaixo da cama e os expulsava dos armários. Ele tornava tudo mais legal e claro. E, naquele instante, quando o mundo escurecia e um troço assustador espreitava ao redor e no interior dela, a menina implorou à assistente social:

— Posso, por favor, ir ver o meu *jiddo*?

Embora Nzinga não a tivesse levado de volta ao quarto do avô, conseguiu acalmar a garota e aplacar o medo. Conversaram sobre as coisas favoritas da menina. Nur lhe mostrou o progresso de *Meu* jiddo *e eu*, até a exaustão começar a se insinuar no corpo da criança e a assistente carregá-la para o carro.

Só dois meses depois Nur ficou sabendo do destino de seu *jiddo*. Naquele ínterim, aguardou pacientemente permissão de visitá-lo de novo. "Quando ele estiver se sentindo melhor", dizia a mãe adotiva. Nur escreveu várias cartas para o avô no livro com a fita azul que compartilhavam. Acrescentou mais adjetivos na lista para ele. Um dia, Nzinga por fim explicaria o que tinha acontecido, mas, até lá, Nur continuou rezando para que ele melhorasse logo, até uma das meninas mais velhas com quem dividia o quarto escutar sua prece noturna e informar:

— O seu avô morreu. Ele não vai melhorar não, sua burra. Vê se cresce!

A terra tremeu. A lua caiu. As estrelas se apagaram. E as palavras da menina cruel ecoariam para sempre no coração de Nur. A luz tênue do luar penetrou em linhas paralelas pelas persianas e recaiu na criança abatida. As mãos de Nur estavam unidas em oração, lágrimas escorrendo-lhe dos olhos. Queria pegar Mahfouz, seu ursinho, mas estava paralisada. Podia sentir as peças dentro de si se soltando e despencando, como as contas de um colar que tombam quando o cordão se rompe. Se ficasse completamente imóvel, talvez o seu *jiddo*, o cordão que conectava todas as peças, não fosse arrancado de vez. Ela sabia que a menina malvada tinha razão. Seu avô tinha morrido.

Por fim, ela se mexeu. Pegou Mahfouz, abraçando com força o urso de pelúcia que o *jiddo* lhe dera, e passou a noite triste e calada, sem conseguir dormir, o colar de contas de sua curta vida partido e esparramado pelo chão.

VINTE E DOIS

Meu tio-khalo Mamdouh planejara visitar Gaza depois do falecimento de Yasmine. Esperava convencer o filho a viajar junto, para ficar de luto no seio da família. Lá, a minha teta Nazmiyeh, o jiddo Atiyeh e a velha viúva do apicultor fizeram um velório por Yasmine, cuja ausência prolongada tornara a morte ainda mais dolorosa. Todos se animaram, porém, ao saber que Mamdouh iria para lá em breve, até chegar a notícia de que o filho dele também havia morrido. O acidente que matara Mhammad partira o coração já partido de Mamdouh. Ele telefonou para a irmã em Gaza: "Não tem nada neste mundo que eu queira mais do que estar em casa agora. Já não me restou nada aqui, mas vou ter que esperar um pouquinho mais para poder voltar com Nur." Minha avó e o irmão passaram a se falar várias vezes por semana desde então. Conversavam quase que exclusivamente sobre Nur. Minha avó achava que Mariam vivia nela. Não podia haver outra explicação para os olhos diferentes. E, então, as ligações cessaram.

Toda vez que Nur perguntara sobre a mãe para o *jiddo*, ele simplesmente havia dito:

— Ela teve que ir embora, e não sei para onde, querida.

Logo depois da morte dele, Nzinga encontrou a mãe da menina, e as duas foram se reunir com ela no parque.

— Você se parece comigo quando eu tinha a sua idade — comentou a mãe, pegando a mão de Nur para, em seguida, continuar a conversar com Nzinga.

Soltou-a por um instante a fim de gesticular diante do rosto da assistente social e mostrar como estava brava, mas a filha a agarrou de novo assim que ficou ao seu alcance. A menina se concentrou em manter-se de mãos dadas com ela, enquanto os adultos discutiam a respeito de um "fundo". Sua mãe, que teria de deixar o Texas e ir para a Carolina do Norte a fim de recebê-lo, argumentou:

— O dinheiro é dela. E eu sou a mãe. Sou eu que tenho que assumir o controle do fundo fiduciário. Se não, como vou poder cuidar da minha filha? Não sou rica.

Nzinga, que mantivera a calma, curvou-se à altura de Nur e pediu-lhe com delicadeza que fosse brincar enquanto os adultos conversavam.

A garota foi autorizada a pernoitar com a mãe no hotel, naquela primeira noite, mas, depois, precisou ficar esperando com a família adotiva até a mãe poder se mudar para a Carolina do Norte.

— Olha só o que faço por você, Nur — comentou a mãe com um batom supervermelho. — É porque te amo muito. — E a beijou. Nur ficou radiante. Tinha uma mãe de verdade, que a amava muito, cujo beijo deixara uma marca vermelha na sua bochecha. Uma prova. — Mas a gente precisa dar um jeito neste seu nome. Nuria é o mais próximo possível, só que é catalão, o que não chega a ser muito melhor que árabe. A gente vai chamar você de Nubia. — Nur se limitou a sacudir a cabeça sem saber como era possível mudar o nome de alguém. — Mas esse vai ser o nosso segredinho. Não conta pra mulher do DAS, está bem?

— Claro, mamãe. — Era bom dizer aquela palavra: mamãe. — Sou boa em guardar segredo.

Naquela noite, Nur acrescentou aquela característica à sua lista: Guarda Cegredu. E, quando a mãe concordou em ler uma história na hora de dormir, ela não mencionou o livro secreto com fita azul, escrito por ela e o *jiddo*. A menina sabia, do jeito que só as criancinhas sabem, que sua mamãe não ia gostar de *Meu* jiddo *e eu*.

Vários meses se passaram até a mãe de Nur se mudar para a Carolina do Norte, e não houve visitas ao Texas, só telefonemas ocasionais em que a mãe lhe dava notícias sobre a ação que tinha movido para obter o controle de um fundo fiduciário de uma grande apólice de seguro. A mãe disse que não tinha dinheiro para pagar uma viagem da filha até o Texas, nem mesmo para visitas, "até a gente receber o valor do fundo".

Nur começou a ir para a escola durante seu tempo com a família adotiva, e só muitos anos depois passou a vasculhar a lembrança e vivenciar a adequação vazia dos cuidados da família adotiva: as três refeições básicas, as paredes brancas e os pisos limpos, as tarefas a fazer na casa, a rotina imposta com rigidez e um cômodo dividido com outras três meninas adotadas, muito mais velhas, que tinham uma boca tão suja que Nur tentava se manter afastada. Em duas ocasiões, a garotinha acordou com o corpo todo rabiscado. As meninas lhe disseram que ela precisava aprender a levar as coisas na esportiva e parar de ser dedo-duro. Lembraram-lhe que ela afirmara ser uma boa Guarda Cegredu. Dali em diante, Nur não conseguiu mais dormir direito, receando o que a noite lhe traria. Ficou felicíssima, portanto, quando Nzinga lhe deu a notícia de que a mãe finalmente se mudara para a Carolina do Norte e que iria morar com ela assim que o DAS pudesse inspecionar a nova casa.

A nova casa tinha dois quartos. Um era só para Nur, e o outro, para a mãe e Sam, o namorado dela. Dividiam um único banheiro e passavam a maior parte do tempo na espaçosa sala junto da cozinha, onde instalaram uma nova e imensa televisão em um painel de madeira.

— Eu sempre quis ter uma televisão grandona — disse sua mãe.

Quando o pagamento do mês seguinte do fundo chegou, Sam insistiu que usassem uma parte para comprar roupas de cama novas para o quarto de Nur, e assim tirassem o lençol grande demais e o cobertor rasgado que a mãe pusera. Ela hesitou.

— A gente está precisando de outras coisas pra casa.

— Vamos comprar um lençol pra ela — insistiu Sam, piscando para Nur, que sorriu, imaginando como ia decorar o quarto para combinar com o novo edredom e se perguntando se poderia comprar lençóis com imagem da Mulher Maravilha ou, quem sabe, da Cinderela.

— Você fica tão sexy quando dá uma de papai, amor — disse a mãe, apalpando o namorado entre as pernas.

Nur fechou bem os olhos. Quando os abriu, Sam estava sorrindo para ela. Então, ele e a sua mãe foram para o quarto e fecharam a porta. Fizeram uma barulheira terrível, que a menina abafou com o som da TV grandona.

Mesmo assim, ainda era melhor ter uma mãe de verdade e o próprio quarto, e ela se esforçou para fazer jus a tudo aquilo. Aprendeu a fazer café, o que passou a ser uma de suas tarefas diárias, e passou a ajudar na limpeza. Quando a mãe por fim saía da cama, Nur já estava vestida para ir à escola e tinha feito café fresco para os adultos. O empenho da garota em casa comparava-se às boas notas na escola. Ainda no primeiro ano, ela já lia e escrevia como uma aluna do terceiro. Tinha encontrado um jeito de brilhar, um espaço em que podia se sentir amada e admirada, caso se esforçasse o bastante. Assim, trabalhou e estudou muito.

Porém, aquela felicidade não lhe dava alegria. Faltava alguma coisa na nova vida. Um velho cujo jeito de andar era uma canção. Histórias de ninar de outro mundo. Um parque com patinhos e castelo. Um tipo de amor que não requer tarefas cumpridas nem notas exemplares. Aquela ânsia impregnou o corpo de Nur e, quando irrompia, era como uma dor que começava no umbigo e subia até os olhos.

VINTE E TRÊS

Minha mãe era catorze anos mais velha do que Nur e já tinha conhecido o meu pai quando a minha avó anunciou que a pequena Nur estava vindo para Gaza com o meu tio-khalo Mamdouh. Isso não a impediu, porém, de se animar ante a perspectiva de ter uma irmãzinha por perto. Minha teta Nazmiyeh ligou várias vezes para o irmão. Embora teta já tivesse vivido várias decepções e mágoas, aqueles dias de espera do lado do telefone e de discagens intermináveis foram especialmente difíceis para ela. O medo torturante de ter perdido o irmão só se comparava com a preocupação de que Nur estivesse sozinha na Amreeka. Rezava o tempo todo, tentando invocar Sulayman secretamente — as respostas, porém, não estavam disponíveis, nem por telefone, Alá, anjos ou jinni.

Ninguém deu a notícia a Nur diretamente; ela foi juntando as peças pelas conversas e pela forma como as pessoas se moviam ao seu redor: a expressão óbvia da mãe, os telefonemas entusiasmados, as mãos e a atenção voltadas para a barriga. Não só Nur teria um irmão, como também Sam ia se tornar seu padrasto. Marcariam em breve a data do casamento.

Para comemorar, Sam deu à mãe de Nur um catálogo de luxo para que ela pedisse o que quisesse. A garota aguardou pacientemente a sua vez, enquanto a mãe o folheava. Quando tentou ajudar, foi repelida.

Por fim, o catálogo, todo marcado com círculos, anotações e páginas dobradas nas pontas, foi deixado na mesa de centro. Nur o abriu na seção de modelos que pareciam ter a sua idade. Tinha muito a escolher. Vestidos, sapatos, meias, saias, blusas, shorts, sandálias, laços, bonecas, brinquedos. Porém, sabia ser razoável. "Não Gananciosa" já fazia parte da sua lista de características boas. A mãe tinha saído, e Nur ficou sozinha em casa, refletindo sobre o que escolheria. Antes de pegar no sono com o catálogo nas mãos, escolheu quatro itens: um vestido listrado de azul e branco, com faixa vermelha amarrada na cintura formando um laço grande atrás; sapatos de verniz vermelho com uma tira; meia-calça branca e um cachorrinho de pelúcia marrom, que ela chamou de Malcolm, para ser amigo de Mahfouz, seu ursinho. Então, ocorreu-lhe chamá-los de M&M e já se imaginou levando os dois à escola para exibi-los.

A campainha tocou insistentemente, e batidas fortes despertaram Nur, que continuava a segurar o catálogo deitada no sofá, com a televisão ligada. A mãe tinha chegado.

— Você não devia ficar acordada até tão tarde — disse ao entrar.

— Mamãe, marquei as coisas que quero no catálogo.

— Está bom, vai deitar, Nubia.

— Só marquei quatro coisas. Não fui gananciosa, não — acrescentou a menina. — Quer ver o que escolhi?

— Amanhã de manhã você me mostra.

Finalmente chegou o dia da entrega do pedido do catálogo. Havia três caixas: duas grandes e uma pequena. A mãe de Nur abriu uma de cada vez, insistindo que somente os adultos podiam abrir pacotes. A menina esperou enquanto a mulher ia tirando um item de cada vez, desdobrando cada peça de roupa, verificando cada sapato e cada batom. Nur, inquieta, esticava o pescoço para espiar dentro da caixa aberta, esperando que aparecesse um artigo seu.

— Está bonito sim — disse quando a mãe perguntou se tinha gostado do conjunto de gorrinho, luvas e botinhas para o bebê. A mesma cena foi se repetindo à medida que as caixas iam se esvaziando. Nur não perdeu as esperanças, nem mesmo quando percebeu que todas as compras já haviam sido retiradas. Começou a procurar em meio às roupas novas; afinal, talvez simplesmente não tivesse visto o vestido que escolhera.

— Onde estão as coisas que marquei, mamãe?

— Ah, minha querida. Eu me esqueci de contar! Quando liguei para fazer o pedido, me disseram que as coisas que você escolheu já estavam esgotadas.

O troço estranho que Nur sentia na barriga irrompeu. Subiu, começou a travar a garganta e foi até a parte posterior dos olhos. Na última vez que a menina tinha derramado lágrimas, a mãe a mandara parar de ser chorona. Então, a garota escrevera "Não Chorona" na lista. Quando a mãe saiu da sala e a deixou sozinha com as três caixas vazias e os artigos novos espalhados, a lembrança daquela característica indesejável a ajudou a conter o choro. Nur teve vontade de perguntar se as pessoas do catálogo podiam enviar as coisas que tinha pedido quando chegassem, mas sabia que era melhor não fazê-lo e foi para o quarto. Lá, o silêncio insinuou-se por seu corpinho, envolvendo-o. A familiar dor de barriga se espalhou dentro dela. Só quando se tornou insuportável, Nur se permitiu chorar. *Porque você não é uma chorona quando uma coisa dá mesmo errado.* Ela chorou, e o pranto ficou mais forte e alto quando ninguém foi vê-la. Ouviu Sam chegando em casa e continuou chorando, apesar de já não sentir dor, até a mãe entrar, por fim, no quarto.

— Mamãe, a minha barriga e a minha cabeça estão doendo muito — revelou a menina, aliviada por parar de chorar.

— Nubia, por que está querendo chamar atenção? Você faz isso toda vez que começo a fazer planos. Tenta dormir, vai — disse a mãe, fechando a porta ao sair.

Mais tarde, naquela noite, Nur acordou e viu Sam sentado na cama dela.

— Oi — disse ele. — Como está a sua barriguinha?

— Melhor — respondeu, esfregando os olhos.

— Vamos dar uma olhada. — Ele levantou a camisola que ela usava. — Coitadinha da barriga — disse, acariciando aquela região. — É uma barriguinha muito bonita. — E se inclinou para beijá-la no umbigo, em seguida, acima dele e, depois, ao redor. — E você tem os olhos mais lindos e diferentes que eu já vi.

Ele baixou a camisola, cobrindo a menina.

— Você acha que sua mãe é má às vezes? — Nur fez que não com a cabeça. — Ah, vai, fala a verdade. — Ele lhe fez cócegas de leve, e ela acabou rindo. — Ah, quer dizer que é cosquilhenta? Então vou ter que brincar assim de novo com você, sua boba.

Nur concluiu que amava Sam.

— Então me fala — insistiu ele.

— É, às vezes a mamãe é má, sim — admitiu.

— Não se preocupa não. Vou tomar conta de você — afirmou. Sam a cobriu, deu-lhe um beijo na testa, outro no rosto e saiu.

Com efeito, Sam começou a intervir a favor de Nur. Levou-a para comprar roupas novas, a fim de compensar as que nunca haviam chegado pelo catálogo. Quando a sobrinha dele, que tinha a mesma idade de Nur, insistiu em ser a dama de honra do casamento, ele fez questão de que só a enteada assumisse tal função. Em um jantar de família, Nur se sentou no colo de Sam, apossando-se dele e mostrando a língua para a sobrinha do padrasto. Ele apertou a cintura da menina, corroborando aquela aliança secreta entre os dois. Parou de fazer compras com a mulher para cuidar da garota. Na primeira noite que isso aconteceu, enquanto jogavam damas, Nur tentou trapacear, e Sam lhe fez cócegas. Quando conseguiu ganhar fôlego entre as crises de risada, implorou-lhe que parasse. Mas, assim que ele o fez, ela o provocou para que recomeçasse a brincadeira.

— Sei de um lugarzinho que dá cócegas que você nem imagina — disse Sam. — Quando a gente faz cócegas nele, depois você sente pelo corpo todo.

— Sabe nada! Onde?

— É segredo. Você sabe guardar segredo? Ou é dedo-duro?

— De jeito nenhum. Não sou dedo-duro não. Sou ótima em guardar segredo. — Ela se lembrou da lista. Guarda Cegredu.

VINTE E QUATRO

Minha teta Nazmiyeh acordou certa manhã, em meio à névoa da noite anterior, ainda sob o efeito espectral de um pesadelo. Nas cavernas do sono, ela havia andado de volta a Beit Daras, daquela vez à procura de Nur. Encontrou Mariam, como antes, moveu as paredes como um esconderijo perfeito, do tipo que só se podia fazer em um sonho, e observou:

— Desta vez a gente vai passar a perna neles.

Então, Mariam apontou para um campo aberto, coberto pela fumaça de pessoas em chamas. Havia uma criancinha no meio.

— É a Nur — disse Mariam.

Uma mulher apareceu ao lado, sentada, falando ao telefone, e um homem surgiu para despir a criança, apalpando-a de um jeito indecente. No sonho, Nazmiyeh saltou instintivamente do esconderijo na parede em direção ao campo para salvar Nur, mas os soldados escondidos na lembrança ressurgiram, reencenando o velho trauma. Ela se sentou na cama quando a arma disparou e Mariam tombou. O meu jiddo Atiyeh a segurou.

— Não consegui passar a perna neles. Mariam morreu de novo e Nur está sozinha e assustada — soluçou ela, assombrada pelo sonho.

O boletim do terceiro ano de Nur veio salpicado de estrelas douradas. Sam o leu em voz alta:

— Aqui diz: "Nur é uma menina muito inteligente. Estou impressionada com sua habilidade de ler e escrever, que vai além da série atual. Gostaria de propor que ela vá para a aula de leitura do quarto ano."

O orgulho bailava no rosto de Nur, mas sua expressão logo ficou rígida diante da reação da mãe.

— Que legal. Também fui boa aluna na escola. Então você deve ter puxado a mim. Não precisa mesmo ir pra essa escola cara. Eu estudei na pública; você pode fazer a mesma coisa. Não seria bacana? Você pode ser exatamente como eu. — O troço que morava na barriga de Nur remexeu. — Agora que estou recebendo o valor da sua educação pelo fundo fiduciário, é melhor a gente reservar essa grana pra outras coisas, coisas das quais a gente realmente precisa.

Nur sentiu os olhos marejarem e foi para o quarto a fim de que ninguém a chamasse de chorona. Passou horas lá, escutando os ruídos da casa do outro lado da porta. A conversa da mãe no telefone. A televisão grandona. Sam. Os dois fazendo o que faziam no quarto deles. A menina tapou os ouvidos com as mãos. Pensou na aula de leitura do quarto ano. Na voz de um velho ecoando na sua mente: "As palavras são muito importantes, Nur." Olhou ao redor, prestando atenção nas irregularidades na pintura das paredes, nas camadas finas de poeira nas superfícies dos móveis, nas dobras da cortina, nas marcas de sujeira na porta e nos detalhes de tecido do seu vestido. E, depois de um tempo, escutou a mãe saindo.

Então, fez-se silêncio. O silêncio de um buraco escavado no coração. Ela pegou o livro secreto, desatou a fita azul e fitou a lista. Olhou-a fixamente. Sentiu um vazio cada vez maior na barriga, até duas palavras grandes e em negrito surgirem, e ela as acrescentou à lista. Lá, embaixo de "Nunca dedura" e "Nunca faz barulho", Nur escreveu "Suja" e "Ruim".

Pôs o livro de lado, saiu do quarto e entrou no quarto da mãe, onde sabia que Sam a aguardava.

VINTE E CINCO

A história tirou de nós o nosso destino legítimo. Porém, no caso de Nur, a vida a lançara tão longe que não restava nenhum resquício palestino ao seu redor, nem mesmo a vida deslocada dos exilados. Portanto, era irônico que sua vida refletisse as realidades mais básicas do que significava ser palestino: desapropriado, deserdado e desterrado. Ficar sozinho no mundo, sem família, nem clã, nem terra, nem país, significa que é necessário viver à mercê dos outros. Alguns se compadecem, outros exploram e fazem o mal. A pessoa fica sujeita aos caprichos do anfitrião, raramente sendo tratada com dignidade e quase sempre sendo posta em seu lugar.

À medida que a frequência da misteriosa doença de Nur aumentava, também crescia a fúria de sua mãe. A enfermeira da escola a chamou, certa vez, para que fosse buscar a filha mais cedo, pois a menina estava com febre alta. A mãe chegou em pouco tempo e expressou preocupação para a profissional. Assim que chegaram perto do carro, porém, agarrou e apertou o braço de Nur com uma raiva fora do normal.

— Você faz de tudo pra chamar atenção, não faz? — perguntou, cravando as palavras junto com as unhas na carne da menina.

— Desculpa — pediu ela, encolhendo-se.

— Cala essa boca e entra.

Nur entrou no carro em silêncio, arrastando a fornalha pesada em que se transformara o corpo. Sabia muito bem que não devia chorar, mas não conseguiu conter as lágrimas. Sentiu os olhos pesarem e o coração apertar em meio à exaustão que a invadiu.

— Mandei calar a boca! Você não vai me enganar com essas lágrimas, não. Pra completar, agora vem se fazer de vítima? — A mãe começou a falar mais alto, as palavras lançando uma fúria gratuita, situação já comum: — este é o meu casamento, porra. Não vou permitir que você vire o centro das atenções!

Nur olhou pela janela, respirou fundo e não chorou. Simples assim. Aos 8 anos de idade. As lágrimas da menina tinham secado e só voltariam a ser derramadas quando ela fosse adulta e estivesse no litoral de Gaza, com o Mediterrâneo acariciando-lhe os pés e uma carta lida e relida nas mãos.

Naquela mesma noite, a mãe foi ao quarto da filha e perguntou com delicadeza se ela queria jantar, mas não esperou a resposta.

— Sei que fui dura com você hoje, mas é porque te amo. Estou tentando fazer com que você seja uma pessoa melhor. Viu quantas coisas bonitas comprei para poder oferecer a você uma vida confortável? Ninguém nunca fez isso por mim. Quero que você leve em consideração como me sinto às vezes. Estou tentando construir uma vida melhor pra gente, mas isso significa que você tem que ajudar. Os seus avós e o restante da família estão vindo pro casamento, e preciso que você se comporte e obedeça, está bem? Acha que pode ser uma boa filha e mostrar pra todo mundo que a gente é uma família feliz?

Nur assentiu.

— Boa menina.

O "grande dia" foi primeiro de junho, o dia anterior ao nono aniversário de Nur.

— Fiz isso de propósito, pra poder dar a você o melhor presente de todos! Um pai e, daqui a pouco, dois irmãozinhos gêmeos — disse a mãe.

Vários membros da família chegaram do Texas, e os *abuelos* dela, de um voo oriundo da Flórida.

— Olhe só para você! Como está bonita! — exclamou a *abuela*, continuando a falar em espanhol. Pareciam felizes em vê-la de novo e não a chamaram de Nubia. *Los tíos* Martina e Umberto até se lembraram do aniversário e levaram-lhe um presente embrulhado com uma mensagem que dizia: *Para a nossa sobrinha, Nur. Com carinho, do tío e da tía.*

— Para ser sincera, foi o Santiago que lembrou a gente! — Nur escutou *tía* Martina falando com a mãe. Ficou feliz quando ouviu a menção ao *tío* Santiago.

Apesar de tê-lo visto apenas uma vez, ele se tornara na hora o seu parente favorito. O *tío* os tinha visitado por apenas alguns dias, mas passara a maior parte do tempo com Nur. Dera-lhe aulas de violão e a levara ao parque. Nur se aferrara àquela atenção com todas as forças e, após a separação, ela caíra doente com a costumeira dor de barriga.

Agora, um alvoroço na porta da frente fez Nur ir até a sala. Primeiro, viu o estojo do violão. Estava todo gasto, enrolado com fita adesiva e etiquetas brilhantes. Santiago ignorou todos e se dirigiu à menina, carregando-a.

— Nur! Olha só como você cresceu! Estou superfeliz de ver você, minha querida estrela do rock!

Embora Nur não conseguisse mais enxergar as cores dos sentimentos, sabia que aquele era um momento de um tom azul reluzente. Foi quase como se tivesse sido levantada pelo *jiddo*. Quase amor. Cada centímetro do corpo sorriu.

Ficou do lado do *tío* Santiago o resto do dia, mesmo depois de sua *abuela* comentar que ele deveria ter mandado a "menininha" brincar com as crianças da idade dela. Mas Nur fingiu não compreender, sobretudo porque o *tío* Santiago também ignorou o comentário.

Num dos raros momentos em que Nur desgrudou do tio, ela o viu do outro lado da sala conversando com Sam. O desespero se espalhou pelo corpo da menina, que sentiu um ódio intenso e repentino do futuro padrasto. Correu para o *tío* Santiago e o puxou, tomando-o para si com tanta determinação que ele a levou até o lado de fora para que pudessem conversar a sós.

— Nur, você está bem, querida? — perguntou.

As lágrimas que se formaram por trás de seus olhos e se recusavam a cair ficaram acumuladas em seu âmago.

— Estou com dor de barriga — respondeu.

Tío Santiago se agachou para encará-la.

— Tem mais alguma coisa, Nurita?

— Não quero que você fale com o Sam! — disse ela de repente, sem saber de onde vieram aquelas palavras.

— Está bem, não vou mais falar com ele. Mas pode me dizer por quê?

Todo o peso do segredo recaiu sobre ela. Os lábios tremularam, como se assim o corpo fosse driblar as lágrimas que precisavam rolar. Ela respirou depressa e ficou enrijecida. Todas as palavras que queria dizer se aglomeraram em um esgoto estagnado nas entranhas.

— Não sei. A minha barriga está doendo de verdade, *tío* — conseguiu dizer.

— Você já comeu alguma coisa, Nurita? — quis saber Santiago, e ela balançou a cabeça. — Vamos dar uma escapulida até o parque pra comer uns cachorros-quentes. Mas a gente não pode demorar muito, senão a sua mãe vai ficar brava comigo.

Os dois saíram pelos fundos e andaram dois quarteirões até o parque. Enquanto comiam os cachorros-quentes, ele perguntou com suavidade:

— Nurita, alguma vez o Sam ou alguém machucou você ou pediu que fizesse uma coisa que não achasse legal?

— Não.

Guarda Cegredu. Nunca dedura. Nunca faz barulho.

— Nurita, esta é a nossa família, mas, independentemente do que disserem a você, só acredite que é maravilhosa.

Nur assentiu.

— Está bem, *tío*.

— E quando ficar mais velha faça o que eu fiz: livre-se deles o mais rápido possível.

Tío Santiago foi embora naquela noite sem se despedir de Nur. A menina escutou a briga feia e percebeu que, ao menos em parte, era por causa dela. A discussão ocorreu logo depois que o *tío* Santiago a pôs para dormir. Ela escutou gritarem em inglês e espanhol. Sua mãe disse que Santiago não entendia de porra nenhuma e deveria continuar a ser um hiponga perdedor e viciado em drogas. Disse que ele só poderia criticar a criação que ela estava dando à filha quando virasse homem de verdade e tivesse filhos ou ao menos conseguisse um emprego. O *tío* Santiago perguntou à irmã se sabia quando fora a última vez que Nur tinha comido ou até mesmo tomado banho. Disse que ela fedia como se não tomasse banho havia um bom tempo. A mãe o mandou se danar.

— Como é que esta família pode ser assim? — gritou Santiago para, em seguida, pronunciar as palavras que se transformaram em objetos sólidos assim que ressoaram. Palavras que passaram a fazer parte da vida da garota:

— Ela não é um sapato velho pra você guardar ou jogar fora quando bem entender.

Era isso mesmo. Um sapato velho. O troço que sempre estivera à espreita dentro dela, prestes a virar uma dor de barriga, tomou, de repente, a forma de um sapato surrado. A coisa percorreu o corpo de Nur, enquanto ela ficava ali, imóvel. E parou justamente na barriga. O bate-boca continuou. Ela ouviu o Sam indagar:

— Por que um marmanjo como você está passando tanto tempo com uma garotinha bonita, afinal?

Após um longo silêncio, um baque e o ruído de coisas quebrando ecoaram, antes de Nur ouvir a mãe vociferar:

— Se manda da minha casa, caralho!

As portas bateram, e a raiva penetrou no quarto da menina pela fresta debaixo da porta e pelo buraco da fechadura, arrastando-se pelas paredes, levando-a a se encolher e pintando o sono dela com o pavor "do grande dia" seguinte.

De manhã cedo, Nur caminhou devagar, em meio ao silêncio de arrepiar os cabelos que dominava a casa, e o primeiro a cumprimentá-la foi Sam. Ele estava pondo suco em um copo com o olho esquerdo inchado e roxo. O resto da família se encontrava à mesa, e todos se viraram para fitá-la.

— Cadê o *tío* Santiago? — quis saber, com as palavras andando na ponta dos pés naquela quietude.

A mãe desviou o rosto. Nur ficou sem saber se deveria se sentar ou se retirar, o coração batendo mais forte e acelerado no peito. Sam não respondeu. Ela fizera alguma coisa errada com Sam e, agora, o *tío* partira. O que havia feito? O corpo da menina começou a tremer.

— Desculpa, mamãe.

— Volta pro seu quarto. Você queria arruinar este dia desde o início e agora conseguiu.

As palavras arranharam Nur e deixaram o ar pesado quando ela se sentou na cama, com fome. Em seguida, deitou-se e voltou a ficar sentada. O sapato velho contornou o estômago dela, e tudo começou a doer. Porém, Nur ficou no quarto até Sam aparecer, horas depois, com um sanduíche, batata frita, suco e biscoito. Ela o fitou como quem pede desculpas, lamentando ter sentido raiva dele. Lamentando odiá-lo.

— Desculpa, Sam.

— Tudo bem, princesa. Foi bom isso ter acontecido pra você ver quem é que ama você de verdade e quem está do seu lado — observou ele. Nur o abraçou. — Senti saudades de você — continuou Sam, sem que ela esboçasse qualquer reação. — Todo mundo está indo pro ensaio daqui a pouco, e a gente pode ir mais tarde, está bem?

— Está.

— Boa menina.

Ele saiu. Nur comeu no quarto, feliz por poder ignorar o caos lá embaixo, até ouvir o barulho da porta da frente abrindo e fechando, seguido do som das portas do carro abrindo e fechando e, depois, do ronco dos motores de carros sendo ligados e partindo. Em seguida, fez-se silêncio, interrompido apenas pelo ranger dos degraus da escada sob o peso de alguém. A menina pôs o livro no criado-mudo: *Trovão, ouça o meu grito*, de Mildred Taylor. Apoiou as mãos no colo e as olhou, enquanto as passadas chegavam ao degrau de cima, que rangia mais alto.

Sam entrou no quarto dela.

— Oi, princesa.

Nur se sentiu mal durante toda a cerimônia de casamento, mas não ousou mencionar a dor de barriga nem o ardor no xixi e, no dia seguinte, ficou de cama com febre. Sam lhe levou sopa e cuidou dela.

— Eu te amo, Nur; você sabe disso, não sabe?

— Também te amo. — Mesmo aos 9 anos, ela se perguntava como o amor podia ocupar o mesmo espaço do ódio.

— Você se lembra daquela mulher do DAS? — perguntou ele.

— A-hã.

— Ela passou aqui mais cedo. O seu *tío* Santiago está querendo criar confusão entre a gente. Ele está com ciúmes da nossa relação.

— Não está não! — exclamou Nur, reagindo o máximo que o seu corpo debilitado permitiu.

— Bom, você viu como ele abandonou você. Quem é que sempre defende e fica do seu lado? Ninguém vai te amar como eu, e você tem que se esforçar pra não dizer nada que destrua a nossa família.

— Cadê a mamãe?

— Ela está com ciúmes porque amo muito você.
— Sam, a minha barriga está doendo muito, e as paredes estão girando.
— Vou trazer um refrigerante para você. Geralmente ajuda.

Algum tempo depois, talvez minutos ou horas, Nur acordou com uma gritaria no andar de baixo. Ouviu a voz da mãe, a de Sam e a de outros, mas não teve forças para se levantar. As vozes foram se aproximando, e as pessoas subiram a escada. Achou que tinha reconhecido a voz que insistia:
— Senhor, temos uma ordem judicial. Se não sair da minha frente, vai ser preso.
A pessoa que falara entrou no quarto da menina.
— Nzinga! — tentou gritar ela, mas nenhum som lhe saiu da garganta.
A assistente social caminhou depressa até a cama.
— Minha nossa! Nur? — Então ela se virou e vociferou com aquele sotaque maravilhoso: — Chamem uma ambulância. Ela está ardendo em febre.
A garota pestanejou, sentindo o calor das pálpebras passar pelos olhos.
— Meu Deus, ela está ensopada de suor e de urina. O que vocês têm na cabeça? — Nzinga ofegava, enquanto alguém ia pegar Nur para carregá-la.
— Estou com muito frio — sussurrou a menina. Conforme a carregavam para o andar de baixo, Nur vislumbrou Sam, que tinha lágrimas nos olhos. Do lado de fora, viu uma policial segurando os braços da mãe, que berrava com alguém. Era o seu *tío* Santiago.
Nur fechou as pálpebras pesadas outra vez e voltou ao sonho interrompido com a comoção. Havia um rio, uma garota chamada Mariam e um menino chamado Khaled, que tinha uma mecha de cabelo branco e ensinava a amiga a ler. Ela os conhecia bem por causa das histórias que o *jiddo* lhe contara.
— Que bom ver você de novo, Nur — disse Mariam.
— Você vai me ensinar também? — perguntou Nur a Khaled.
— Você vai aprender a ler em árabe na universidade, Nur — informou Khaled, apontando em seguida para um jovem que, ao longe, cuidava de abelhas. — Lá está o seu *jiddo*.
O coração de Nur inflou. Então, irrompeu do seu peito e saiu voando. A menina foi correndo atrás dele, chamando o jovem apicultor a distância:
— *Jiddo, jiddo! Jiddo, jiddo!* Sou eu, Nur.

Continuou a chamá-lo e sentiu alguém pousar a mão na sua. Uma mulher de sotaque forte falou com ela:

— Ah, minha querida...

Nur olhou ao redor e avistou, primeiro, a bandana azul-metálica de Nzinga e, em seguida, o rosto amável dela. Havia bips, luzes e paredes brancas. *Tío* Santiago também estava lá.

Eles conversaram um pouco, e ele deu um beijo na testa da menina.

— Você vai ficar bem, Nur.

Os médicos a mantiveram internada por mais dois dias para "se certificarem de que a infecção tinha sido debelada". Fora "bastante grave", informaram. Ela era uma "menina de sorte", porque a infecção tinha ido das partes baixas até alcançar os "rins". A "vagina estava ferida por dentro", como se alguém tivesse "feito alguma coisa ali". Será que ela podia lhes contar "o que tinha acontecido"?

A garota juntou forças para dizer um enfático "Não!" quando lhe perguntaram se fora o seu *tío* Santiago que a havia machucado.

— Foi o Sam!

Eles não a obrigaram a contar tudo. Permitiram que desenhasse para mostrar o que Sam tinha feito com ela. Nur achou que precisava desenhar o que ela fizera com Sam também, e, quando o fez, Nzinga chorou.

Logo chegou a hora de sair do hospital com Nzinga novamente como parte de sua vida. Daquela vez, mais amadurecida aos 9 anos, Nur se recusou a partir até que alguém lhe trouxesse seu livro secreto e o ursinho Mahfouz. Nzinga os trouxe. E, na primeira noite em seu novo lar adotivo, Nur abraçou Mahfouz e fitou a capa do livro, contemplando as palavras *Meu* jiddo *e eu,* tentando se recordar da ternura daqueles tempos. Pensou em um sapato velho e sentiu que seu corpo estava cheio de ilhas com lágrimas secas contidas. Olhou para livro ainda fechado e o deixou de lado. Quase quinze anos se passariam até voltar a abri-lo, quando buscava lembranças do *tío* Santiago, do *jiddo* e de um menino chamado Khaled, que tinha uma mecha de cabelos brancos.

VINTE E SEIS

Mais de duas décadas se passariam até a minha teta Nazmiyeh por fim escutar as histórias da vida de Nur. Quando teta olhou dentro daqueles olhos, um de cada cor, teve a sensação de que o tempo se dobrara sobre si e glorificou Alá. Disse que a luz mais luminosa fica do outro lado da escuridão. E também que Nzinga era uma delas e sempre teria um lar em Gaza.

Nzinga morava nos Estados Unidos fazia quase dois anos quando recebeu a incumbência de cuidar do caso de uma menininha chamada Nur, cujo único guardião legal, o avô, estava gravemente enfermo. Recebera a missão de providenciar uma moradia temporária para a criança enquanto tentava buscar uma reaproximação ou realocação dela com parentes.

Quando se encontrou pela primeira vez com o Sr. Mamdouh Baraka e a neta, no Charlotte Mercy Hospital, o velho usou expressões do tipo "Obrigado, minha filha" e "Sim, minha criança" ao se dirigir a ela. Nzinga se surpreendeu ao ver um árabe empregar costumes linguísticos africanos que tratavam desconhecidos como se fossem parentes. Conversaram por um tempo e, quando Nur saiu do quarto, Mamdouh segurou a mão de Nzinga e implorou com todas as forças que lhe restavam:

— Por favor, ajude a minha netinha a chegar até a nossa família em Gaza, se eu não sobreviver. — O Sr. Mamdouh lhe mostrou a papelada e as datas dos voos e deu para ela o nome de um velho amigo na Califórnia, que poderia entrar em contato com a irmã em Gaza, pois Nazmiyeh não falava inglês.

Nzinga o encarou, incerta: na obscuridade que marcava o rosto do velho estava o peso da solidão intangível do exílio. Manchas do tempo gravadas na tez, na pele de um muçulmano palestino relegado às periferias e à inferioridade. O deslocamento lhe distorcera a alma, e a perspectiva de deixar a neta ali sozinha incutia nos olhos dele um pavor incontrolável.

A assistente social absorveu tudo aquilo e ficou mais tempo do que planejara no hospital.

— Vou fazer tudo o que puder por Nur — disse a ele. — Juro que vou.

Quando aquele dia triste chegou e passou, e Nzinga por fim conheceu a mãe de Nur, compreendeu por que o Sr. Mamdouh insistia que a neta fosse levada à família em Gaza. A mãe pouco se importava com a filha, alegando não ter condições financeiras de cuidar dela até a assistente social ser obrigada a informar que o avô de Nur tinha feito uma apólice de seguro considerável e a guardara num fundo fiduciário para o sustento e a criação da menina.

Nzinga tentou, mas não conseguiu justificar uma ida de Nur a outro país quando a mãe biológica já se dispusera a ficar com ela. Além do mais, o estado não permitiria que a menina saísse dos Estados Unidos enquanto estivesse tutelada. Assim, sem alternativa, restou à assistente social entregar a garota à mãe. E ela sentiu dor, embora não surpresa, ao ser encarregada de encontrar um novo lar para a menina quatro anos depois. Depois de seis lares adotivos temporários e seis escolas diferentes ao longo de dois anos, conseguiu um lugar permanente para Nur num orfanato da Igreja Batista do Sul, em Thomasville, na Carolina do Norte, chamado Mills Home.

VINTE E SETE

Nur tinha tudo o que a gente queria. A gente achava que todos os americanos tinham. Porém, apesar de toda segurança, liberdade e oportunidades, apesar de toda a instrução e das notas boas, apesar de se sobressair de diversas maneiras, Nur era a pessoa mais arrasada que conhecíamos. Não havia lugar no mundo para ela. As pessoas a toleravam e até aceitavam, desde que fosse boazinha, mas, se não o fosse, logo a mandavam embora e abandonavam. Então, sempre tentava ser boazinha e submissa, e entrava em pânico quando ficavam aborrecidos com ela. A vida escavou buracos e túneis na menina. Preencheu-a com um silêncio profundo, que criou garras e dentes que a cortavam por dentro.

Mills Home, um terreno com vinte "chalés", era administrado pela Igreja Batista do Sul. Cada um tinha um grupo de "pais da casa", que cozinhava para dez a quinze crianças.

Nur estava com 12 anos quando Nzinga a levou de carro até lá, em um dia quente de verão. A menina notou que a assistente social havia engordado desde a última vez que estivera com ela e teve vontade de chamá-la de gorducha. Pensou em todas as coisas desagradáveis que podia dizer. Talvez um comentário sobre aquelas tranças ridículas. No entanto, palavras sempre entalavam na garganta de Nur. Poderia escrevê-las mais tarde. No papel, tinha a liberdade de contar a si mesma o quanto odiava Nzinga por transferi-la de um lar adotivo de merda para outro.

— Nur, sei que, no fundo, você está muito magoada — disse Nzinga, quebrando o silêncio gélido. — E essa demora em conseguir uma acomodação permanente para você não ajudou nada.

Acomodação. Nur já era fluente no jargão da Assistência ao Menor. O seu caso fora considerado "negligência e abuso sexual sem possibilidade de reunificação". Nzinga precisara se empenhar muito para conseguir aquela classificação para que a menina não precisasse voltar a morar com a mãe. Às vezes, porém, Nur se perguntava se isso não seria preferível a viver pulando de uma escola para outra, a sempre ser a novata que ou sofria na mão dos colegas, ou fazia amizades que se desfaziam abruptamente como rasgos de papel.

Antes de Nur ser levada para o primeiro lar adotivo, Nzinga lhe dera um tapete de orações e roupas para a *salá*.

— O seu avô queria que você continuasse a rezar, como vocês faziam antes, juntos, e entreguei a sua mãe o tapete e as roupas que ele deixou comigo — explicou a assistente social. — Mas imagino que você nunca os recebeu, pois nunca mais a vi rezando, como costumava fazer no hospital com ele.

Nur agradeceu o presente. A nova mãe adotiva, porém, logo deixou claro que aquela era uma casa cristã e exigiu que Nur lhe entregasse o tapete enrolado. Ela nunca o viu.

— Vou pedir autorização no município para comprar outro tapete de orações e roupas novas para a *salá* — disse Nzinga quando foi buscá-la para levá-la ao segundo lar. — Devia ter imaginado que não poderia ter deixado você com essa família. Sinto muito, Nur.

— Não faz mal. Não quero um tapete idiota de orações mesmo.

O segundo lar adotivo ficava numa casa geminada em Charlotte e incluía outras seis crianças adotadas que viviam sob os cuidados de uma idosa amável da Jamaica. Ela e Nzinga se abraçaram quando a assistente chegou. Nur não esboçou qualquer reação. Fitou o objeto inanimado mais próximo para descansar e relaxar os olhos. A mãe adotiva era gentil, e Nur se adaptou à nova casa, começando a se sentir de novo em família. Fez amizades na escola e, em pouco tempo, começou a se destacar.

Oito meses depois, porém, Nzinga chegou para transferi-la de novo. Todas as crianças estavam sendo realocadas. A mãe adotiva fora ao hospital no dia anterior e tivera um derrame cerebral que a deixara incapacitada.

Nenhuma das crianças recebera permissão de visitá-la, e Nur nunca mais a viu. Sem mais nem menos, uma família fora formada e desmanchada para sempre.

As memórias do terceiro ao sexto lar adotivo foram como um borrão, convergindo em um só incidente, quando alguns meninos mais velhos urinaram numa xícara e derramaram o líquido em Nur enquanto ela dormia e depois a acusaram de ter feito xixi na cama. Nur não conseguia revidar. Tentava extravasar tudo dentro dela, palavras, raiva, humilhação e até mesmo alegria, mas as emoções continuavam entaladas. Na garganta, na barriga, atrás dos olhos. Nada conseguia encontrar saída. Grumos de palavras não ditas e lágrimas contidas se formaram e enraizaram, gerando um silêncio que se alastrou por todo o corpo até seu ser se tornar completamente silencioso. Ela respirava e comia em silêncio. Mantinha o olhar distante, desprovido de linguagem. E foi desse jeito que chegou, pela primeira vez, a Mills Home. A Sra. Whitter, sua nova mãe adotiva, uma mulher branca e sem graça de lábios incrivelmente finos, estava encantada. "Graças a Deus" que a "primeira criança muçulmana do Mills Home" lhes fora entregue.

— A gente ama e aceita todo mundo aqui — declarou.

Nur não esboçou qualquer reação. Fixou os olhos em algo insignificante e ficou esperando terminarem as saudações, as apresentações, a leitura das regras e da importância de Deus e Jesus em cada chalé, as formalidades de mais uma "família". E, quando Nzinga partiu, Nur nem se despediu.

Nos seis anos seguintes, a assistente social dirigia duas horas a cada seis meses para visitá-la. E só quando Nur completou 14 anos percebeu que nenhum outro assistente fazia o mesmo por qualquer criança dali.

— Por que você sempre vem? Isso nem faz parte do seu trabalho — perguntou Nur, abocanhando o hambúrguer da lanchonete local, à qual iam durante aquelas visitas.

Nzinga ergueu os olhos, que estavam com uma expressão sorridente.

— Você tem razão, não sou obrigada a vir até aqui. Por que acha que venho?

— Ah, porra, como eu vou saber? — exclamou a menina, revirando os olhos.

— Já lhe disse para não usar palavrões quando estiver comigo, mocinha! — repreendeu a assistente social, mas nem a exasperação nem a raiva conseguiam alterar aquela expressão nos olhos dela, que sempre pareciam sorrir para Nur.

— Foi mal, Zingie.

— Eu gostava muito do seu avô e, talvez, de você também. Quando é amável e não diz palavrões, gosto mais ainda — observou Nzinga. — Como estão as suas notas?

— Boas.

— Estou sabendo — prosseguiu Nzinga, piscando para ela. — A Sra. Whitter me contou que você é a melhor aluna que já tiveram.

— Tanto faz — resmungou Nur, e a assistente social riu.

Ainda rindo, ocultou os lábios em uma imitação da mãe adotiva.

— Graças a Deus! — exclamou, e as duas gargalharam. — As risadas lhe caem bem — comentou Nzinga. — Vivia sorrindo quando a conheci. A união entre você e o seu avô foi uma das histórias de amor mais bonitas que já vi. Talvez seja por isso que não consigo deixar você em paz.

Nur olhou para baixo, revirando a comida no prato.

— Já nem me lembro direito do rosto dele. Nem parece ter sido real. É como se tudo daquele tempo fosse só um sonho.

— Sei o que significa sair de uma relação tão firme e ficar sozinha num lugar desconhecido, sem poder contar com o afeto de ninguém. Tive cinco irmãos, e todos já partiram.

Nur sorriu.

— A gente é amaldiçoada — disse, e a assistente social também esboçou um sorriso. — É mais ou menos assim que me sinto: como se não tivesse nada me mantendo em um só pedaço. Como se eu fosse feita de um montão de peças de lugares diferentes unidas com fita adesiva e tudo pudesse desmoronar assim que eu desse um passo em falso, falasse alto demais ou coisa parecida.

Nzinga se inclinou por sobre a mesa e ergueu o queixo de Nur com suavidade, pousando a mão no rosto da garota.

— Você não vai desmoronar, não. É mais íntegra e firme do que muita gente. Quer que eu conte como sei disso?

— Como?

— Nunca conheci uma menina de 14 anos que compreendesse os detalhes dos próprios sentimentos como você. E nunca conheci uma menina de 14 anos que conseguisse expressar esses sentimentos, colocá-los em palavras, como você acabou de fazer. Na verdade, não conheço nem muitos adultos capazes disso — explicou Nzinga, estreitando os olhos, com o semblante concentrado. — Um dia, você vai ter a própria família, Nur. Espero que encontre um caminho para o mundo que residia no coração do seu avô. Ele queria que você aprendesse árabe e conhecesse seu povo na Palestina.

Para Nur, a Palestina parecia ser outro planeta. Mal se lembrava do árabe que aprendera quando pequena.

— Tanto faz — resmungou.

Naquela noite, depois que a assistente social foi embora, Nur pediu à Sra. Whitter que lhe permitisse pegar seu livro no cofre do chalé, mas a mulher não sabia do que ela estava falando. Tempos depois, soube que Nzinga o resgatara de um dos últimos lares adotivos, onde outras crianças tinham se apoderado dele, escrito obscenidades e riscado os desenhos de Nur. Naquele momento, contudo, a menina achou que o havia perdido entre uma mudança e outra e ficou desesperada.

— Independentemente do que estiver errado, peça ajuda a Jesus. Ele ama a todos. Mas amará você mais ainda se O aceitar como o seu salvador — sugeriu a Sra. Whitter.

Nur deixou que aquelas palavras despencassem no chão atrás de si e não se virou para recuperá-las. Entrou no quarto, apagou a luz e envolveu o corpo com as memórias amarradas em fita azul, intituladas *Meu* jiddo *e eu*. Pensou nas cartas jamais respondidas que escrevera para a mãe e se deu conta de que Nzinga era a figura que, em toda a sua vida, mais se aproximara de um papel de mãe.

Sonhou aquela noite — como aconteceria diversas vezes por anos a fio — com um rio, um menino chamado Khaled, que tinha uma mecha de cabelo branco, e uma menina chamada Mariam, dona de uma caixinha de madeira com lápis e papel, que a cumprimentava em árabe: "*Salaam ya nur oyoon Mamdouh.*" Saudações, luz dos olhos de Mamdouh. Nur perguntava, também em árabe, o que eles estavam fazendo.

— Aprendendo a língua — respondiam.

— Vocês podem me ensinar? — indagava Nur.

Porém, Khaled negava com um gesto de cabeça e dizia:

— Antes, você tem que aprender a piscar. — E então ele e Mariam voltavam a conversar em árabe, e Nur não entendia mais nada. No sonho, tentava piscar, mas os olhos secavam e a faziam acordar em pânico.

O sonho estranho que a assombrava mudou quando ela começou a estudar árabe na faculdade. A partir do primeiro dia de aula, as crianças dos seus sonhos à margem do rio continuaram lá, falando as mesmas palavras, mas Nur se descobriu capaz de piscar. Khaled ergueu um gráfico com o alfabeto árabe e, dali em diante, ela passou a se comunicar com eles através de piscadelas. No sonho, os dedos de Khaled se moviam pelas letras, e ela piscava quando ele chegava à que queria. Letra a letra, ela ia formando palavras e frases em árabe para se comunicar com Mariam e Khaled.

    Nur fechava os olhos todas as noites e os abria do outro lado, onde se punha a piscar para destrancar as palavras que viviam nas profundezas do seu ser, até começar, aos poucos, a entender as conversas entre Mariam e Khaled. Aqueles encontros durante o sono eram vívidos e se tornaram mais animados quando ela passou um semestre na Universidade Americana do Cairo, fazendo um curso intensivo da língua. No entanto, todas as manhãs acordava com uma noção vaga e enevoada de tudo aquilo, aferrando-se aos fios de um sonho que se esvaía, mas que ela sabia ter vivenciado havia apenas alguns momentos. Em vão, fechava os olhos em uma tentativa de rememorá-lo.

IV

Fazíamos render as sobras do dia, construíamos casas com destroços, tomávamos banho onde os peixes nadavam, gerávamos amor do nada, carregávamos nossos estilingues e forrageávamos por poder com coquetéis Molotov

VINTE E OITO

Alwan era minha mãe, e os céus ficavam sob seus pés. Pelos anos seguintes à prisão de seu irmão Mazen, ela observou minha teta Nazmiyeh tentar evocar Sulayman. Porém, como teta não tinha o dom, mamãe fingia que o tinha. Embora ela fosse criança, teta ainda demorou alguns dias para perceber que tudo não passava de invenção. Puxou a orelha de Alwan e lhe disse que Alá não gostava de crianças que mentiam para as mães.

Alwan não era considerada bela. Esbelta, o corpo longilíneo dava a impressão de altura, apesar de ela não ser alta. O rosto era composto por formas geométricas, com um triângulo comprido como nariz, e o físico também se mostrava anguloso, com braços e pernas finas e poucas curvas. "Quase nada pra um homem pegar", dizia a sogra. Embora, isoladamente, os traços da jovem se concatenassem de modo esquisito, ela não deixava de ser atraente. O jeito solitário a imbuía de uma aura de mistério que intrigava os garotos, como um quebra-cabeça a ser resolvido. Sabidamente religiosa, tornou-se a única mulher da família a trajar um *niqab*, apesar de a mãe Nazmiyeh acabar por convencê-la de que aquela não era uma roupa islâmica. Os boatos de que se comunicava com o jinn, porém, acompanharam-na desde a infância e mantiveram alguns possíveis pretendentes afastados.

Revelaram-se puro faz de conta suas pretensões de falar com Sulayman, mas, quando a mãe lhe puxou a orelha por estar mentindo, Alwan ficou aborrecida pelo resto do dia e até o pai voltar do mar. Diferentemente da mãe, que descarregava o mau humor e depois esquecia tudo, Alwan remoía seus estresses.

— O que foi, Alwan? — perguntou-lhe Atiyeh.

— A mamãe puxou a minha orelha porque não acredita que eu falo com o Sulayman — respondeu, arrependendo-se na mesma hora das palavras ao ver o pai arregalar os olhos, atônito com a lembrança de uma noite distante e apavorante nas pastagens de Beit Daras.

— Você fala com o jinn? Que o demônio seja banido desta casa! Nazmiye-eeeeeeh — gritou, começando imediatamente a orar. Alwan pôs-se a chorar.

Atiyeh encarou a mulher e a filha em silêncio, de cara amarrada, enquanto elas lhe garantiam que nenhuma das duas era capaz de se comunicar com Sulayman nem com qualquer outro jinn. Naquele tribunal doméstico, a ligação entre mãe e filha foi reforçada pela cumplicidade e pelo desejo compartilhado de falar com Sulayman.

Na manhã seguinte, Atiyeh chamou a filha depois do café da manhã.

— Calce as sandálias, Alwan. A gente vai sair.

— Pra onde, *baba*? Pra casa da *amto* Suraya?

— Não.

— Pra comprar alguma coisa?

Ele não respondeu. A filha andou ao seu lado, percebendo que aquele era um momento de silêncio.

Chegaram à casa de um xeique, e Alwan agarrou a túnica do pai quando viu um espaço vazio onde deveriam estar o olho direito do homem e uma nuvem branca encobrindo o esquerdo.

— Venha cá, minha filha — chamou o xeique. O pai empurrou Alwan para ele.

Ela se sentou na almofada ao lado do assustador homem cego, os dedos enfiados na boca e os olhos suplicando ao pai que a levasse para casa.

O homem assustador tateou o rosto da menina, tentando vê-la com as mãos nodosas.

Os dedos de Alwan continuavam metidos na boca quando o lábio inferior começou a tremer e ela fez um beiço e choramingou.

O cego leu versos do Alcorão para ela pelo que pareceu uma eternidade. Após um tempo, Alwan perdeu o medo e voltou a observar o espaço vazio de um olho e o outro enevoado. Estava cansada e com fome, mas bebeu a água especial que ele lhe deu e saltou sete vezes pelo *babboor*, como o homem instruiu. Recitou o *Fatiha*, sentindo-se orgulhosa quando o xeique idoso e gentil, com um olho enevoado e o outro ausente, elogiou-a por ela ter decorado um importante capítulo do Alcorão em tão tenra idade. Disse que devia ser muito inteligente, e ela recitou mais para provar sua razão.

— Muito bem, Alwan! — exclamou o idoso afetuosamente. O pai da menina lhe agradeceu e lhe deu um envelope antes de os dois saírem.

No caminho de casa, eles pararam para comprar doces de gergelim, os preferidos de Alwan.

— Me desculpe se fui muito duro. Pode pegar o doce que quiser da loja — disse Atiyeh carregando Alwan, que se agarrou ainda mais ao pescoço do pai.

Assim como os anos sovam o coração, o tempo amaciaria Atiyeh, que, já idoso, contaria ao neto Khaled:

— Todos os homens que sobreviveram ao massacre de Beit Daras juraram que Sulayman os ajudou. Alguns até disseram que o viram investindo sobre os inimigos. Mas eu simplesmente não podia ter um jinn na minha casa.

Com o tempo e seguindo as severas instruções que recebera naquele dia, os pensamentos e as conversas sobre o jinn desapareceram do mundo de Alwan. Porém, um resquício do além-mundo perdurou na sua personalidade reservada, e as mães dos possíveis pretendentes, que preferiam prevenir a remediar, passaram a evitá-la. Alwan, porém, era filha de Atiyeh, Abu Mazen, um pescador respeitado e muçulmano praticante, além de irmã de Mazen Atiyeh, um lendário prisioneiro político. Apesar de tudo isso, Alwan queria se casar por amor, como a mãe. Queria viver uma história de romance e sedução que fosse de uma troca de olhares às paqueradas e, em seguida, ao anseio sem fôlego e, talvez, a uma dança proibida de mãos entrelaçadas, como acontecera com os pais dela em Beit Daras, nas ruínas da glória greco-romana. Alwan criava histórias de amor e as vivenciava na imaginação, mas apenas lá, sob uma superfície desinteressada.

Quando Abdel Qader chegou com o pai para pedir a mão de Alwan em casamento, ela estava com quase 18 anos. Os pais, os irmãos e os amigos aconselharam-na a aceitar. Bastante charmoso, de boa família e trabalhador, o rapaz também era um refugiado em Nusseirat e trazia consigo um dote modesto. O melhor de tudo era que vivia da pesca, como Atiyeh.

Alwan aceitou, e Nazmiyeh comemorou com o *zaghareet*, saindo às pressas para compartilhar a novidade com parentes e vizinhos, que também se puseram a ulular. Aquele chamado espontâneo entre as mulheres levou visitantes e vizinhos a irem à casa deles para saber com quem Alwan finalmente se casaria. Mais tarde, à noite, enquanto se preparava para dormir, Nazmiyeh comentou com a filha:

— Agora estou cansada demais, mas amanhã a gente vai conversar sobre os detalhes íntimos do casamento. Tenho que contar muito do que aprendi com o seu pai.

— *Yumma*, não faz isso, não, por favor — pediu Alwan, escandalizada.

— Você vai mudar de ideia quando Abdel Qader segurar você e você não souber o que fazer — disse Nazmiyeh, sorrindo e virando-se de lado para dormir.

Abdel Qader abandonara os estudos aos 13 anos para ajudar o pai no barco da família e, desde então, passara poucos dias fora do mar. Mesmo durante o feriado do *Eid*, quando ninguém trabalhava, ele buscava manter o ritmo ondulante do oceano sob si. Em terra, mantinha o ritmo de um trabalhador braçal, reparando ou pintando o casco ou convés do barco, consertando o encanamento das duas torneiras de água corrente da casa ou construindo prateleiras novas para os pertences da família, que enfeitavam as paredes finas que os separavam dos vizinhos. Todos concordavam que ele era um rapaz bom e trabalhador, e Alwan não viu motivo para recusá-lo quando ele foi pedir-lhe a mão. Os irmãos também gostavam de Abdel Qader, ainda que não o conhecessem muito bem. Na verdade, poucos o conheciam de fato, nem mesmo os colegas pescadores, que compreendiam bem a forma como o oceano levava um homem à solidão. Sob os gestos amáveis e o temperamento tranquilo jazia uma quietude impenetrável, semelhante ao mar, e os outros pescadores o amavam da mesma maneira que amavam o mar — cientes de que jamais perscrutariam as profundezas e os segredos de nenhum dos dois.

Antes que a família aceitasse de forma definitiva, porém, era de bom-tom buscar também a bênção de Mazen.

VINTE E NOVE

Somente três anos depois da prisão do khalo *Mazen, minha teta Nazmiyeh conseguiu vê-lo de novo. Dali em diante, sua vida foi regulada pelas visitas ao presídio de Ramon, e as ocorrências cotidianas passaram a ser consideradas de acordo com a proximidade das idas ao cárcere.*

Apesar de Mazen só ter permissão de receber uma visita da família a cada seis ou oito meses, Nazmiyeh mensalmente renovava com a Cruz Vermelha o requerimento para viajar até o presídio de Ramon. Como Mazen era solteiro e não tinha filhos, somente a mãe conseguia autorização. Sempre que viajava para lá, Nazmiyeh se queixava daquela injustiça:

— O que vai acontecer quando eu morrer? Ninguém mais poderá visitar o meu filho.

As autoridades carcerárias não se compadeciam.

Naqueles dias tão esperados por Nazmiyeh, duas vezes por ano, ela acordava às três da madrugada. Atiyeh e todos os filhos se levantavam também, em uma silenciosa expectativa impregnada das preces que faziam no decorrer da noite anterior: *Por favor, Senhor, permita à minha esposa e à minha mãe que visitem meu filho, nosso irmão. Conceda-lhes um momento de amor. Não permita que ela volte para casa sem que a voz de Mazen se renove no coração dela.*

Atiyeh preparava o café da manhã para a mulher, os meninos embalavam a comida para a longa jornada e separavam fotografias para Mazen. Acompanhavam-na de madrugada, antes do nascer do sol, passando por dois postos de controle, iluminados pelos refletores potentes das torres de vigilância, com gatos de rua vasculhando pilhas de lixo nos arredores, até chegarem ao ônibus fretado pela Cruz Vermelha, usado também por outras famílias de prisioneiros, em cujos olhares havia as mesmas orações.

No dia em que fez a viagem com a notícia do iminente noivado de Alwan, a família de Abdel Qader se encontrou com eles para se despedir de *haji* Nazmiyeh. Levaram doces e cartas, embora Nazmiyeh não pudesse passar com elas pela segurança israelense. Atiyeh acariciou a mão da mulher, evocando a linguagem particular dos dois, e seus dedos repetiram uma antiga dança antes de ele plantar-lhe um beijo na testa.

— *Allah ma'ek, habibti* — disse. Que Alá a acompanhe, meu amor.

O ônibus estava lotado, e alguns assentos levavam duas pessoas: mãe e filho ou dois irmãos, agarrados um ao outro, alternando cochilos e momentos de expectativa do reencontro com entes queridos. Mulheres de diversos vilarejos, que só se encontravam duas vezes por ano naquelas viagens, passavam as horas contando as novidades sobre nascimentos, escândalos, casamentos e mortes, fofocando e trocando receitas. As crianças brincavam. Algumas, ultrapassando os limites do aceitável, começavam a correr dentro do ônibus e acabavam apanhando de uma mãe ou avó, que perdia a paciência. *Haji* Nazmiyeh ralhou com um menininho que corria de um lado para o outro do corredor, mandando-lhe que parasse. Um desagradável posto de controle após o outro surgia ao horizonte. Jovens soldados armados entravam e saíam do ônibus, exigindo ver as carteiras de identidades de todos e, às vezes, obrigando-os a descer e formar filas ali ou acolá. Esperem. E esperem. Esvaziem as malas. Esperem. Mostrem as identidades. Esperem. Suem ou estremeçam. Esperem. Respondam às perguntas: Por que esconde o cabelo? Por que perde o seu tempo enfrentando isto? Já provou um pênis judeu? É bem doce.

Alguns soldados eram exageradamente educados, constrangidos pelo próprio trabalho. Um deles deu um chiclete para uma menininha.

— Sinto muito pela demora — disse ao fazê-lo.

A garotinha sorriu. O olhar da mãe era distante. Todos esperavam. Então, entravam no ônibus, e a ideia de ver os homens que amavam preteria as humilhações. Não para Nazmiyeh. Tijolos de ódio se empilhavam em seu interior, erguendo, no terreno vasto de seus pensamentos, prisões onde podia trancafiar aqueles soldados e suas mães insensíveis para que vivessem na escuridão para sempre.

Cinco horas depois, estavam todas esperando do lado de fora do presídio. Logo entraram e foram levadas a saletas, recebendo a ordem de tirar a roupa.

Esperaram juntas, despidas, tentando fitar as paredes e os ladrilhos do chão. Não Nazmiyeh. Ela observou as outras mulheres e fez comentários sobre a firmeza relativa dos seios delas:

— Que Alá amaldiçoe todos os judeus por negarem a seus pobres maridos a seiva dessas maçãs maduras. — Ela segurou os próprios peitos. — Os meus eram firmes também. Mas o meu marido e os meus bebês gulosos os sugaram até secarem — revelou, dando uma gargalhada desajeitada, ciente dos comentários inoportunos que ela mesma não aprovava. No entanto, ninguém a repreendeu. As mulheres tinham o direito de lidar com momentos como aqueles à sua própria maneira. Uma delas, sem o *hijab*, com os seios murchos pendendo junto ao corpo, sussurrou uma prece mecanicamente, pedindo a Alá forças para ela e perdão para os *thalemeen*, os opressores.

Toda mulher tinha o direito de lidar com momentos como aqueles à sua própria maneira. Porém, não daquele jeito.

— Cala a boca, mulher! — exclamou Nazmiyeh com frieza, parando de gracejar. — Perdoar? Sua idiota! Eles roubaram as nossas vidas e as dos nossos filhos. A gente está aqui parada feito vaca pronta pra ser ordenhada ou penetrada, se eles quiserem, e você quer que Alá perdoe esse povo? Reze pra Ele queimá-los todos ou não fale nada alto pra eu ouvir e me ajude a enfrentar os ardores do coração. A gente está aguentando tudo isso pra ver os nossos filhos. Não vem poluir o meu humor não.

Nazmiyeh se satisfez com aquela bronca e a usou para preencher o vácuo até então ocupado pelas avaliações de seios, que, desajeitadamente, usara para preencher o espaço da humilhação entalhado por meio da nudez e do detector de metais passado por um soldado qualquer entre as pernas e sobre a pele das mulheres. A dos seios murchos começou a soluçar baixinho, e outras a consolaram, afugentando o diabo com olhares desaprovadores dirigidos a Nazmiyeh — *a' ootho billah min al shaytan* —, quando uma guarda levou uma caixa grande com as roupas delas e, com um gesto, deu-lhes permissão de se vestirem.

Outras duas horas se passaram até as visitantes serem chamadas, uma por uma, para ver os prisioneiros. Elas se levantavam de um salto e desapareciam por trás das portas e grades de metal. Nazmiyeh também o fez quando ouviu o seu nome e entrou na fila para passar pelos metais, pelas madeiras, pelas armas, pelos soldados, entre paredes e pelos detectores de metal, até conseguir se sentar em uma cadeira de plástico diante de um painel grosso de vidro embaçado, através do qual o filho a fitava. Ele continuava muito bonito. Os cabelos salpicados de branco com as cinzas da idade, a pele assolada suplicando por sol. Apesar de os olhos cinzentos terem escurecido e aprofundado, encobertos por pálpebras cansadas, eles ainda mostravam chamas, cheios de vida. Durante trinta maravilhosos minutos, Nazmiyeh mergulhou no rosto bonito do filho. Observou os lábios dele se moverem e o escutou pelo receptor, que apertou contra o ouvido, para ouvir melhor. Ele deu sua bênção ao casamento de Alwan, pressionou a palma da mão no vidro para que se alinhasse com a da mãe, sorriu e lhe garantiu que estava bem. A mãe lhe mostrou fotografias, e ele se inclinou para ver os rostos dos novos sobrinhos, dos irmãos crescidos e dos velhos amigos. O filho falou sobre antigos e novos detentos, bem como sobre lendários prisioneiros políticos, sem nunca entrar em muitos detalhes, pois gravavam tudo o que era dito. Independentemente do clima do lado de fora, naquela saleta com cadeiras de plástico e uma barreira de vidro entre mãe e filho, o céu se mantinha límpido, e o ar, fresco. O sol brilhava, a lua sorria e as estrelas cintilavam. Rios fluíam cristalinos e árvores dançavam ao vento. Nazmiyeh se embebeu de tudo aquilo com avidez, decorando cada palavra do filho, cada nota de amor nos olhos dele. Concentrou-se em gravar tudo para poder repetir depois e até contar os fios do bigode dele, se assim quisesse. Para poder repetir a gravação do lirismo do rosto de Mazen.

O alarme soou, indicando que o tempo de ambos se esgotara. Mãe e filho se abraçaram com força pelos olhares penetrantes, guardando na lembrança os trinta minutos que haviam se passado.

Revistaram outra vez as mulheres antes que partissem. A nudez, a caixa de roupas, os detectores de metal, as grades, as portas, as paredes e o tempo perdido continuavam iguais, mas a humilhação não mais se embrenhava nelas. Mantinham-se caladas e pensativas na dignidade dos pequenos recintos com cadeiras de plástico, vidros embaçados e canções de amor que haviam construído nos corações. Continuavam ali nos próprios mundos durante as horas que passavam no ônibus, nos postos de controle e no crepúsculo. O menino travesso que levara uma bronca de Nazmiyeh aprontou de novo, no caminho de volta. Porém, daquela vez, ela sorriu e o puxou para perto.

— Você é um garoto bonito, meu filho. Toma — disse ela, dando-lhe um doce tirado da bolsa.

TRINTA

Minha teta Nazmiyeh e meu jiddo Atiyeh faziam uma dança especial com as mãos. Teta disse que era assim que contavam segredos um ao outro. Eu ainda não tinha nascido, mas sei que as mãos dos dois dançaram no dia em que os meus pais se casaram. E sei que se entrelaçaram com certa apreensão depois do casamento.

Como acontecia em todos os casamentos dali, a cerimônia de Alwan e Abdel Qader levou centenas de convidados e milhares de observadores às ruas e vielas. Parecia haver muita curiosidade e expectativa em relação àquela união. Dois *zaffehs* separados dançaram pelas ruas, um com a noiva de branco numa cadeira, e o outro com o noivo a cavalo — cadeira e cavalo enfeitados com flores e bandeiras. Mulheres e homens entoavam cânticos e preces aos céus, deixando um rastro encantado que se erguia até as varandas, cheias de observadores que se apinhavam nas vielas.

Foi um momento de júbilo, sobretudo para *haji* Nazmiyeh. Ela dançou e cantou pelas ruas. Se as pessoas não estivessem acostumadas com seu comportamento ousado e o coração amável, ficariam escandalizadas ante a visão de uma mulher adulta trajando uma *thobe* tradicional bordada requebrando em público. Em vez disso, bateram palmas e cantaram também. Ela levava duas fotos emolduradas — uma de Mazen e outra de Mamdouh e Yasmine — e as levantava de vez em quando, enquanto dançava, para incluir os membros ausentes da família da única maneira que conhecia.

* * *

Esperava-se que Mamdouh chegasse dos Estados Unidos ainda a tempo para o casamento. Ele recebera, por fim, a custódia definitiva e a documentação de que precisava para deixar o país com a neta, Nur. Voltaria para a Palestina com a mais nova integrante da família, em definitivo. Nazmiyeh ficara atônita ao ver, pelas fotos que ele enviara, que Nur tinha herdado os olhos de Mariam. Segurou o retrato da pequena Nur e chorou, acreditando que, de alguma forma, a irmã vivia dentro dela. Mamdouh também lhe confidenciara que acreditava que Nur via as cores do mesmo jeito que a irmã deles anos antes, o que só contribuiu para intrigar ainda mais Nazmiyeh, aumentando sua ânsia de conhecer a sobrinha-neta. Finalmente tudo voltava ao devido lugar. Voltava ao amor.

Fazia quase oito anos que ela vira o irmão e Yasmine. Eles tinham vindo para a visita cheios de saudades e sedentos do lar, e levaram duas malas de presentes dos Estados Unidos. Quando soou o chamado da oração, Yasmine chorou. Os dois fecharam os olhos, inalaram profundamente os aromas do *souq* e sorveram a brisa do mar de Gaza. Nazmiyeh os mimou e os manteve perto de si. A velha viúva do apicultor ia e vinha diariamente, a fim de cozinhar para eles. Nazmiyeh e Yasmine permaneciam de mãos dadas como duas colegiais enquanto caminhavam juntas e ficavam acordadas até tarde, conversando noite após noite. Fumavam narguilé à noitinha e passavam horas revivendo as histórias das pessoas e dos lugares de um tempo localizado sob uma fina pálpebra. Os netos de Nazmiyeh, não muito mais novos que Alwan, que ainda era jovem, absorviam aquelas histórias e protestavam quando as mães os arrastavam de volta para casa para em seguida sonhar com Beit Daras. Com um rio. Com uma mulher que se comunicava com o jinn e com uma menina chamada Mariam que aprendera a ler sozinha.

Quando o inevitável dia da partida chegou, a família ficou inconsolável. Mamdouh e Yasmine teriam continuado ali e nunca voltado para os Estados Unidos, não fosse pelo filho, que se recusara a ficar lá com eles. O rapaz cursava universidade e estava noivo de uma espanhola. Tanto Nazmiyeh quanto Yasmine rezaram fervorosamente para que acabassem rompendo o noivado. Alwan nem se recordava da época em que o filho de Mamdouh e Yasmine estivera em Gaza. Mhammad não sabia ou não quis falar árabe e reclamou de tudo, começando pela comida e chegando às coisas que achava anti-higiênicas. Os irmãos de Alwan quiseram dar-lhe uma merecida surra, mas Nazmiyeh interveio, apesar de ter se arrependido depois.

— É isso o que acontece quando se tem apenas um filho. Ele nunca apanha dos pais nem dos irmãos por agir de um jeito odioso ou desagradável. Ia ter feito bem pra ele.

Nos anos seguintes àquela visita, Mhammad se casou com a espanhola e teve uma filha, Nur. O câncer de Yasmine voltou, e ela faleceu pouco tempo depois. Em seguida, Mhammad morreu em um acidente de carro, e Mamdouh se curvou em gratidão a Alá, por ter poupado Yasmine da dor da perda do único filho. Foi então que Mamdouh resolveu voltar de vez para Gaza, mas não sem Nur.

— Volta pra casa — pedira a irmã. — Não tem dignidade na vida nem na morte longe da sua casa e da família.

Foram necessários vários anos, todo o dinheiro de Mamdouh e longos processos judiciais para que recebesse a custódia definitiva de Nur. E, quando isso aconteceu, a felicidade de Nazmiyeh foi tão grande quanto os campos de Alá. Sua única filha se casaria, seu irmão finalmente voltaria para casa com Nur, a única sobrinha, que talvez abrigasse o espírito de Mariam, e, algum dia, tinha certeza, Alá levaria Mazen de volta para o lar também. *Allahu akbar*!

Embora Nazmiyeh tivesse ficado decepcionada quando o irmão telefonou para lhe contar que adoecera e precisaria adiar a viagem, não se preocupou muito. Afinal, ele lhe garantiu que se reencontrariam em breve. Ela sugeriu que adiassem o casamento, mas Mamdouh insistiu que tudo continuasse como planejado.

— *Enshallah*, a nossa família estará completa de novo.

Logo após o casamento, Mamdouh passou a telefonar várias vezes por semana. Estava no hospital e, apesar de ter se esforçado para tranquilizar Nazmiyeh, dizendo que tudo daria certo, não a convenceu. Contou-lhe que contraíra uma infecção pulmonar e que os antibióticos sempre debelavam esses problemas. Afirmou que logo estaria em casa e que o exílio prolongado acabaria em breve. Falou que o exílio tinha-lhe roubado tudo. Privara o seu único filho do lar, da herança e do idioma. Levara a sua Yasmine. O exílio o deixara idoso em um lugar que nunca se tornara familiar para ele, mas a vida fora misericordiosa também, presenteando-o com uma neta maravilhosa, que finalmente poderia voltar com ele para Gaza. Ela já falava árabe e tinha uma curiosidade inesgotável pelas histórias da Palestina. Estavam escrevendo um livro juntos sobre tudo o que amavam.

— O título é *Meu* jiddo *e eu* — contara ele à irmã.

— Que Alá os mantenha nas mãos do amor e prolongue a sua vida, meu irmão, para que seja tanto pai quanto avô dela — disse Nazmiyeh, mas no fundo queria perguntar qual era o motivo urgente de tanta nostalgia.

Então, os telefonemas cessaram.

Nazmiyeh discou o número do irmão, mas só ouviu uma mensagem em inglês, que não entendia. Pediu a Alwan que tornasse a ligar, e o resultado foi o mesmo; então, mandou que um dos filhos tentasse, acreditando que ela e Alwan tivessem discado o número errado. A resposta foi igual, e a mãe saiu batendo os pés, maldizendo Mamdouh pela incapacidade de completar a simples tarefa de pôr alguém do outro lado da linha. Passou a se levantar várias vezes durante a noite para checar se o telefone amarelo estava tocando. Depois, começou a dormir em uma cama improvisada, um pequeno tapete e um travesseiro, perto do telefone amarelo, na sala da casa, e a acordar frequentemente para checar se o aparelho estava dando linha. Sonhava que Mamdouh tinha ligado e levantava-se aferrada à névoa daquele sonho, tentando transformá-lo em realidade. Nas refeições, o telefone ficava ao lado dela. Quando um dos netos se gabou ao mostrar o boletim escolar, ela na hora mandou que ele telefonasse para o irmão.

— Você é o mais esperto de todos. Tenho certeza de que pode discar direito — incentivou.

O menino, de apenas 11 anos, olhou para os adultos ali, igualmente estupefatos, conforme girava o disco do telefone amarelo de acordo com o número.

— Não importa, meu filho. A gente vai continuar tentando, e uma hora vai dar certo — disse-lhe a avó ao ouvir a infame gravação automática norte-americana. Então, pegou o aparelho e checou o receptor para ver se estava dando linha.

Por fim, o telefone amarelo tocou. Nazmiyeh, duas de suas noras e a recém-casada Alwan estavam no mercado local comprando frutas e verduras para a refeição do *jomaa* no dia seguinte. Ela concordara em sair de perto do telefone amarelo, porque Abu Bara'a, o mercador de condimentos, tinha um telefone vermelho. Atiyeh lhe prometera que transferiria qualquer ligação para lá, e ele já estava indo apressado ao mercado quando o aparelho vermelho tocou. Quase sem acreditar, Abu Bara'a entregou o telefone à Nazmiyeh, que estava sentada na loja, tomando chá. Ela arregalou os olhos e gritou a todos que se calassem enquanto atendia à chamada.

— Mamdouuuh. Mamdouuuh. É você, meu irmão? Mamdouh?

Aqueles momentos se expressaram na face de Nazmiyeh como um sorriso inconcebível, mas, conforme o tempo ia passando, o sorriso desaparecia. O céu caiu. Beit Daras caiu. Nazmiyeh caiu de joelhos e desmoronou no chão. Tapou o rosto com as mãos, o receptor ao ouvido.

Das entranhas do corpo de Nazmiyeh, ladeada pela filha e pelas noras, círculos concêntricos de silêncio se espalharam em ondas em meio ao burburinho do mercado. Os mercadores deixaram os fregueses de lado para observarem a cena com impotência, e barganhas se tornaram sussurros, informando que *haji* Nazmiyeh recebera O Telefonema e que a notícia era a que todos temiam.

O telefonema fora dado por um velho amigo de Mamdouh, lá da Califórnia. Era um palestino que o conhecia desde que chegara aos Estados Unidos. Nazmiyeh sabia de sua existência e até falara com ele quando Mamdouh e Yasmine ligaram anos antes. O homem estava muito abalado e triste por precisar dar aquele telefonema. Havia um pacote com os pertences de Mamdouh, o qual não pudera ficar com Nur, pois era pequena demais. Ele o tinha recebido da assistência social e prometera enviá-lo. Mamdouh lhe pedira que se certificasse de que Nur fosse para Gaza morar com a família em vez de ficar em um lar adotivo, mas a menina fora reunida com a mãe. Não havia nada que ele pudesse fazer. Nazmiyeh percebeu que o homem chorava ao falar. Nur não podia deixar o país. Ele tinha certeza de que a menina estava sendo criada como cristã. A mãe não permitia que ele entrasse em contato com a criança.

— Não passo de um velho aqui. Um estrangeiro. Gostaria de poder fazer mais — salientou.

Nazmiyeh ficou ali, sentada no chão, e o peso da sua dor competiu com o da gravidade, fazendo com que desmoronasse ainda mais, transformando-a num corpo de profundo silêncio.

— O que está acontecendo? — sussurrou uma mulher na multidão.

— *Haji* Nazmiyeh recebeu a ligação. *Enna lillah wa inna elayhi raji'oon.* Que Ele tenha piedade da alma do irmão dela — respondeu alguém.

TRINTA E UM

Minha mãe amava em silêncio e vivia como se observasse o mundo pelas brechas na cortina. As pessoas achavam que a devoção a levara a usar o niqab *quando era jovem, mas ela o fizera para completar sua invisibilidade — para levar as cortinas consigo enquanto vagueava pela própria vida. Meu pai, porém, a enxergava. Entrava por trás da cortina e a amava ali. Quando ela decidiu tirar o* niqab, *acharam que o fizera por causa da implicância da minha teta Nazmiyeh, mas fora por baba. Ele nunca chegou a lhe pedir, mas minha mãe sabia que ele buscava a sensação reconfortante de ver o rosto dela inteiro, em todas as áreas de sua vida.*

Os anos levaram Alwan a ter vários abortos e um natimorto. Trouxeram também expropriações de terras, colonos israelenses e mais soldados. Assentamentos exclusivamente de judeus e postos de controle talharam as colinas, e o destino escavou o útero de Alwan. E, apesar de os primeiros anos de seu casamento com Abdel Qader terem sido promissores, ternos e agradáveis, aspectos sombrios começaram a se acumular nas frestas, e o olhar desaprovador da mãe dele se fixou no ventre vazio de Alwan. O deserto em seu útero foi aumentando até ocupar todos os pensamentos e preencher cada ambiente em que ela estivesse.

— Vou entender se quiser outra esposa, meu amor. Só lhe peço que não se divorcie de mim — disse ao marido, cinco anos depois de se casarem.

— Na vida, a gente só recebe o que é da vontade de Alá, *habibti*. Vamos deixar isso nas mãos Dele por enquanto — comentou Abdel Qader.

Com efeito, até considerara a possibilidade de conseguir uma segunda esposa, sobretudo porque a mãe dele se queixava cada vez mais de sua sina sem filhos, mas Abdel Qader receava que o problema estivesse em sua semente, não no útero de Alwan. Foi nessa época que concordou em se mudar para a casa da família de Alwan. Os irmãos da esposa tinham construído suas moradias por perto, e um deles levantara um novo pavimento na casa para a família morar. Só os pais de Alwan viviam ali agora, e o quarto dela estava desocupado. A escolha de morar naquele espaço deixou Abdel e Alwan animados e otimistas. Uma decisão dolorosa fora tomada em algum momento, nos recônditos silenciosos do coração de ambos, os quais não conheciam palavras, que eles se contentariam com os desígnios de Alá. E comunicavam a aceitação daquele destino na íntima linguagem conjugal. Nada foi dito, mas ficou subentendido pela forma como fizeram amor na primeira noite na antiga cama de Alwan: sem expectativas e com paixão. Alwan viu isso nos olhos do marido e gritou de prazer. Abdel Qader a abraçou com força, acariciando-a e beijando-a profundamente. Foi uma voracidade quase violenta, que despertou nela um apetite desconhecido e incontrolável. Consumiram um ao outro naquela noite e escavaram com as bocas, os dentes e as unhas refúgios no corpo um do outro, nos quais deixaram pedaços dos corações.

Mais uma vez Alwan engravidou, mas não ousaram ter esperança. A barriga dela continuou a crescer, livre da hipótese do nascimento, até mesmo no nono mês de gestação. Atiyeh e Abdel Qader estavam no mar quando Alwan entrou em trabalho de parto, mas ela proibiu a mãe de mandar alguém avisá-los. Quis poupar o marido e enfrentar a decepção sozinha. Recusou-se a ir ao hospital, insistindo que precisava de privacidade em mais aquele momento de desventura. Então, Nazmiyeh chamou a parteira e, juntas, trouxeram ao mundo um menino depois de apenas quatro horas de trabalho de parto.

E foi assim que nasci. Em 27 de dezembro de 1998, três semanas antes da visita agendada de minha teta *ao* khalo *Mazen.*

TRINTA E DOIS

Não sei quem escolheu o meu nome, nem quando. Mariam me chamava de Khaled, mas não sei se disse a ela que aquele era o meu nome ou se ela me chamou assim para que a minha teta me desse o nome de Khaled quando eu nascesse. Assim sendo, foi Mariam que escolheu o meu nome antes do meu nascimento, depois de eu ter ido parar naquele azul, aos 10 anos. Sei que não faz sentido. Sinto muito por não poder contar de outro jeito.

Nazmiyeh levantou o bebê que chorava, seu neto, e o coração de Alwan apertou quando viu o rosto assustado da mãe.
— O que ele tem de errado? — perguntou Alwan.
Nazmiyeh olhou para a filha, depois para a criança.
— Khaled. O nome dele vai ser Khaled. É um menino lindo e saudável — disse Nazmiyeh, colocando o neto no seio da mãe. *Allahu akbar!*
Alwan recebeu o precioso menino, transbordando de felicidade. Khaled. Ela gostou do nome, mas insistiu em esperar a chegada de Abdel Qader.
Nazmiyeh pediu que avisassem Atiyeh e Abdel Qader de que deveriam voltar imediatamente. A notícia chegou primeiro aos mais próximos e, logo, a casa ficou cheia de amigos e parentes. Os irmãos de Alwan, suas famílias e os cunhados chegaram, bem como os irmãos de Abdel Qader e outros familiares. A sogra de Alwan deixou a irritação de lado e foi até lá de bom grado. Os vizinhos se aglomeraram para espiar. *Allahu akbar*, disseram. Parabéns, que Alá abençoe e proteja essa criança. Alá é onisciente e misericordioso.

E, enquanto se reuniam na sala e no lado de fora, pois a casa não comportava todos, só receberam permissão de ver Alwan rapidamente, e não o bebê Khaled. *Haji* Nazmiyeh proibiu a todos que vissem ou segurassem o menino, com exceção da sogra e, mais tarde, Atiyeh e Abdel Qader. Alegou que era por causa dos germes, mas, na verdade, não queria testar o destino. Tinha medo da praga do *hassad*, do mau-olhado. Somente depois que colocasse no neto um amuleto azul para protegê-lo do olho gordo e que recitasse versos protetores do Alcorão para ele deixaria os outros se aproximarem do bebê.

Atiyeh e Abdel Qader retornaram do mar o mais rápido que puderam. Ao chegarem, encontraram a casa cheia de gente, e o nome Khaled já se firmara, embora Abdel Qader tivesse planejado originalmente chamá-lo de Mhammad em homenagem ao próprio pai.

Abdel Qader segurou radiante o filho, e os outros saíram do recinto, dando espaço à intimidade de uma nova família. Compartilhando uma privacidade só deles, Alwan e Abdel Qader se maravilharam com seu bebê, inspecionaram o cordão umbilical pinçado, louvaram Alá, brincalhões, pelo saudável dote entre as pernas dele e o observaram enquanto mamava no peito de Alwan, beijando-o, amando o seu cheiro e agradecendo infinitamente a generosidade de Alá. *Allahu akbar*.

Como era o costume entre os árabes, o segundo nome que Khaled recebeu foi o do pai, o terceiro, o do avô e assim por diante, seguido do sobrenome. Então, chamava-se Khaled Abdel Qader Mhammad Ghassan Maqademeh. E, assim como os filhos recebiam os nomes dos pais e dos avós, eles também davam nomes aos pais. Portanto, no dia seguinte, Abdel Qader passou a ser conhecido como Abu Khaled, e Alwan, Um Khaled.

TRINTA E TRÊS

Quem cortou meu cordão umbilical foi a minha teta Nazmiyeh. Ela me disse que soube que eu seria o seu neto predileto logo que me segurou. Mas aquele era o nosso segredo, e o guardei.

Quando Khaled, filho de Alwan e Abdel Qader, nasceu, *haji* Nazmiyeh achou que ele já estava no mundo havia muito mais tempo. Ela foi a primeira pessoa a examiná-lo de perto. Ao segurar o neto recém-nascido em nome de Alá, o mais misericordioso e piedoso, quase o deixou cair quando viu o tufo de cabelos brancos no alto da juba negra, e então se lembrou das palavras de Mariam: *Khaled tem uma faixa de cabelos brancos.* Alá era onisciente e misterioso em Seus desígnios. Tentou compreender o significado de tudo aquilo, mas os seus pensamentos acabaram se tornando confusos e emaranhados. *Sua velha tola* foram suas últimas palavras sobre a questão, o que não impediu que anos mais tarde, quando Khaled aprendeu a falar, ela lhe perguntasse se havia conhecido ou sonhado com uma menina chamada Mariam.

Um "Não" firme foi a resposta, por mais criativa que tivesse sido a pergunta.

Mesmo com o aumento de assentamentos israelenses e torres de vigilância ameaçadoras, a família levou a vida adiante sustentada pelas dádivas do mar, pelas tarefas e labutas cotidianas, pelas fofocas, pela política e resistência, pelo amor. Como os filhos de *haji* Nazmiyeh se casaram e começaram a ter filhos, todos os dias ela ficava cercada de uma legião de netos que a mimavam e disputavam o seu afeto. Eram primos que compartilhavam, brigavam e se uniam de acordo com as alianças de suas mães, cujos ciúmes e discussões criavam um cenário mutável de pactos. A guerra das noras ora se apresentava como uma explosão de xingamentos, ora como geleiras que adejavam até a cozinha de *haji* Nazmiyeh às sextas-feiras, quando todos se reuniam para a refeição do *jomaa* em família após as preces da tarde. Da mesma maneira que aquele encontro permitia a realização de pactos, também podia virar um campo de batalha, em que comentários ferinos e olhares tripudiantes percorriam o ambiente, olhos reviravam, testas se franziam e pés batiam no chão. Porém, havia linhas que elas não ousavam cruzar. O nome de Alá nunca podia ser evocado, exceto em reverência, xingamentos vulgares não eram permitidos e a palavra de *haji* Nazmiyeh era sempre a última, sendo a sua autoridade absoluta em casos de disputas familiares.

O *jomaa ghada* na casa de *haji* Nazmiyeh definia o clima do resto da semana. Se uma das cunhadas chegasse com um vestido novo e dissesse "O meu marido comprou pra mim sem mais nem menos", as outras passavam vários dias amuadas, exigindo o mesmo do esposo: "Por que você não faz como seu irmão e, de vez em quando, dá um presente pra mim, sem um motivo especial?"

O mesmo acontecia com relação a móveis novos e eletrodomésticos. Ocorria com tanta frequência que os irmãos acabaram implorando uns aos outros a garantia de que as esposas não mais provocariam aqueles ciúmes devastadores. Em vão. Quando uma delas engravidava, Nazmiyeh, brincando com as outras, dizia:

— Pelo visto, meus outros filhos vão ficar felizes nas próximas semanas, porque tenho certeza de que todas vão tentar engravidar também.

Alwan implorou à mãe que parasse de falar daquele jeito.

— Elas podem achar que você está falando sério — comentou.

— E quem foi que disse que não estava, minha filha? — quis saber Nazmiyeh, sorrindo com malícia. — Você vai ver só. Daqui a algumas semanas, pelo menos duas delas vão voltar aqui contando que estão grávidas.

Alwan lia o Alcorão com mais frequência, como se para contrabalancear as frases inapropriadas da mãe. Nas guerras domésticas entre as cunhadas, ela representava território neutro. Nada em sua natureza provocava as outras. Era a filha única de *haji* Nazmiyeh, não muito bonita, com apenas um filho e um marido esquisito e distante. Era também a mais próxima da mãe, a cola que mantinha todos os irmãos unidos e obrigava as esposas a compartilharem vida e filhos umas com as outras. *Haji* Nazmiyeh era uma matriarca de críticas mordazes que as demais matriarcas a um só tempo amavam e odiavam. Talvez fosse a única a quem se dirigissem pelo primeiro nome. Todos se referiam às outras como Um fulana ou Um sicrana. Não era um sinal de desrespeito Nazmiyeh não ser identificada por sua relação com quem quer que fosse, mas um testemunho do seu eu poderoso: uma mistura de rebeldia, instinto maternal, amabilidade, sensualidade e impertinência. Nem filhos nem marido conseguiriam mudar seu nome. Ela atraía as pessoas. Os filhos e netos a mimavam e beijavam-lhe as mãos quando chegavam ou partiam. Era a sogra que ensinava às novas filhas como preparar pratos do jeito que os maridos gostavam. Elas enrubesciam com as perguntas da sogra.

— Meu filho sabe o que está fazendo na cama? Se não souber, não tenha vergonha de ensinar.

Ela as fazia rir, e, quando precisavam chorar, encontravam na sogra um ombro amigo. Sem se darem conta, aquelas mulheres, que pensavam não gostar umas das outras, criaram laços de irmandade sob a égide de *haji* Nazmiyeh, o que se comprovava nos momentos difíceis, como no dia em que a sogra recebeu por telefone a notícia sobre o irmão ou nos anos seguintes, quando o céu desmoronou, fazendo chover morte nos telhados da família.

TRINTA E QUATRO

Ninguém se deu conta da minha primeira "crise", quando fui para aquele azul e voltei. Foi um dia como outro qualquer. Eu tinha uns 6 anos e estava indo à escola com meus primos e amigos, quando alguns colonos desceram da colina, mulheres judias empurrando carrinhos de bebês na companhia dos filhos maiores. Percebi na hora a jubilosa malícia de quem está prestes a mexer com os outros por mera diversão. Nós nos espalhamos, buscando proteção, e então os meninos colonos, sob a supervisão das mães, atiraram pedras e garrafas quebradas em cima da gente. Logo antes de o mundo me fazer mergulhar num azul silencioso, senti o calor úmido da minha urina escorrendo pelas calças e pernas. Depois disso, só me lembro do meu primo me dando uma bronca enquanto procurávamos abrigo atrás de uma rocha:

— Da próxima vez, não fique lá parado feito um jumento imbecil. Se eu não tivesse arrastado você, os judeus iam pegá-lo.

Chegou o dia em que Israel retirou os colonos. O mundo comentou que foi como se Israel tivesse mutilado um dos braços a favor da paz. Os palestinos de Gaza sibilaram e reviraram os olhos. Incrível isso, disseram. Eles roubam e roubam, matam e mutilam e de repente são vistos como tão honrados e valentes por devolver a terra, depois de ter tirado dela toda a água limpa e os nutrientes. Que fossem para o inferno, comentavam os palestinos, percorrendo as áreas revigorantemente esvaziadas onde antes estiveram os colonos. *Haji* Nazmiyeh começou a falar com Mariam de novo, pedindo sinais. Ela não sabia por quê. Avisou que não deviam ainda celebrar.

— As luzes lançam sombras — disse às pessoas.

Logo depois, Atiyeh faleceu tranquilamente enquanto dormia. Não foi inesperado, pois ele já adquirira as qualidades dos moribundos: paciência ilimitada, sabedoria profunda, andar arrastado, mãos trêmulas e sorrisos aleatórios. Às vezes, sem motivo aparente, suas mãos e as de Nazmiyeh se encontravam — assistindo à televisão, comendo, lavando os pratos ou na cama —, e os dedos de ambos se engajavam em um eterno tango particular, iniciado havia muito tempo como fruto de uma ânsia proibida, em meio às ruínas de um castelo e da cidadela do passado. Eles sabiam que o fim estava próximo, mas nunca comentaram a respeito, a não ser na dança silenciosa das mãos. Ainda assim, a morte de Atiyeh foi devastadora para Nazmiyeh, que envelheceu de repente, como se a juventude que passara amando tivesse sido enterrada no túmulo. Ela tirou o lenço colorido e o substituiu pelo luto negro. Observou com angustiante nostalgia os filhos lavarem, carregarem e enterrarem o pai. Eles se reuniram em volta da mãe e beijaram-lhe os pés, escutando o Alcorão da caixa acústica, a melodia hipnótica passando pelos corpos pesarosos. As pessoas foram dar condolências e saíram, respeitosas.

Em torno da letargia da perda da família, facções palestinas lutavam umas com as outras, e, quando a menos favorável a Israel ganhou, isolou todo o território de Gaza, bloqueando o acesso até pelo mar.

Dali em diante, *haji* Nazmiyeh entrou com suavidade na negritude da viuvez e nunca mais usou nada colorido, exceto os bordados tradicionais do *thobe*. Abdel Qader beijou a mão da sogra, pediu a Alá que lhe desse muitos anos de vida e disse do oceano que vivia dentro dele:

— Pelo menos Abu Mazen morreu de causa natural.

Pelo menos os sionistas não o tinham matado.

TRINTA E CINCO

Uma menina norte-americana chamada Rachel Corrie veio morar em Gaza. Sua beleza nos tocou a todos. A todos os doze milhões de palestinos espalhados pelo mundo. Ela escreveu uma carta para a mãe nos Estados Unidos na qual dizia: "Passei muito tempo escrevendo sobre a decepção de descobrir, quase em primeira mão, até que ponto vai a maldade do homem... Também estou começando a descobrir a dimensão da força e da capacidade dos seres humanos de continuarem a ser seres humanos nas circunstâncias mais atrozes... Acho que a palavra para isso é dignidade."

Alwan, Um Khaled, engravidou de novo em 2003, e a gestação evoluiu o suficiente para que o sexo da criança fosse identificado antes do aborto espontâneo. O marido andara comentando com os amigos pescadores que teria uma menina, e por esse motivo depois se sentiu culpado pela perda do bebê: pois falara com autoridade sobre assuntos que pertenciam exclusivamente ao domínio de Alá. Ficou triste, mas, como lhe era característico, logo se submeteu aos desejos divinos.

— Não era o nosso destino ter essa criança, Um Khaled — disse, tentando consolá-la. — A gente vai tentar de novo. *Enshallah*, vamos ter a nossa Rachel, *habibti* — completou, procurando o perdão de Alá.

Alwan criou coragem e protestou:

— Todo mundo está chamando as filhas de Rachel, Abu Khaled. Não quero esse nome. Não é nem árabe, e a gente nem sabe o que significa em inglês.

— Alwan, você concordou. Escolheu o nome do primeiro. Agora é a minha vez de escolher — ressaltou o marido, confiante na vitória naquela desavença doméstica.

Alwan não disse mais nada.

— Pode confiar em mim, Um Khaled. O significado em inglês não faz diferença; aqui, quer dizer pureza de coração, fé inabalável e profunda coragem.

— Abu Khaled, é melhor a gente não escolher o nome do bebê que a gente ainda nem teve. Dá azar.

Ele concordou plenamente e abraçou a esposa.

TRINTA E SEIS

Certa vez, baba voltou para casa trazendo o mar nos cabelos molhados e nas roupas encharcadas. Naquele dia, mamãe tinha me mandado trocar com os vizinhos limões e alho pelas cebolas que eu e a minha teta tínhamos picado para a nossa refeição. Um ano depois, quando fui de vez para o espaço azul, Sulayman me levou de volta no tempo para que eu testemunhasse o que havia acontecido naquele dia, no oceano. E, ao fazermos isso, nós nos tornamos parte daquele dia. Fomos nós, eu e o Sulayman, que atraímos os peixes para as águas rasas.

Um belo dia, Abdel Qader se despediu do mar sem a menor cerimônia. O Mediterrâneo estava calmo, e o céu, infinito. Ele e os amigos pescadores sentiram a imensidão ao chegar ao limite de três milhas náuticas imposto por Israel. Como só podiam ir até ali antes que as canhoneiras começassem a atirar, lançaram as redes e esperaram. Havia quatro homens no barco de Abdel Qader; Murad, seu primo, pegou um baralho gasto e rasgado de tantas rodadas do jogo *tarneeb* em meio à maresia.

Os pescadores gracejavam naquele universo de marujos, cigarros pendurados no canto da boca, rostos duros com barbas por fazer, em uma agradável fraternidade que flutuava na imensidão silenciosa, esperando que ela lhes provesse o sustento. Passaram horas daquele jeito, até puxarem as redes com peixinhos. Sabiam que a pescaria, tão perto do litoral, não seria farta, mas agradeceram a Alá o que conseguiram conforme uma pilha de criaturinhas marinhas se contorcia, cintilando ao sol. Então lançaram as redes de novo e, daquela vez, pescaram um milagre. Peixes de primeira, garoupas, bremas, ciobas, tainhas vermelhas, tainhas listradas, sardinhas e atuns. Mal puderam acreditar. De onde haviam vindo todos aqueles peixes? Das preces atendidas, dos caminhos misteriosos da misericórdia de Alá. E os gritos empolgados dos pescadores dos barcos ao redor se espalharam pelo oceano.

A euforia no mar foi repentinamente silenciada quando embarcações da marinha israelense se dirigiram em alta velocidade até os pequenos barcos pesqueiros que adejavam na costa de Gaza. A maioria colheu as redes depressa e zarpou com sua boa sorte para a terra. Abdel Qader e os seus colegas estavam mais perto da embarcação e não conseguiram fugir do barco israelense que se aproximava.

— Melhor a gente dar uma olhada pra ver se não ultrapassou as três milhas! — exclamou um dos pescadores, dobrando as redes.

— Está tudo bem. Vamos manter a calma. A gente não fez nada de errado — gritou Abdel Qader por sobre as ondas, e, de súbito, o oceano se transformou em um minirrecinto com um minibarco pesqueiro e uma embarcação da marinha, sem portas nem janelas. — A gente não ultrapassou as três milhas

Os soldados riram e atiraram, abrindo um buraco no barco, o qual os pescadores tentaram vedar.

— Vocês dizem que querem liberdade, mas estão é oprimindo os peixes — disse um dos soldados, rindo. — Talvez seja melhor a gente jogar uma rede em vocês para que vejam como é que os peixes se sentem.

Então, ordenaram aos pescadores que jogassem a pescaria de volta no mar, e todos ficaram observando as criaturas marinhas nadarem para longe. Em seguida, os soldados mandaram que se despissem, saltassem do barco e contassem até cem enquanto boiavam. Quando terminaram, veio a ordem de recomeçarem a contar. Os requintes de crueldade diminuíam o tédio da patrulha no mar; os soldados se divertiram, mas, depois, ficaram entediados, apesar das apostas feitas durante a contagem dos pescadores.

Dois amigos ladearam Abdel Qader e seu primo Murad, Abu Michele, um cristão, e Abu al Banat, um sujeito que tinha seis filhas e nenhum filho. As pessoas o chamavam de "pai das meninas". Ele foi o primeiro a sucumbir à exaustão e, ao afundar, alguns dos soldados vibraram, recebendo o que ganharam com a aposta. Abdel Qader e Abu Michele tentaram mantê-lo na superfície, mas eles próprios mal conseguiam boiar.

— Tenham piedade, a gente tem filhos e famílias — implorou Abdel Qader.

Murad fechou os olhos em silêncio, o desespero fluindo na água, e, então, um dos soldados mirou e atirou no ombro de Abu Michele. Abdel Qader recitou o *shehadeh*, preparando-se para o fim, mas os soldados tinham terminado. Saíram a toda velocidade, deixando uma esteira que fez os destroços do barco ondularem. Abdel Qader relaxou o corpo e o deixou afundar na água, prendendo a respiração, resistindo à vontade de aspirar água para encher os pulmões, até ser puxado por alguém. Foi à tona e respirou fundo. Abu Michele boiava perto dele, quase perdendo os sentidos.

— Não me deixa morrer aqui, Abu Khaled — pediu ele.

Algumas famílias de Khan Younis estavam fazendo churrasco em um piquenique na praia quando crianças saíram ofegantes da água, apontando para algo ainda distante. Os adultos se levantaram e semicerraram os olhos, tentando discernir as duas figuras que se aproximavam. Havia pelo menos um homem em perigo. Eles viram mãos abanando e, então, ouviram os pedidos de socorro. Dois jovens da família já tinham pulado na água e nadavam para ajudá-los. Ao se aproximarem, viram outro homem ferido, agarrado a uns destroços de madeira, na certa de um barco. Outros caíram no mar levando *abayas* para cobrir os homens nus antes que saíssem da água. O homem ferido fora alvejado no ombro, perdera sangue e estava inconsciente. Levaram-nos às pressas para o hospital, onde perguntaram:

— Qual é o seu nome, irmão?

— Abdel Qader e Abu Khaled — respondeu ele, acrescentando apenas: — A gente é pescador. Os judeus vieram. Havia mais dois com a gente, mas eles voltaram pro mar de Alá. Agora vou ter que contar pras famílias de ambos. Vou voltar depois pra visitar meu amigo com a família dele.

TRINTA E SETE

Quando o jiddo *Atiyeh morreu,* baba *ficou na primeira fila de orações para os falecidos. Como todos os outros, ele disse à* mama *e* teta*:*
— *Que os anos que lhe restavam se somem aos seus.*

E, quando ficamos sozinhos em casa, à noite, na hora que ele estava fumando narguilé, exalou os pensamentos numa nuvem de fumaça que o encarou. Então, ele comentou:
— *Estou feliz por* ammi *Atiyeh ter morrido de velhice. É uma bênção morrer de causa natural.*

Não havia trabalho na terra. O cerco de Israel a Gaza levou a um aumento de oitenta por cento no desemprego, e a subnutrição começou a assolar aos poucos a nova geração. Abdel Qader se juntou ao número crescente de desempregados, que se reuniam nos bairros todas as manhãs. Eram trabalhadores acostumados a se levantar antes do nascer do sol para entrar nas filas dos postos de controle e chegar aos trabalhos. Homens com mãos grandes e calejadas, unhas carcomidas e cicatrizes do serviço pesado, costas fortes, apesar de nem sempre serem jovens. Eles se reuniam, impulsionados pelo hábito de provedores do lar que deixavam a família cedo e voltavam tarde, cansados e orgulhosos das horas de labuta exaustiva. Reuniam-se para fugir da vergonha da ociosidade. Para evitar os olhares dos filhos famintos. Poucos entravam na fila para receber provisões de alimento das Nações Unidas. Contavam com as esposas, as filhas e os filhos para enfrentarem a humilhante espera de horas até poderem sair com sacos de arroz e farinha. Porém,

Abdel Qader só tinha um filho, que mal completara 7 anos, e uma esposa grávida que já passara por múltiplos abortos e não podia se arriscar a mais um com o peso dos sacos pesados.

Ele adiava a ida às filas de doação o máximo que podia. Chegou a tentar pedir a ajuda dos sobrinhos, mas estes já estavam encarregados das cotas das próprias famílias. Quando não encontrava trabalho e não tinha nada para comer, Abdel Qader abaixava a cabeça e entrava nas filas para receber alimentos junto com mulheres e crianças que o fitavam com comiseração, levando-o a se sentir ainda mais incapaz e inútil.

A vergonha se transformou em raiva, e Alwan era o alvo mais fácil. A fragilidade e a incapacidade da mulher de gerar filhos saudáveis se tornaram condenáveis. Ele passou a questionar o fato de ter escolhido uma esposa de quadril estreito que tanto demorara a dar-lhe um filho. Por sorte, o primeiro fora menino, garantindo-lhe a continuidade do nome. Porém, se tivesse sido uma esposa melhor, ele já teria muitos filhos, que poderiam aguardar nas filas, poupando-o de tanta vergonha. Devia ter dado ouvidos à mãe e às irmãs quando elas tentaram dissuadi-lo de se casar com Alwan, cuja avó fora a mulher maluca de Beit Daras e cuja mãe, Nazmiyeh — embora a adorasse, que Deus a abençoasse —, era a *haji* mais atrevida que ele conhecera. Devia ter sido mais pragmático ao escolher uma esposa. Aquilo era tudo culpa de Alwan. Culpa de sua deficiência e de sua família amaldiçoada.

Abdel Qader saiu de manhã e voltou no início da tarde com dois sacos de alimentos pendurados nas costas. Largou-os no meio da sala da casa para que a esposa lidasse com eles. Alwan fitou os sacos pesados e pôs a mão na barriga já grande. Pegou o de arroz e se inclinou para arrastá-lo até o canto com uma careta diante do esforço. Em seguida, suplicou em silêncio a Alá que protegesse a gravidez e mandou o feto se comportar e não sair cedo demais, antes de agarrar a ração de farinha e arrastá-la também. Então, agradeceu a solidão de seu sofrimento, aliviada por *haji* Nazmiyeh estar fazendo pão nos *taboons* do lado de fora, sob as laranjeiras onde as matriarcas se encontravam diariamente.

Ainda se recuperando da humilhação e culpando Alwan por ela, Abdel Qader nem sequer a fitou, enquanto a mulher arrastava os sacos com dificuldade. Saiu de casa, sem saber aonde ir. Queria sair da própria pele, da raiva e da inépcia. Não tinha trabalho. Não tinha barco. O mar o traíra. Estava envergonhado demais para se reunir com os outros homens com quem se sentia entediado. Continuou a caminhar. Ali perto, viu o filho Khaled com outros garotinhos escutando umas músicas horríveis em inglês e dançando como uma menina. Aquela visão renovou sua ira, dando-lhe finalmente propósito e autoridade, ainda que por um breve tempo.

Apesar da vontade de arrebentar o toca-fitas em busca da sensação momentânea de poder, não era tão imprudente a ponto de destruir um objeto que não tinha condições financeiras de repor. Pressionou a tecla de parar e lançou ao filho um olhar severo que fez Khaled se encolher de medo.

— Como pode ouvir essa porcaria?

— *Baba*, é rap. Não é israelense não.

— É tudo a mesma coisa, e não me responda quando eu falar.

Ele deu um tapa no rostinho do filho, derrubando-o.

— Vá ajudar sua mãe, menino!

Com um olhar angustiado, Abdel Qader se virou, rumando para o nada. Para o mar.

Quando finalmente voltou, estava encharcado de água salgada, os olhos inchados e vermelhos. Entrou em casa calado e foi trocar de roupa. Algo no modo como andava e no movimento da cabeça pendida indicou à esposa e ao filho que não deviam perguntar por que as roupas que usava estavam tão ensopadas. Alwan caprichara na refeição, mas Abdel Qader nem a elogiou. Ele não lhe dirigiu nem sequer uma palavra, e ela ansiou por um dos raros momentos afetuosos do marido. Em vez disso, ele se sentou na pilha dos próprios pensamentos, perto do filho, mas, de algum jeito, muito distante. Tentou justificar a virilidade da raiva achando que deveria ter uma família maior ao seu redor. Mais filhos na hora da refeição. Porém, no fundo, Abdel Qader sentiu vergonha dos pensamentos e ficou grato por ter menos bocas para alimentar. As horas que passara no oceano e o caminho covarde que contemplara ainda o impressionavam. Lembrou-se do dia fatídico no mar, quando barco e amigos tinham sido devorados. A infusão familiar do medo, da inépcia, da raiva e do aturdimento começou a espumar no corpo. Ele fechou os olhos e as mãos com força, tentando afugentá-la.

— O que aconteceu, *baba*?

Abdel Qader abriu os olhos e relaxou as mãos com o toque do filho. Naquele momento, o *adan* convocou os fiéis às preces noturnas. Ele deu um beijo na bochecha do menino, do lado que antes esbofeteara.

— Que Alá corte a minha mão se eu bater no seu rosto de novo. Vamos rezar o *magreb* juntos, meu filho — disse, e os dois se posicionaram nos tapetes de orações, um grande, o outro pequeno, e curvaram-se, ajoelhados e prostrados diante de Alá.

A família jantou, sentou-se para ver o noticiário e, depois, sintonizou a novela noturna favorita de *haji* Nazmiyeh. Khaled foi dormir e, dali a pouco, os roncos de *haji* ressoavam pela sala. Alwan acabou de lavar a louça e se juntou a Abdel Qader, que estava do lado de fora, fumando narguilé. Depois de anos de casamento, com um filho e abortos múltiplos como resultado, Alwan concluiu que o marido a culpava pela humilhação que sentia.

— O que posso fazer? — perguntou ela.

O marido não olhou para a esposa e continuou a fumar.

Alwan ficou sentada aos pés dele por alguns instantes, até tomar coragem para falar de novo:

— Sinto muito, Abdel Qader. Pode bater em mim se quiser. Vou aguentar. Mas, por favor, não se vire contra mim.

As palavras de Alwan o levaram a se inclinar, aproximando-se dela. Ele segurou o rosto da esposa e puxou-a para mais perto. Beijou-lhe a testa, a princípio com hesitação, mas, depois, com firmeza, envolvendo-a mais.

— Não é culpa sua, Alwan. Com a misericórdia e os desígnios de Alá, a gente vai superar tudo isso — disse. Abraçou a esposa, e, naquela noite, os dois dormiram em um abraço que manteve o mundo coeso.

TRINTA E OITO

Quando minha irmã Rhet Shel nasceu, minha teta Nazmiyeh disse para eu não me preocupar: eu sempre seria seu neto favorito, ainda que Rhet Shel tenha recebido o nome da única norte-americana corajosa de que ela tivera conhecimento.

— O restante só sabe fazer armas pra matar ou lixo pra vender às pessoas — comentou minha teta. — Não sei por que Alá os fez tão bonitos, de cabelos louros e tudo o mais. — Ela refletiu sobre as próprias palavras. — Talvez para compensar a maldade nos corações.

As meninas costumavam receber o nome das avós ou de alguma outra mulher querida da família, do Alcorão ou da história. Porém, a filha de Alwan e Abdel Qader recebeu o nome de uma jovem norte-americana chamada Rachel Corrie, uma ativista internacional que fora atropelada por um buldôzer israelense ao tentar evitar a demolição da casa de uma família palestina. Testemunhas afirmaram que o motorista a esmagara de propósito, e toda Gaza foi às ruas para homenageá-la como mártir. O funeral de Corrie foi o primeiro e único dia em Gaza em que a bandeira americana foi levada pelas ruas com reverência, cobrindo o caixão simbólico depois que o corpo dela voltou para a família em Olympia, Washington.

Em pouco tempo, havia centenas de menininhas em Gaza chamadas Rachel, mas, apesar do esforço dos palestinos dali, a pronúncia americana mais parecida que conseguiram foi a aproximação arabizada com duas sílabas, tipo *Ra-shel* ou *Rhet Shel*, a última mais fidedigna ao som de *ch* em inglês.

Abdel Qader jurou que partira dele a ideia de honrar Rachel Corrie daquela forma e fincou o pé até que Alwan desse à luz o segundo filho deles.

Os meses que antecederam o nascimento de Rhet Shel foram difíceis, mas a paciência e as preces de Abdel Qader foram atendidas com dinheiro e frangos, logo após o nascimento da filha. Ele conseguiu um microcrédito de quinhentos dólares com uma organização humanitária, quantia que usou para comprar tábuas, telas de arame e ração para galinhas. O restante do dinheiro seria usado para comprar frangos e pintinhos vivos para o negócio da família.

Khaled tinha a sensação de que a sua mãe passara anos grávida. Quando já estava com 7 anos, a irmã dele, Rhet Shel, chegou. Ele queria um irmão e sibilou quando a família se alegrou com a recém-chegada.

— Ela é feia, careca e tem a pele amarela — comentou com os amigos Wasim e Tawfiq. — A única coisa que sabe fazer é chorar. *Baba* fica falando com ela, como se a menina entendesse. Por que ele faz isso? Parece até que está ficando maluco — queixou-se Khaled.

Antes da chegada de Rhet Shel, *baba* chafurdara em uma série de rabugices. Tinha perdido o barco e não queria falar sobre o assunto. Israel fechara o mundo, fazendo as pessoas passarem fome. O menino ouviu o pai comentar:

— Que Alá castigue os judeus pelo que fizeram conosco.

Naquele mesmo dia, Khaled viu um time de futebol israelense na televisão e repetiu as palavras do pai, enquanto os olhos acompanhavam as pernas musculosas e flexíveis se movimentando nos bonitos uniformes azuis com reluzentes faixas douradas. Repetiu a súplica a Alá quando a câmera passou pelos fãs no estádio e viu garotos da idade dele desfrutando o que parecia ser o dia mais emocionante da vida deles. Continuou a rezar para Alá:

— E quando os judeus forem castigados, por favor, traga os uniformes deles pra Gaza. — Acrescentou para ser bem claro: — Os azuis, com aquelas reluzentes faixas douradas.

Khaled achava ser ele quem trouxera sorte para a família, não aquela recém-nascida. Afinal de contas, era ele que cultuava Alá cinco vezes por dia e fazia *dua'a* para Ele. Ficou chateado ao ver a irmã mais nova levar todo o crédito e, então, tentou superá-la de outros modos. Foi ajudar o pai a construir o galinheiro no telhado. Aprendeu tão rápido que o *baba* o deixou encarregado do martelo, que, como todos sabiam, era o trabalho mais importante nas construções. Seu pai era apenas um ajudante que serrava a madeira e a mantinha no lugar para Khaled martelar os pregos.

Alwan sorriu ao pôr curativos nas mãos machucadas do marido, ouvindo-o recontar o dia que passara construindo com o filho o viveiro para as galinhas:

— Khaled assumiu o controle de tal forma que não tive como tirar o martelo dele — relatou Abdel Qader. — Mas nem sei como é que vou fazer amanhã. A gente precisa de pelo menos outro dia inteiro pra terminar tudo.

— Vou pôr mais bandagens. *Enshallah*, suas mãos vão ficar boas logo. O corpo se cura depressa, Alá seja louvado — disse Alwan, sorrindo timidamente para o marido, cujo pênis começou a se enrijecer naquele momento.

— Está tudo cicatrizado lá embaixo? Tenho certeza de que os quarenta dias exigidos já passaram — sussurrou ele.

— Faz só 22 dias — respondeu a esposa. Então, ergueu os olhos de um jeito provocador e acrescentou: — Mas o meu corpo já está totalmente curado.

Abdel Qader se lançou rumo a Alwan, a ereção desconsiderando as escrituras, segundo as quais um homem não deve tocar a esposa por quarenta dias após o nascimento de uma criança. A esposa hesitou, sentindo o peso da religião.

— Espera pelo menos até eu amamentar Rhet Shel primeiro. Os meus seios estão transbordando — pediu, tentando conter o marido e o próprio desejo, mas ele já a pressionava.

— Deixa a menina dormir. Posso ajudar — retrucou Abdel Qader, envolvendo o seio dela com a boca. Ele sugou um, depois o outro, e repetiu o processo. Quanto mais se permitia pecar daquele jeito, mais duro ficava seu membro. Logo já a penetrava, colocando o mundo mais uma vez no lugar.

Mais tarde, deitado, fumando um cigarro ao lado da esposa, ele repassou o inventário de suas bênçãos, começando por Alwan. A esposa lhe dera Khaled, que, *enshallah*, se tornaria um homem forte para dar continuidade ao seu nome. O galinheiro estava quase pronto, e ele não gastara ainda nem um terço do empréstimo, o que significava que podia comprar mais aves do que calculara. Deu uma tragada e recalculou tudo várias vezes, refazendo o número de galinhas e pintinhos para obter o maior retorno no menor tempo possível.

Por fim, decidiu que catorze galinhas, vinte pintinhos e um galo seriam o ideal, estimando que, se tudo corresse como planejado, *enshallah*, ele poderia sustentar a família e pagar o empréstimo em uns dezesseis meses. A dança de números, apesar de parca, deixou-o satisfeito. Deu uma longa tragada, apagou o cigarro no cinzeiro e se virou de lado para dormir. *Alá é generoso*, pensou, concluindo que sua fé inquebrantável naqueles dias difíceis lhe havia rendido um favor divino. Naquele momento, Rhet Shel se mexeu. Outra bênção a ser levada em conta.

TRINTA E NOVE

Quando puseram barricadas no céu, na terra e no mar, enterramos nossos corpos no solo, como fazem os roedores, para não morrer. Os túneis se espalharam sob os nossos pés, como tramas que a história escrevia, apagava e reescrevia. A nossa família ainda tinha galinhas, eu ganhava dinheiro entregando ovos e estava apaixonado por Yusra. Uma vez, encontrei um único Kinder Ovo numa loja e comprei o chocolate na hora. Coloquei-o na caixa de correios da casa de Yusra e me orgulhei de oferecer um presente daqueles à menina que amava, mas não pude deixar de me sentir culpado por não ter dado o Kinder Ovo a Rhet Shel. Ela sempre quis um.

Khaled alimentava as galinhas diariamente, antes e depois da escola, e via a quantidade delas se multiplicar. Entregar pedidos aos clientes era a tarefa de que mais gostava, porque, de vez em quando, alguns deles deixavam que ficasse com o troco. Sempre escolhia os ovos maiores para a casa de Yusra, pois nunca era cedo demais para adular a família de sua queridinha, até que finalmente ficasse adulto e pedisse a mão dela. Naqueles dias, esforçava-se para controlar os cabelos com uma gota de azeite, dividindo de lado a juba preta e brilhante com perfeição. Escolhia a melhor calça jeans e uma camisa branca abotoada até o colarinho, enfiada de um jeito impecável dentro das calças. Embora soubesse que só dali a muitos anos teria pelos no rosto, inspecionava o queixo, mesmo assim, para o caso de ser precoce.

Para sua irritação, a *teta* Nazmiyeh o observara com um sorriso astuto.

— Vai fazer a entrega na casa da Yusra hoje, meu filho?

— Não! — mentiu ele.

— Ah, que bom, porque você está muito bonito, e não quero ver aquela menina se engraçando pro seu lado.

Khaled imaginou Yusra engraçando-se com ele e rezou para que fosse ela a abrir a porta, como em geral fazia. Ele ia usar o próprio dinheiro para dar um desconto no preço ali. A vida ficara mais esperançosa para a família do menino. Tinha dinheiro suficiente para aquilo de que precisava. Deixara de frequentar as filas da Agência das Nações Unidas de Assistência aos Refugiados, a UNRWA, e podia dar-se a alguns luxos, como chocolate e macarrão contrabandeados do Egito pelos túneis.

Se já não tivesse trabalho, Khaled talvez sucumbisse à sedução dos túneis. Era um dos poucos trabalhos que pagavam bem, e os comerciantes de Gaza, os donos, costumavam contratar meninos e jovens pequenos e flexíveis o bastante para rastejar de um lado para o outro pelas passagens estreitas, rebocando, empurrando, puxando cestos de mantimentos e levando de volta os contêineres vazios para reabastecê-los. Contrabandeavam uma longa lista de produtos proibidos, tais como fraldas, açúcar, lápis, gasolina, chocolate, telefones, utensílios de cozinha e livros. Um dos donos dos túneis começou até a fazer entregas da Kentucky Fried Chicken do Egito. Não demorou muito para Khaled ver seus próprios amigos largarem a escola em troca de trabalhar ali. O primeiro foi Tawfiq, um garoto franzino de 12 anos cujo irmão mais velho já trabalhara lá, mas não pôde mais fazê-lo depois de perder o olho esquerdo e machucar gravemente o direito. Tawfiq era o próximo da fila a ajudar na casa.

Naquele primeiro dia, enquanto a professora marcava a falta de Tawfiq e Khaled, os dois amigos assistiam a uma aula de orientação na vila do túnel, com outros cinco meninos da mesma idade, recebendo instruções sobre como operar as alavancas e as roldanas usadas para locomover os contêineres e sobre o que fazer se a terra tremesse com bombardeios ou desabamentos de túneis. Khaled comparecera, mesmo sabendo que levaria uma surra da mãe e da avó caso descobrissem que matara aula. Também tinha certeza de que não contariam ao pai, a não ser que voltasse a faltar. Sempre recebia pelo menos uma advertência.

Khaled foi aquele dia para apoiar o amigo Tawfiq, que empalideceu antes de pôr os pés no túnel. Todo menino novo, na primeira semana de trabalho, tinha de ser levado por um mais velho e mais experiente.

A vila do túnel era uma cidade assustadora, de portas e janelas fechadas. Não havia árvores e quase nenhuma criança brincando nas ruas. Os meninos ali trabalhavam quase todos com os rostos cobertos, como proteção contra a poeira penetrante da escavação, a qual pairava no ar como neblina seca. Tawfiq, que sabia disso e tinha levado seu *kaffiyeh*, naquele momento o enrolou na cabeça.

— Estou pronto — disse.

Um caminho de cascalho levava à abertura do túnel, que ficava dentro de um redil, em um jardim abandonado e ressequido. Os novos túneis eram mais sofisticados do que aqueles chamados de *Túneis cinco estrelas*. Quase se podia andar de pé por toda sua extensão, e eles tinham lanternas para ladear o caminho e vigas estruturais para aumentar a segurança. Já o túnel do redil era estreito e escuro, com apenas um sistema de alavancas e polias. Portanto, o proprietário só contratava meninos esguios.

Tawfiq agarrou a corda, sentou-se no cesto de plástico e ficou olhando para trás, atento a Khaled, enquanto a corda o baixava lentamente para as entranhas da terra. Da boca do túnel, Khaled notou que o amigo estremeceu e, em seguida, desapareceu no buraco escuro.

— Como ele pode ver aonde está indo lá embaixo? — perguntou Khaled a um trabalhador ao seu lado.

— Tem lanternas lá no fundo.

— E como é lá?

— Frio feito a boceta da sua mãe. Pare de fazer pergunta idiota.

Khaled esperou horas até Tawfiq por fim emergir, com o rosto coberto de imundície. Já estava tarde o bastante para a mãe e a avó lhe darem uma surra, mas não a ponto de começarem a se preocupar. Tawfiq recebera o pagamento pelo dia de trabalho lá mesmo, e os dois amigos, um com 9 e o outro com 12 anos, levaram nos bolsos o pagamento honesto de homens trabalhadores.

— Como foi? — quis saber Khaled, conforme se dirigiam a uma loja da região.

Tawfiq assoou o nariz e mostrou o lenço para Khaled.

— Foi assim. — Khaled olhou para o muco escuro. — Tinha outro menino lá no fundo. Mahmood. Muito legal. A gente ficou amigo. A meleca que saiu do nariz dele foi pior ainda — contou Tawfiq, com um quê de inveja. — Sabe o que foi que me deixou mais surpreso?

— O quê? — perguntou Khaled, curioso.

— É muito frio lá embaixo. — Tawfiq contorceu o rosto. — Pensei que seria bem mais quente, já que fica perto do inferno.

Os semblantes dos dois demonstraram seu intrigamento, considerando a questão em silêncio, até ela esvair em meio a outros pensamentos.

— O Mahmood já tem pelo no rosto. Ele mostrou pra mim. Um monte no queixo, mas não muito bigode — observou Tawfiq. — Só que ele tem um espaço enorme entre os dentes da frente. Aposto que as meninas gozam da cara dele. Coitado.

Com efeito, Khaled levou uma surra da mãe. A avó não ficou com pena, sobretudo depois que ele confessou ter ido aos túneis.

— É melhor eu nunca mais ouvir falar que você foi até lá. Tem gente morrendo todo dia naquele lugar! — vociferou Alwan.

— Todo maldito dia! — acrescentou a *teta* Nazmiyeh.

Elas ameaçaram contar ao pai se algum dia ele voltasse aos túneis.

O menino prometeu que não o faria, mas continuou a se encontrar com Tawfiq depois da escola, na loja cujo dono prometera tentar obter mais Kinder Ovos.

Certo dia, duas semanas depois, Tawfiq não apareceu no local em que Khaled costumava esperá-lo. Tinha ido ao oceano e, no dia seguinte, explicou por quê.

Tawfiq pulara dentro do cesto de plástico a fim de descer para o túnel, como sempre. Porém, naquele dia, um monte de terra irrompeu pela abertura, lançando-o pelos ares. Ele não sabia o que tinha acontecido, nem como ou quando caíra sentado a uns doze metros de onde estivera. Ficou ali, atordoado, sem conseguir enxergar nada à frente, mas ouviu as pessoas se reunirem, correrem e gritarem:

— O túnel está desabando!

O lamento das sirenes de ambulâncias se misturou com o das mulheres que corriam na direção dos barulhos familiares do desastre. O amigo de Tawfiq,

Mahmood, estava no túnel. O menino de sorriso alegre, com um espaço grande entre os dentes da frente e pelos esparsos no rosto, de quem ele sentira inveja, não existia mais. As pessoas correram para ajudar Tawfiq, dando-lhe água, e, em seguida, foram ajudar os outros, cavando.

Tawfiq saiu andando e, depois, correndo. Quando deu por si, estava diante da vastidão azul do Mediterrâneo.

— Fiquei lá sentado um tempão — contou ele a Khaled. — Depois, fui pra casa.

QUARENTA

Eu era muito pequeno e ciumento no início para perceber a alegria que Rhet Shel trouxe para nosso mundo. Culpava minha irmã pela minha dor. Quando o baba *matou Simsim, minha galinha favorita, ele gritou que eu levantasse a cabeça, crescesse e agisse feito homem. Falou:*
— *Menino, você não pode ficar dando nome pra galinha. Isso daí é carne, a bênção de Alá que mantém a gente vivo.* — *E acrescentou:*
— *Vem aqui me ajudar a arrancar as penas, meu filho.*
Aí eu fui, e, em seguida, fiquei encarregado de matar as galinhas. Rhet Shel assumiu a tarefa de alimentá-las. Não muito tempo depois, o mundo mudou, e fui parar no espaço azul.

Khaled costumava firmar-se, evocar o nome de Alá e falar consigo mesmo entre os dentes antes de cortar com precisão e rapidez o pescoço fino de uma ave.

Rhet Shel, então com 3 anos de idade, foi incumbida de alimentar as galinhas. Jogava a ração do jeito vacilante e frágil de uma criancinha, espalhando as sementes só em volta dos pezinhos e, às vezes, no cabelo trançado, um espetáculo diário a que o pai adorava assistir. Abdel Qader ficava à soleira da porta, com seu café e cigarro, observando a filha se regozijar quando as aves se amontoavam ao redor para comer. A menina tentava impor ordem.

— Não, não, não, galinha! — ralhava com as amigas penudas, apontando o indicador rechonchudo em sinal de autoridade. — Deixa os pintinhos comerem também. Sai, sai. Não, não, não. Galinha malvada!

Todos que conheciam Abdel Qader sabiam que Rhet Shel era a música que fazia o coração do pai dançar. Ela era, talvez, o grande amor de sua vida. Para Khaled, a irmã era uma chata que conseguia tudo o que queria e recebia elogios por qualquer coisa, por mais infantil que fosse. Não tinha nenhuma tarefa, a não ser dar comida para as galinhas, o que nem conseguia fazer direito; quando ele tentava ensinar, levava uma bronca do pai. E, pior, recebera ordens de não deixar Rhet Shel vê-lo abater as aves.

— Não quero que ela fique triste — explicou o *baba*.

E Khaled se chateava com os dois, porque ninguém nunca tinha se importado com os sentimentos dele. Por acaso o pai achava que lhe era fácil matar e depenar? Que diferença fazia Rhet Shel ser menina e tão pequena? Nem era assim tão inocente. Seria bom para ela levantar a cabeça e crescer. Precisava entender que as galinhas não eram animais de estimação. Eram carne, uma bênção de Alá. Portanto, não estava fazendo nada além de um favor quando deu um jeito para que ela o visse matar a galinha favorita dela no telhado, a que tinha uma fita branca no pescoço.

— Não falei pra você não matar aquela? — gritou Abdel Qader.

— Falou, *baba*. Mas...

— Não me responda! Você fez de propósito. Fui bem claro quando falei que não era pra você matar aquela galinha. Até amarrei um fita pra ter certeza de que você não se confundisse.

— A fita caiu, *baba* — implorou o menino para então sentir o calor furioso do tapa no rosto.

— Não minta. Nunca minta, menino! NUNCA minta!

Abdel Qader tirou o cinto para golpear o filho de novo.

Sinto uma espécie de quietude, como se meu corpo por si só já tivesse se tornado um momento de silêncio. Um túnel escavado de uma vida dentro de uma vida. Vejo o meu pai; a ira se transformou em preocupação. Em seguida, em medo. Por fim, em pavor.

— Khaled! Khaled! — bradou Abdel Qader, deixando cair o cinto.

Rhet Shel entrara correndo na sala, chorando, querendo me salvar ao ver baba *me bater.*

— Meu filho! Meu filho! O que aconteceu? Sinto muito, meu filho. Sinto muito. Não quis machucar você. Khaled! Por favor, responde, filho. O que foi que fiz?

O pai implorava, agora, enquanto e Rhet Shel chorava. Alwan entrou de repente.

— Abu Khaled, isso aconteceu outro dia também, e ele logo voltou ao normal.

— O que está acontecendo com ele? — perguntou o pai, horrorizado, atordoado com os olhos que reviravam e a expressão ausente do filho.

— Deita ele. Isso já aconteceu antes. Ele ficou bem quando massageei o peito dele assim — explicou Alwan, tremendo.

A forma como minha mãe massageia o meu peito é reconfortante, e sinto o amor invadindo-me. Minha irmã continua a soluçar. Ela se agarra a mim, e sinto a compaixão nos unindo. Fico arrependido e envergonhado por ter matado a galinha.

— Tawfiq e Wasim trouxeram Khaled assim algumas semanas atrás — contou Alwan ao marido. — Disseram que, de repente, no meio de uma conversa, os olhos dele simplesmente começaram a revirar.

— Ele precisa ir pro médico, Alwan. Você devia ter me dito isso.

— Achei que fosse apenas por ele ser sensível. Só durou uns minutinhos.

Alwan começou a massagear mais vigorosamente o filho, tomada pelo pânico materno mais profundo. Olhou para o marido, e a mesma ansiedade transitou entre os dois, quando os olhos de Khaled por fim pareceram se focar, e ele pestanejou algumas vezes.

— O que está acontecendo? Não preciso ir pro médico não — disse o menino.

Khaled

"Você se sente como uma criança brincando com uma lente de aumento e queimando formigas."

— Soldado israelense, ao atacar Gaza

Eu sabia que 27 de dezembro de 2008 não seria um dia comum. Marcaria a minha primeira década de existência, a importante passagem de um dígito para dois.

Frutos de famílias grandes, nas quais os aniversários transcorriam como um dia qualquer, Alwan e Abdel Qader nem se preocupavam com eles. Além do mais, *haji* Nazmiyeh se tornara supersticiosa em relação a esse tipo de comemoração, pois Mazen fora sequestrado na única vez que ela fizera uma festa de aniversário. Porém, Khaled se empolgara tanto com o dele, chegando a fazer uma contagem regressiva durante meses, que acabou por entusiasmar a família e levar à concretização os planos para uma festa. Até Abdel Qader participou.

— E, então, meu filho, faltam quantos dias? — perguntava o pai quando estava de bom humor.

Tawfiq e Wasim, que já tinham chegado a uma idade de dois dígitos, me contaram que os 10 anos eram mágicos. Disseram que me daria poderes inesperados. Perguntei quais. Eles deram uma risadinha e falaram que eu precisava esperar. Mas deu para ver que estavam zoando da minha cara. Só faziam isso porque eu era o mais novo.

Quando as crianças foram à escola, Alwan colocou um bolo para assar. *Haji* Nazmiyeh concordou com relutância em não proibir a festa.

— Você não lembra a última vez que a gente fez uma *hafla* de aniversário porque era pequena demais — comentou *haji* Nazmiyeh com a filha.

— *Yumma*, os judeus não levaram o Mazen porque você comemorou o meu primeiro ano de vida. Pensa bem. Isso vai deixar o Khaled muito feliz.

— Que Alá toque as nossas vidas com Sua misericórdia, minha filha — disse a mãe, cedendo à razão, apesar do bafo da premonição em seu hálito.

Achei que Wasim e Tawfiq estavam mentindo para mim, mas não. Fazer 10 anos era tudo o que eles tinham dito e muito mais. Mágico, exatamente como falaram. Até os judeus foram comemorar comigo. Toda Gaza, e acho que o mundo todo, celebrou o meu décimo aniversário.

Os alunos do primeiro turno tinham acabado de sair das salas, e as ruas estavam cheias de crianças entrando nas escolas e saindo delas quando Israel atirou as primeiras bombas. As explosões fizeram a terra tremer, transformando prédios, pessoas e todas as coisas da vida em fragmentos que esvoaçaram pelos ares em todas as direções. Não havia para onde correr.

Gaza ardeu em chamas.

Khaled ficou parado onde estava, entrando no lugar que a mãe chamava de "crise", motivo pelo qual ela procurara a ajuda de médicos que não ajudaram em nada. Era um refúgio tranquilo, no âmago de Khaled. Um espaço azul.

Grandes fogos de artifício fizeram a terra tremer. Carros passavam pelas ruas buzinando, as pessoas corriam para tudo quanto era canto, gritando e agitando as mãos no alto. As ambulâncias tocaram as sirenes e percorreram as ruas a toda velocidade. Israel enviou aviões para mim, aviões que voavam tão baixinho que os prédios sacudiram e as janelas se partiam. Eu havia me enganado sobre os judeus. Eles são maravilhosos. O baba também se enganou, e peço a Alá que se esqueça de todas as minhas orações para castigá-los.

Sangue jorrou, poeira se ergueu. Fumaça encheu pulmões, e corações dispararam. O único moinho de farinha que restava, a última fonte de pão, foi bombardeado. Escolas, casas, mesquitas e universidades também. E, depois, Israel lançou fósforo branco em Gaza.

Eles trouxeram helicópteros, lançando umas rajadas grandes de confete branco, que formaram listras no céu, feito uma teia de aranha. E o confete se espalhou no chão como um milhão de velas com um milhão de chamas. Teve gente que pegou as chamas de confete e saiu correndo, de um lado para o outro, com elas no corpo, gritando. Que invenção! Todo mundo sabe que os judeus são as pessoas mais inteligentes do mundo. Quase sem peso, saí flutuando por Gaza. Até deslizei sobre o mar, de tão mágicos que eram os 10 anos.

Mesmo com o barulho terrível em Gaza, aqui tudo ficou quieto, aos 10 anos de idade. Enquanto eu adejava no meio daquele silêncio, vi Rhet Shel dentro de uma caverna esquisita, debaixo da nossa casa. Baba segurava uma parede com as costas e gritava a Rhet Shel que o deixasse, e percebi que eu precisava chamar minha irmã. Foi o que fiz — então, continuei a percorrer o mundo como uma brisa.

Rhet Shel não ouviu o meu chamado, mas um homem saiu do corpo do meu pai e a lançou na minha direção. Eu sabia que ele não chegava a ser um homem. Era Sulayman. É isto que queria contar sobre os 10 anos: você fica sabendo das coisas sem saber como. Depois, todos os homens da cidade me carregaram pelas ruas até minha mãe, que ficou tão feliz de me ver que só conseguiu me abraçar e chorar.

QUARENTA E UM

As histórias eram escritas na pele da minha teta *Nazmiyeh. Quando eu não passava de um menininho de 4 ou 5 anos, as rugas do rosto dela faziam parte de uma brincadeira nossa. Ela marcava dois pontos ao acaso no rosto e tirava um cochilo. Eu podia acordá-la a qualquer momento, mas só depois de traçar umas linhas faciais que conectassem os dois pontos.* Teta *era capaz de passar meia hora de olhos fechados, sabendo que eu ficaria totalmente concentrado em mapear seu rosto. Minha linha favorita era a que ia da orelha esquerda até o canto do olho direito. Na verdade, quase uma reta, com a ruga longa que atravessava a testa, profunda, e se juntava às três maiores do canto do olho dela, especialmente quando* teta *sorria. A brincadeira fez aquele rosto ficar gravado na minha memória como alamedas que conduziam ao lar.*

O bombardeio de Israel sobre Gaza alterou o relógio como se o tempo tivesse se ferido e, a partir de então, engatinhasse com sua passagem diária obstruída pelos destroços que encobriam a área e uma presença tão pesada que *haji* Nazmiyeh tinha a sensação de que o sol rebocava o peso de cada hora. Havia tanto a ser feito e, ao mesmo tempo, nada restava a fazer. As pessoas se reuniam, sem ter o que dizer. Mesmo quando falavam, as palavras eram encobertas por um silêncio que fitava um abismo, conforme cada um ia recolhendo e enterrando os mortos. Até mesmo o ódio e as juras de vingança pareciam superficiais. As lágrimas se tornaram uma espécie de refúgio. Um lugar que se buscava para se sentir algo em meio aos destroços que deixaram todos entorpecidos. Para muitos, tudo se resumia à espera da morte. A esperança parecia inadequada, e a ideia da morte, tão reconfortante e atraente que ninguém falava sobre ela, receando que palavras espantassem a sedução de um fim silencioso.

Porém, o tempo passou, por mais doloroso que fosse. Aos poucos, as pessoas foram voltando a si, resgatando a vida. *Haji* Nazmiyeh pegou algumas panelas, papéis espalhados que podiam ser usados em trabalhos escolares e lápis quebrados que talvez fossem ainda úteis. Um pé de sapato que poderia ser usado com outro, ainda que não combinasse. Para algumas crianças — pois, Alá seja louvado, elas são resilientes —, as buscas acabaram se transformando em brincadeiras e competições. No entanto, para a maioria, a paisagem dos destroços escondia fragmentos — lembranças das bombas, do pavor e dos que tinham morrido recentemente — que ninguém queria encontrar. Assim sendo, as pessoas se sentaram nas pedras da periferia das próprias vidas, reunindo-se em volta de fogueiras em busca de calor e esperando que o tempo passasse, claudicante. Alguém colocou uma prancha de madeira numa rocha grande para fazer uma gangorra, e as crianças começaram a brincar, as risadas transformadas em pequenos sóis. O inverno rigoroso, passado ao ar livre, nas barracas no meio das ruínas, deu lugar à primavera, que brotou do solo esturricado, absorvendo a poluição das bombas e do pesar. Os insetos reapareceram, seguidos pelos pássaros e, depois, pelas borboletas.

A casa de Nazmiyeh fora parcialmente destruída. Dava para ela e Alwan entrarem pela porta da frente e a reconhecerem, mas o andar de cima, onde um dos filhos e sua família moravam, desmoronara, e a porta que levava ao quarto de Alwan e Abdel Qader passara a dar para o ar livre, coberto por entulho. O banheiro também estava arruinado. A família, junto com catorze outras cujas casas também haviam sido bombardeadas, recebeu barracas, que vinham com lampiões e catres azuis e exibiam os contornos brancos da Terra, o símbolo das Nações Unidas. Naquela noite, *haji* Nazmiyeh não usou a sua, porém, procurou abrigo na casa de um dos filhos enquanto tentavam resgatar o corpo de Abdel Qader. E, assim, os réquiens melancólicos do Alcorão irromperam de todos os alto-falantes, de todos os minaretes, de todas as almas.

Foram necessários vários dias de escavações para retirar o corpo de Abdel Qader dos destroços. Por isso, Alwan proibiu Rhet Shel de participar das competições de resgate com outras crianças. Mais uma vez, os filhos de

Nazmiyeh deixaram as próprias vidas de lado e se reuniram aos pés da matriarca, uma mão de obra composta de homens fortes e capazes que se sentiram impotentes durante a invasão, correndo e buscando abrigo para escapar dos caprichos da morte. Trabalharam, impulsionados pelo ódio, pela humilhação, pela determinação e pelo amor, de início para resgatar o corpo de Abdel Qader, de maneira que pudessem lavar e sepultar o cadáver, e, depois, para reconstruir a casa da mãe e da irmã.

Israel bloqueara a entrada de materiais de construção em Gaza fazia bastante tempo, mas um comerciante local abrira um negócio rentável de reciclagem de pedras e entulhos para a fabricação de tijolos. Os irmãos fizeram uma vaquinha para comprar o máximo que pudessem de tijolos e usaram várias misturas de barro em vez de cimento, impossível de ser encontrado em Gaza. As esposas e os filhos também ajudaram, levando comida e festividade, o que acabava se transformando no familiar caos, com risos e picuinhas típicas das grandes famílias.

No ritmo daquela labuta diária restauradora, na constância das preces regimentadas, nos sepultamentos em série conforme corpos iam sendo resgatados, nos hinos poéticos do Alcorão, nas reuniões de famílias e vizinhos, nas conversas, nas lágrimas e nas brincadeiras infantis, os lares foram sendo refeitos, e, na medida do possível, os rancores se dissiparam, os escândalos se esvaíram e se passou uma esponja no passado. Os homens recobraram a masculinidade, e as esposas, com expressões agradecidas, cuidavam dos corpos exaustos e das roupas encharcadas de suor. Encontravam consolo nas mães, mulheres como Nazmiyeh, que preenchiam qualquer silêncio com *dua'as* a Alá para que Ele cuidasse dos seus filhos e os abençoasse; nas esposas, que faziam amor com eles; nos filhos, que se aferravam às suas pernas, aos seus peitos e pescoços, buscando o reconforto que só os pais fortes conseguiam proporcionar. As mulheres trabalhavam juntamente com os homens, retirando entulho, consertando e reconstruindo. Limpavam, cozinhavam, assavam e supervisionavam as tarefas das crianças. O movimento constante e as dores musculares e ósseas embalavam as almas feridas, distraindo todos.

Porém, não havia nada que se pudesse fazer por Alwan. Ela ficou como uma árvore em um outono interminável, de pé, com as folhas secando, definhando e, por fim, caindo. Tornou-se uma ilha dentro de si e, por um tempo, foi difícil encontrá-la em seu próprio olhar. Quis voltar a vestir o *niqab*, mas *haji* Nazmiyeh disse:

— De jeito nenhum! Isso não é nem islâmico. Não dá pra esconder sua tristeza atrás de uma devoção forçada.

Superficialmente, a vida parecia deteriorada. A devastação dos prédios e da infraestrutura era tão grande que os escombros e a poeira tingiram o ar de cinza durante vários dias. A terra verde queimou e, em seguida, ficou coberta de camadas com destroços e restos de corpos. Porém, depois que os mortos foram enterrados e todas as lágrimas caíram, o tempo se precipitou, formando um líquido que passou precipitadamente em Gaza como um rio pelas rochas, suavizando as arestas e encobrindo-as com um novo musgo da vida. A legião de corpos capazes retirando destroços, reconstruindo, reciclando, cozinhando e reunindo-se virou uma indústria que refez a comunidade.

Nazmiyeh e Alwan colocaram Khaled no centro de tudo aquilo. Semanas depois do ataque, ele ainda não saíra da crise. Entre uma e outra visita inútil ao médico, a família orava o tempo todo pelo menino. Ele estava respirando. Essa parte funcionava graças a Alá. Um amável médico norueguês, chamado Mads, pôs tubos dentro e fora dele, conectados a bolsas plásticas para nutrição e dejetos. Disse que tudo no corpo estava funcionando e ensinou Alwan e Nazmiyeh a reabastecer a bolsa de alimentação e a descartar os dejetos.

— Isso quer dizer que ele ouve e entende o que a gente fala?

— Não sei. Não há recursos para checar a atividade cerebral dele. Isso é tudo o que posso fazer por enquanto — declarou o médico, desculpando-se.

Khaled

"Onde eu poderia extravasar o desespero e a indignação que senti com toda a calamidade que presenciamos tão de perto?"

— Dr. Mads Gilbert

Aqui, o tempo não existe. Tudo é agora, mas, quando estou com Sulayman, não consigo ficar também com mamãe, Rhet Shel e teta Nazmiyeh. Então, deixo Sulayman quando sinto minha mãe. Escuto ela falar com alguém que não conheço. Ela conta ao desconhecido que os meus olhos ficam revirando. Mas, agora, diz:

— Olhem só! Os olhos dele estão se fixando, e ele está piscando. É como se estivesse acordado.

Mamãe está tentando convencer alguém de que ouço o que ela fala. É claro que sim. Então grito: Estou ouvindo! Mas já percebi que eles não me ouvem. Parei de tentar quando Sulayman falou que as palavras perambulavam pela minha mente sem encontrar uma saída.

Ouço a voz de um homem:

— Somos todos um só, haji — *diz ele à minha* teta.

Queria que entrasse em meu campo de visão para eu conseguir vê-lo.

Lá está ele. Com uma câmera. Será que vou aparecer na tevê? Ele pergunta à mamãe o que aconteceu. Quer saber se havia alguma coisa errada comigo antes da invasão. Ela conta que eu tinha crises e ataques que iam e vinham.

— Ele foi encontrado desse jeito e trazido pra cá. Aí, começou a se sacudir com convulsões. A gente buscou abrigo na escola. Saiu de casa, porque os bombardeios foram se aproximando cada vez mais. Todo mundo buscou abrigo na escola das Nações Unidas. Khaled e Rhet Shel estavam comigo — relata mamãe, mas, ainda assim, fico me perguntando se está falando de mim, pois não me lembro de nada disso. E ela prossegue: — O meu marido, Abu Khaled, deixou a gente lá e voltou pra salvar as galinhas — explica com a voz entrecortada, como se fosse chorar. Aí chora de verdade. Chora, e minha teta louva Alá por Sua misericórdia e pede forças para suportar os Seus desígnios.

Mamãe volta a falar:

— A gente estava na escola das Nações Unidas, e Rhet Shel saiu andando quando caí no sono. Como a gente não conseguiu encontrar a minha filha, Khaled foi atrás dela. A gente sabia que devia estar numa das salas de aula junto com as outras crianças, e o meu filho só foi procurar por ali.

Acontece que não me lembro de ter ido procurar Rhet Shel. Vejo o alto da cabeça de mamãe pela visão periférica, movendo-se para a frente e para trás diante das cortinas cor de mostarda que meus tios penduraram para a gente. Ela está com um hijab preto e, pelo canto dos olhos, vejo uma linha preta traçada pelo vaivém da cabeça dela. Mamãe sempre se balança quando chora.

O homem pergunta o que aconteceu depois. Ela não responde. A linha preta fica sem ação, e penso em partir para ficar com Sulayman. O homem pede à mamãe que confie em Alá, porque a nossa força está Nele, e ela e a minha teta proclamam a onipresença Dele.

— Os meus dois filhos sumiram. Pedi a todos na escola que começassem a procurá-los. Então, helicópteros israelenses se puseram a atirar — continua mamãe. Só agora estou percebendo que nada do que vi era real. Não teve comemoração de aniversário. Revejo tudo, vasculho os detalhes na lembrança e encaro a face do horror. Do terror implacável. Os judeus tinham destruído Gaza de novo e matado o meu pai.

— Que Alá os bombardeie também, em nome do Profeta — diz minha teta.

Agora quero ir embora. A linha negra do hijab da mamãe desapareceu, e ela já não está mais chorando. Escuto o barulho da minha teta fazendo café.

— Por fim, a gente encontrou Rhet Shel perambulando no meio das cinzas do pátio da escola. Estava chupando o dedo desesperadamente, e tive que arrancá-lo da boca da minha filha para entender o que falava. Mas ela só dizia que Khaled a tinha trazido e, depois, ido embora. Ela não sabia pra onde ele tinha ido e não quis falar mais.

Não me lembro disso.

— Algumas horas depois, os homens chegaram correndo, carregando Khaled.

Disso me lembro. Eles me carregaram até mamãe, que ficou...

— Fiquei tão feliz em ver meu filho que o abracei e chorei.

V

Ficamos preocupados quando o sol sumiu de vista no céu. Então, a escuridão iluminou as estrelas, como só ela consegue fazer, e nós nos deitamos na terra, contemplando o esplendor e a imortalidade no alto.

QUARENTA E DOIS

Nur amava com firmeza, persistência e impulsividade. O coração dela não era prudente o bastante para estabelecer limites à generosidade. Talvez a rejeição de uma mãe faça isto: inibir o coração. E então ele ama equivocadamente, rápido demais, sem limites.

Elas continuaram a se comunicar. Mesmo depois de Nzinga se casar e ter filhos; depois de Nur sair do serviço de proteção à criança, concluir a universidade e o mestrado; depois de o sistema do apartheid da África do Sul ter sido eliminado e de Nzinga ter voltado a Durban com a família, a ligação entre as duas perdurou. O elo passou por adaptações de acordo com as necessidades de ambas, composto de sentimentos maternais, irmandade, maturidade, apoio nos momentos difíceis, ativismo político, amparo e amizade.

Quando Israel deu início a um ataque devastador a Gaza, em dezembro de 2008, Nur estava trabalhando como psicoterapeuta para a prefeitura de Charlotte, ajudando adolescentes para que lidassem com casos de estupro, incesto, abuso, negligência, uso de drogas e outros traumas inconcebíveis.

— Faz sentido você ter optado por essa área de trabalho — comentara Nzinga pelo Skype. — Todas nós, mulheres feridas, fazemos carreira tentando colocar as outras pessoas nos eixos.

Logo após o ataque de Israel, Nzinga enviou por e-mail o link de um vídeo para Nur.

Querida Nur,

Tudo bom?
Segue o vídeo de que falei. Lembrei que você fez um trabalho sobre a síndrome do encarceramento na universidade e achei que ia gostar de dar uma olhada nesse. Chequei o sobrenome, claro, como sempre faço com as histórias de Gaza. Infelizmente, não é igual ao do seu avô.
Fiquei muito tocada com os cuidados extraordinários dispensados pela mãe e pela avó desse menino, mulheres que, obviamente, perderam muito.
Depois me diga como vai a sua tentativa de angariar fundos. Você tem feito coisas maravilhosas, Boo. Estou muito orgulhosa de você.
Com carinho,

Zingie

Nur clicou no link e assistiu ao documentário de oito minutos. A filmagem mostrava um close-up do menino, e ela observou aquele rosto, reparando que tinha uma faixa de cabelo branco. Parecia familiar. Chamava-se Khaled. Havia duas mulheres sentadas diante de cortinas cor de mostarda. A mais velha era a avó. A mãe se recusava a acreditar que ele estava em coma, insistindo:

— Sei que ele consegue me ouvir. Quando peço, ele pisca para mim.

O telefone tocou no escritório de Nur. Eram quase oito da noite. Um integrante do comitê organizador do Fundo de Assistência às Crianças Palestinas lhe informou que a presença do palestrante finalmente fora confirmada. Era um psicólogo palestino, um dos poucos de Gaza. Depois de seis meses de ligações, cartas e encontros com funcionários indicados e burocratas do Departamento de Estado, na tentativa de obter a permissão de Israel para que o palestrante pudesse sair de Gaza, chegou a notícia de que o Dr. Musmar teria permissão de cruzar a fronteira de Rafah e viajar do Cairo aos Estados Unidos.

— Que ótimo — comentou Nur, pegando um saco de batatas fritas ao desligar.

QUARENTA E TRÊS

Nur era organizada e asseada. Chegava a ser metódica na escavação do seu estômago, empanturrando-o de porcarias e esvaziando-o ao provocar o vômito com dois dedos e, em seguida, escovar os dentes, criando um padrão que trazia disciplina e precisão ao autoultraje e à autodepreciação. Trabalhava horas a fio, pagas ou voluntárias, aperfeiçoando o hábito da solidão e o da fuga, ao ajudar os outros. E, diariamente, controlava a diferença dos seus olhos com a simetria de lentes de contato de tom castanho.

A energia daquele dia era de pressa e expectativa. Nur gerenciava os voluntários, assegurando que cada aspecto do evento para angariar fundos fosse bem assessorado. As instituições sempre procuravam sua ajuda nos eventos, porque ela fazia tudo com organização e criatividade.

Colocou três voluntários no balcão de inscrição, dez no serviço de bufê e duas, que chegariam mais tarde, para trabalhar como babás. Os estandes de vendas já haviam sido preparados, os porteiros estavam com os mapas de assentos, e ela deu a vários voluntários a tarefa de encher as sacolas de presentes dos doadores em uma mesa no canto, onde um homem que ela não reconheceu ajudava. Alto, moreno e com um bigode copioso, o voluntário desconhecido gerou certo magnetismo na área em que estava. A presença dele atraiu Nur, até ela por fim se aproximar, sob o pretexto de verificar o progresso com os envelopes.

Meses depois, Nur avaliaria aquele impulso. O que o sujeito tinha de tão especial? Havia muita gente lá que ela não conhecia nem reconhecera, a maioria árabe, com traços parecidos com os dele. Por que aquele homem lhe chamara a atenção?

— Oi, Nur! A gente está quase acabando — informou um dos voluntários.

— Beleza! Vocês tiraram isso de letra. Vamos ter tempo de sobra até os patronos chegarem — elogiou Nur.

O desconhecido na mesa se levantou; era bem alto e tímido.

— Eu me chamo Jamal — disse, estendendo a mão.

O tom de voz, apesar de grave, soava suave, modulado pela cadência e pelo timbre do árabe. Ele era esguio, quase côncavo, como se tentasse deliberadamente ocupar menos espaço. Usava roupas folgadas e um pouco amassadas sobre a pele morena, e os cabelos estavam desgrenhados e, talvez, meio compridos demais. O semblante mostrava-se atento, com olhos castanhos de pálpebras caídas que lhe davam certo ar de tristeza. Contrastando com a desordem generalizada, o bigode era impecável. Simétrico, aparado, penteado, perfeito. Nur o achou bonito.

— Sou Nur — afirmou, estendendo a mão.

O toque da pele do homem a deixou arrepiada, apesar de ambas as mãos só terem se tocado por um instante. Então, eles ficaram sem assunto, e o silêncio pesou.

— Nur, você quer que a gente ponha os envelopes nas poltronas? — perguntou um voluntário.

— Ah, quero sim. Muito obrigada! — respondeu, com mais entusiasmo do que o necessário.

Quando os voluntários saíram dali, ela agradeceu a Jamal pela ajuda.

— Foi um prazer — disse ele, remexendo-se.

— Então, o que traz você aqui?

— Estou visitando — contou o homem, com um pouco mais de autoconfiança.

— Bem, hoje é uma grande ocasião. O palestrante é incrível. Tenho certeza de que a palestra vai ser inspiradora.

— Quem é ele? — perguntou Jamal, sorrindo só de um lado.

— É um psicólogo de Gaza. Dr. Musmar. Foi um pesadelo obter autorização para ele sair de Gaza.

Jamal franziu a testa, como se estivesse curioso.

— Então vai ser ótimo ouvi-lo.

— A esta altura, ele já deve ter chegado.

— Você o conhece?

Estranhamente ansiosa para causar uma boa impressão, Nur deixou escapulir uma mentira:

— Conheço. — Tentou se retratar na hora, mas só conseguiu fazê-lo com outra mentira. — Bom, apenas por e-mail. — As mentiras brotavam mais depressa do que o seu raciocínio e, quanto mais falava, mais se emaranhava em invencionices casuais. — A gente se comunicou por causa de um paciente que despertou o meu interesse. É um caso muito triste... — Ela vasculhou a lembrança do vídeo. A faixa branca no cabelo. Não conseguia se lembrar do nome do garoto. — De um menino de Nusseirat... — Ficou feliz por se lembrar, ao menos, do nome do campo de refugiados. — Ele está em coma. Bom, não exatamente em coma...

— Você é especialista em saúde mental? — quis saber Jamal, interrompendo-a.

— Sou, trabalho no DAS de Charlotte — respondeu, aliviada com a pequena verdade.

— DAS?

— Departamento de Assistência Social. Trabalho com adolescentes que estão indo para lares adotivos em circunstâncias difíceis.

— Mas me diga, por favor, qual seu interesse. Quer dizer, desculpe, meu inglês está enferrujado. Só estou curioso para saber por que está interessada em um paciente específico. Ele está tão longe. — Daquela vez, fora ele o desastrado.

Nur se fiou na autoridade do conhecimento e se recordou do documentário. Usando os jargões da profissão, falou sobre a mãe do menino, que acreditava que o filho podia ouvi-la. Chamou o que ocorria com ele de "Síndrome do Encarceramento" e explicou que era rara: uma parte do cérebro, o tronco encefálico, é danificada e interrompe todos os movimentos musculares, sem afetar a cognição nem a percepção.

E, quando ele não fez comentários, mostrando-se pouco à vontade, Nur penetrou ainda mais no pântano improvisado da desonestidade.

— Estou planejando ir até Gaza para trabalhar com esse paciente e outros numa clínica de psicoterapia — prosseguiu.

Jamal baixou os olhos e se remexeu, inquieto, quase envergonhado.

— Dr. Musmar! Aí está o senhor! — exclamou o presidente do comitê, do outro lado do recinto. Nur olhou para trás, procurando o Dr. Musmar, mas não tinha ninguém ali. Ela se virou, e o viu sorrindo, desculpando-se. Enrubesceu e se afastou rápido.

— Nur, espere, por favor — chamou ele, tentando detê-la, mas vários membros do comitê já se aglomeravam ao seu redor, estendendo a mão para cumprimentá-lo.

Nur encontrou um canto distante da multidão, de onde podia vê-lo, de vez em quando, procurando alguém pelo recinto. Estaria tentando encontrá-la? Ela se encolheu ainda mais no canto, até poder sair mais cedo.

Já em casa, comeu e, depois, vomitou.

Na terça-feira, após o evento para angariar fundos, ela recebeu um e-mail sucinto dele.

Prezada Nur,

Procurei você logo depois da palestra e durante o resto da noite, sem sucesso. Finalmente consegui seu e-mail. Espero que esteja correto. Gostaria de pedir sinceras desculpas por não ter contado quem eu era desde o início. Não sei dizer por que fingi que não era comigo e me sinto envergonhado por isso. Você me deixará feliz se me perdoar. Por favor, ao menos me confirme se recebeu este e-mail.

Atenciosamente,

Jamal

Ela leu a mensagem várias vezes, escreveu, editou, apagou a resposta e passou o dia inteiro pensando praticamente só nela. Queria falar com Nzinga, mas, quando ligou o Skype, já era tarde demais em Dublin.

Prezado Dr. Musmar,

Não precisa se desculpar. Gostei de receber sua mensagem. Fiquei muito constrangida depois da nossa conversa e resolvi sair mais cedo. Espero que se divirta em Charlotte.

Saudações,

Nur

O horário de seu e-mail ficou registrado como 4h30 da manhã, e a resposta chegou às 4h38.

Prezada Nur,

Pode me chamar de Jamal e, por favor, não se constranja. Você foi encantadora e charmosa. Na verdade, não posso nem expressar como fiquei feliz por conhecê-la. Gostaria muito de poder me corresponder mais vezes com você, sobretudo para falar de sua teoria sobre a criança do documentário. Já ouvi falar do vídeo, porque a mãe levou o menino, que se chama Khaled, até nossa clínica, e estou com a ficha dele. Um cineasta local entrevistou Um Khaled quando ficou sabendo do filho dela e das circunstâncias misteriosas da condição do garoto. (Ele não teve lesões nem traumas em nenhuma parte do corpo ou do cérebro que pudessem dar uma pista aos médicos do motivo que o levou a entrar em coma; ou talvez não esteja em coma, como você sugeriu.) Simplesmente não havia muito que pudéssemos fazer por ele, mas quiçá eu consiga aprender algo com você e assim ajudar o menino.

Não sei se ainda planeja vir até Gaza, mas tenho um subsídio que podia lhe garantir um pequeno estipêndio por um ano, bem como uma acomodação modesta no nosso albergue. Enviei anexo um formulário, se estiver interessada. Espero que considere a possibilidade de aceitar.

Carinhosamente,

Jamal

Os dois continuaram a se corresponder, construindo diariamente um refúgio epistolar em que Nur buscava motivação. Nos recônditos da lembrança, ela encontrou um momento em que seu avô lhe contou que os olhos diferentes eram iguais aos da irmã dele:

— Acho que você foi a única da família a herdar os olhos dela — dissera ele, havia muito tempo. — E a gente tem uma família enorme, que você vai conhecer em breve.

Nur imaginou como seria se encontrar com uma idosa em Gaza, com olhos iguais aos dela, como seria estar rodeada pela família enorme e encontrar o lugar a que pertencia.

Meses depois, chegou o dia em que ela atravessou a fronteira entre o Egito e Rafah pela primeira vez. Jamal estava lá, esperando-a na fronteira de Gaza. Tinha aparado o cabelo e, de algum modo, parecia mais arrumado ali do que quando estivera no evento para angariar fundos nos Estados Unidos.

— Bem-vinda, Nur. Gaza está mais reluzente com sua presença — disse ele, pegando a bagagem.

— É muito bom ver você e estar aqui.

— Você não continua a se perguntar se pode me chamar de Jamal, continua? — Ele sorriu, e ambos riram.

— Você está diferente — observou ela.

— Ah. Bom, estou. Minha esposa não suporta a tendência ao desleixo. Quando você me conheceu, eu estava sozinho fazia um mês, enquanto ela visitava a família no Canadá.

A palavra *esposa* pisou delicadamente no âmbito que Nur criara com palavras, cartas e nostalgia.

QUARENTA E QUATRO

O tío Santiago fora à cerimônia de formatura da universidade de Nur, junto com Nzinga e a família dela. Ele envelhecera precocemente; a pele empalidecera com a falta de sol, e os dentes encardiram por causa do uso da heroína que lhe percorria os braços. Vendera o violão, mas encontrara uma gaita descartada por alguém para levar música para dentro de si. No dia da cerimônia de formatura de Nur, ele tocou para ela com uma ternura inimaginável, com uma dor incurável. Meses depois, quando ela recebeu a gaita pelo correio, junto com uma carta comunicando o falecimento do tío, sua lembrança criou uma imagem dele esvaindo-se com suavidade na melancolia daquela canção que lhe tocara na formatura.

O consultório de Jamal era uma pequena sala com paredes nuas e pintura verde descascada, um ventilador de metal no teto e uma janela quebrada. Pilhas desordenadas de papéis e arquivos se amontoavam no chão, e havia diversas xícaras sujas de chá e de café na escrivaninha. Ele fitava distraidamente um arquivo.

— Acho que mandei por e-mail tudo o que eu tinha. Como falei, estive com ele duas vezes. A família chegou a trazê-lo uma segunda vez, mesmo depois de eu ter dito que não podia fazer nada. — Jamal balançou a cabeça. — As pessoas ainda conseguem ter esperança neste lugar amaldiçoado.

Os trechos de um poema emergiram tranquilamente de brechas da lembrança de Nur:

> *A esperança não é um tema*
> *Nem uma teoria*
> *É um talento*

Ela passou os olhos pelo arquivo. Informava que nada havia de errado fisicamente com Khaled que justificasse o suposto estado comatoso.

— Aqui diz que ele tem um histórico de esquizofrenia na família? — perguntou Nur, apontando para uma anotação escrita parcialmente em inglês.

— Ao que tudo indica, a bisavó dele falava com os jinni. Nesta região, isso geralmente é um indício de esquizofrenia — declarou ele e, naquele momento, um nome peculiar ressurgiu do âmago de Nur, transportando-se até a consciência.

— Vai parecer esquisito, mas o nome da avó é Sulayman?

— Mesmo sem saber como ela se chama, já posso negar de antemão, porque esse é um nome de homem.

O carro de Jamal parou numa ruela delimitada por muros de concreto altos e cinzentos, cheios de pichações e cartazes de mártires com semblantes jovens e severos, observando-os do esplendor maldito de seus túmulos prematuros. Umas meninas, entre elas uma com um bebê no quadril, pulavam amarelinha ali por perto, observadas por criancinhas ainda menores, e alguns meninos representavam cenas de soldados prendendo palestinos, usando pedaços de paus como metralhadoras. Nur saiu do carro, subitamente sobrecarregada com a magnitude da missão e o eterno senso de inadequação que quase nunca a abandonava.

Como se adivinhasse, Jamal comentou:

— Não há psicólogos suficientes para dar conta da demanda aqui. Portanto, independentemente de qualquer situação, sua presença é superútil.

Ele conversou um pouco com algumas crianças, que os conduziram entusiasmadas por um labirinto de ruelas. Fez um gesto para que Nur o acompanhasse.

— Nunca se sabe. Afinal, você pode ser o milagre que a família está esperando.

As crianças pararam diante de uma porta pichada, de metal desbotado, que se mesclava com as paredes de concreto igualmente descoloridas ao seu entorno, lívida de tanto pesar e de cartazes afixados que mostravam a imagem de um pescador desembaraçando a rede no oceano. Os traços não estavam nítidos, mas dava para ver que semicerrava os olhos e que a pele bronzeada e áspera transmitia intimidade com o sol e o mar.

— Esse é o Ammou Abu Khaled — informou uma das crianças, apontando para o cartaz. — O Khaled está dodói e não consegue mais falar.

A porta de metal se abriu, e Nur reconheceu a mãe de Khaled por causa do documentário. Ela os cumprimentou efusivamente, pondo em prática em doses equilibradas a hospitalidade, a esperança e a fé árabes, pois Alá traz coisas boas para os que acreditam e perseveram com paciência.

— Que Alá lhe traga alegria, assim como sua presença me traz alegria agora — disse a anfitriã. Já dentro de casa, segurou a mão de Nur e deu dois beijinhos no rosto dela. — Eu me chamo Um Khaled. A minha mãe, *haji* Nazmiyeh, Um Mazen, está na cozinha. Daqui a pouquinho ela vem.

Jamal saudou-a, pondo a mão direita no coração, em vez de recorrer a um aperto de mão. Foi até Khaled, que estava sentado numa cadeira de rodas no meio da sala, escorado com almofadas. Sua irmãzinha segurava um urso de pelúcia, enroscada com o irmão, chupando o dedo, e ambos assistiam a um programa em uma TV pequena, fascinados por um desenho animado mudo de *Tom & Jerry*. Uma bandeja com velas tremeluzia ao lado de Khaled, derretendo aos poucos.

— Diz oi, Rhet Shel — mandou Um Khaled, e a menina se levantou para apertar a mão de Jamal e, depois, a de Nur.

— Bem-vindo, meu filho. Bem-vinda, minha filha. — cumprimentou a avó, saindo da cozinha. Usava um *thobe fallahi* preto tradicional, com bordados requintados nos tons de rosa, verde-oliva e limão que representavam o país. Um delicado lenço de cabeça preto moldava seu sorriso, o que, somado aos seios enormes e ao quadril largo, dava-lhe a característica de matriarca generosa. E, apesar da pele enrugada pela idade, não parecia muito mais velha do que a filha, como se as linhas de seu rosto fossem abrigos e frestas em que a juventude se instalara.

Haji Nazmiyeh, que era bem mais baixa do que Nur, puxou o rosto dela para perto, examinou os olhos e, em seguida, deu-lhe dois beijinhos, aparentemente desapontada. Então, virou-se para Rhet Shel.

— *Habibti*, vem me ajudar a trazer a comida.

— Oh não, *haji*. Não precisa se preocupar com isso — disse Jamal.

A matriarca lhe lançou um olhar desaprovador.

— Você já sabe, meu filho. Se vier pra casa de *haji* Nazmiyeh, não vai sair de barriga vazia. E não se preocupe não. Meu filho está a caminho. Você não vai ser o único homem. — Ela foi para a cozinha a fim de ajudar Rhet Shel a trazer o resto da comida.

Alwan, Um Khaled, tirara o dia de folga, na esperança de que aquela nova psicóloga norte-americana, chamada Nur, tivesse algum tratamento alternativo para tirar o filho daquele estado e trazê-lo de volta. Um dos irmãos dela chegou, e todos compartilharam um café da manhã tardio, com ovos, batatas, zatar, azeite de oliva, azeitonas, húmus, *fuul*, verduras em conserva e pão fresco e quentinho. Embora Nur fosse fluente em árabe, teve dificuldade de acompanhar o linguajar acelerado de Gaza e não percebeu a rápida conversa paralela em que Alwan perguntou à mãe como fora a inspeção que fizera do rosto de Nur.

— Você achou que era ela?

— Claro. Quantas americanas se chamam Nur? — respondeu *haji* Nazmiyeh. — Mas a nossa Nur tem os olhos de Mariam.

Alwan escondeu a irritação e parou de cochichar na frente das visitas.

— Na certa tem milhares com esse nome lá. Agora não é hora para isso, *yumma*. O que importa é Khaled — disse a filha.

Haji Nazmiyeh achou curioso que a americana Nur falasse árabe e, enquanto Alwan conversava com ela sobre o estado do filho e o que se podia fazer por ele, a matriarca corrigia a pronúncia de Nur. Rhet Shel chupou o dedo e encarou a recém-chegada com um misto de curiosidade, satisfação, timidez e desconfiança.

Ao notar que uma das velas quase se apagava, Um Khaled pediu a Rhet Shel que fosse buscar uma nova, explicando a Nur:

— Mantenho as velas acessas enquanto meu filho está acordado. Foi assim que ele piscou pela primeira vez. Tenho certeza. Reagiu às velas. — Ela prendeu a respiração, os olhos fechados, e soltou o ar lentamente. — Ele está em algum lugar dentro de si mesmo.

Jamal e o irmão de Alwan desviaram os olhos, impotentes diante daquele sofrimento de mãe. Nur pôs a mão nos punhos cerrados de Um Khaled, e *haji* Nazmiyeh apressou-se em afastar a tristeza que recaía ali.

— Já chega, minha filha. Diga *alhamdulillah* e receba de braços abertos tudo o que Alá traz pras nossas vidas. — A matriarca fez um gesto para que Rhet Shel tirasse os pratos junto com ela.

Os homens foram até uma casa de café da área e deixaram as mulheres planejarem as sessões de Nur com Khaled. Antes de sair, Jamal sussurrou a Nur, em inglês:

— Não prometa nada que não possa cumprir.

Como alguns meninos jogavam futebol do lado de fora, Alwan fechou a janela e sorriu com relutância para Nur.

— Você pode fazer o meu filho acordar?

Nur baixou os olhos, procurando as palavras certas.

— Um Khaled...

— Aqui na nossa casa, entre a gente, as mulheres, pode me chamar de Alwan. Não se preocupe não. Sei que os americanos usam o primeiro nome — interrompeu-lhe. — Tenho certeza de que o meu filho não está em coma.

— Acho que tem razão, mas... — Nur hesitou ao perceber como aquelas poucas palavras fizeram o sol brilhar nos olhos da mulher e espalharam um sorriso no corpo dela e em toda a sala. Lembrou-se da advertência de Jamal e prosseguiu: — Acho que o melhor que posso fazer é tentar achar uma forma de Khaled se comunicar.

— Que Alá inunde o seu coração de alegria, como você acabou de fazer com o meu. — Alwan abraçou Nur.

Haji Nazmiyeh tinha voltado para a sala.

— Não entendo uma palavra do que a americana fala — informou a Alwan e, em seguida, sorriu para Nur. — Não se preocupe, criança. Você deixou a minha filha desmancha-prazeres feliz e, com a ajuda de Alá, a gente vai ensinar você a falar árabe direito.

— Talvez você possa me ajudar — disse Nur a Rhet Shel, que se escondia no canto com os brinquedinhos de pelúcia.

Pela primeira vez, a garotinha sorriu timidamente, cobrindo o rosto com o brinquedo. A visitante se agachou na frente dela e pegou algo que parecia um brinquedo de plástico.

— Não sei como é que se diz em árabe, mas, em inglês, é gaita, "*harmônica*" — contou a Rhet Shel, soprando no instrumento. A menina não ousou se aproximar. — Quer ver como é?

Rhet Shel assentiu.

— Era de um músico muito especial. Não posso dar pra você. Mas pode tocá-la quanto tempo quiser. Acha que consegue cuidar dela pra mim?

— Acho — prometeu a menina. — Posso mostrar pros meus amigos?

— Claro.

Bem naquela hora, os meninos que jogavam do lado de fora fizeram um gol. O barulho ruidoso de sua elação invadiu o ambiente, e Rhet Shel correu até a rua para participar da diversão e compartilhar sua música nova.

Khaled

"As nossas xícaras de café, os pássaros, as árvores verdejantes de sombras azuladas, os raios do sol saltitando de um muro ao outro, como uma gazela, a água nas nuvens de formas infindáveis, que se espalham pela fração de céu que nos resta, as coisas cujas lembranças são postergadas, e esta manhã, vibrante e reluzente, tudo isso demonstra que somos visitantes da eternidade."

— Mahmoud Darwish

Fiz um gol jogando futebol hoje com Wasim e Tawfiq. Vi Yusra observando da janela. Sei que tudo está dentro da minha cabeça. Mas senti quando a bola ricocheteou no meu pé e entrou na rede. Senti quando os meus amigos me abraçaram. Senti quando Yusra me fitou e os meus amigos me cingiram.

Wasim veio me visitar. No início, ficou no meu campo de visão, mas depois se moveu de um jeito que os nossos olhos não conseguiram se encontrar. Mas vi meu amigo tempo suficiente para enxergar pelos na cara dele. Os ombros também estavam mais largos. Não exatamente como um homem, mas tampouco como um menino feito eu. Fiquei pensando quanto tempo já teria passado.

Vou muito para Beit Daras. Sempre para o rio, onde eu e a Mariam habitamos um espaço azul infinito. A gente escreveu uma música junto. Ou, talvez, ela tenha vindo à nossa mente. Em todo caso, a gente a herdou:

Ah, venha me encontrar
Eu estarei naquele azul
Entre o céu e a água
Onde o tempo é o presente
E a gente, a eternidade
Fluindo como um rio

Meu jiddo Atiyeh também vem aqui e conhece Mariam muito bem, apesar de ser estranho vê-lo sem a minha teta Nazmiyeh. O amor existe em toda parte, e me esforço para compreender a realidade, porque lembro que eles não estão vivos. Como falar para mamãe desta liberdade? Como lhe contar que existe um Beit Daras numa Palestina sem soldados, aonde todos podemos ir?

Por enquanto, a gente se comunica por meio das velas. Quando estou sentado à beira do rio de Beit Daras com meus ancestrais e os antigos aldeões, uma vela ilumina o céu, e sei que é mamãe me chamando para voltar para casa. Sempre volto para ela. Sempre pisco para ela. Mamãe me diz, num sussurro, que sabe que consigo ouvi-la. Minha teta também. Ela disse: "Sei que você continua aqui, meu filho." Sabe que estou dentro do meu corpo. Canta para mim e me diz coisas de seu coração. Conta histórias de Beit Daras, e eu as vivo quando vou para lá. Os lugares e as pessoas que cita aparecem quando volto para o rio, deixando-a sozinha com meu corpo, que parece cada vez mais estranho. Uma concha de menino para a qual retorno só para ficar com as velas que a minha mãe faz com as substâncias do coração dela.

Agora, Nur está aqui, e fico ligado às velas da mamãe por mais tempo. Já não é mais a garotinha que ficava no rio comigo e com a Mariam, porém, é uma mulher americana com um objetivo. Ela conversa com Rhet Shel, contando histórias de um avô de Gaza, e, quando volto para o rio, percebo que era o meu tio-khalo Mamdouh. Ele ficou o tempo todo com a gente lá. Nur não sabe que voltou para casa. Quando minha teta se aproximou dela, Nur também procurou sinais no rosto da matriarca que combinassem com as histórias do jiddo sobre uma irmã de olhos diferentes, a quem Nur havia puxado. Quero dizer para todo mundo que sei disso.

Nur me pediu que piscasse se a estivesse ouvindo e entendendo. Então fiz isso, e mamãe comentou, triunfantemente: "Eu falei para você."

Rhet Shel é a ajudante de Nur e, quando elas conversam, escuto a ansiedade dissipando-se dos ombros pequeninos dela. Juntas, elas estão fazendo gráficos com letras e palavras comuns para mim.

QUARENTA E CINCO

Nur vinha todos os dias e ficava mais tempo do que o necessário. Achou que estava cumprindo uma promessa. Fazendo uma boa ação. Ajudando. E estava, claro, mas só por coincidência. Ela veio mergulhar no alvoroço tumultuado de família e vizinhos. Veio para ver a vida de perto, para friccionar a alma crua no ritmo das nossas famílias. A névoa cálida das nossas vidas se condensou na superfície fria e seca de Nur, e ela a absorveu por completo. Foi por isso que veio, pelo orvalho de família que aderiu à sua pele.

— Ele fixou o olhar por quase meia hora e respondeu a umas perguntas simples. Uma piscada para sim, duas para não — informou Nur com entusiasmo ao telefone.

— Que ótimo, Nur. Deve ser gratificante ver melhoras com tanta rapidez — disse Jamal.

— Não sei se a gente deve ter muita esperança, mas os principais avanços foram com a irmã. Quem fez a maioria das perguntas foi ela. Rhet Shel quis saber se Khaled gostava do cabelo dela, se ele estava a fim de ver um filme com ela.

Fora milagroso o dia em que presenciaram o despontar, mesmo que breve, de duas crianças presas dentro de si, de formas diferentes. Fora ideia de Rhet Shel tocar a antiga música de Khaled, e ela teve a certeza de que o menino estava tentando dançar, quando viu a maçã do rosto dele se mexer. Aquele pequeno espasmo muscular levou Alwan a se ajoelhar, aos prantos.

Haji Nazmiyeh estava tomando chá com as vizinhas, que foram assar pão com ela no *taboon* comunitário ao ar livre, quando Rhet Shel chegou esbaforida, chamando-a para que fosse ver. A matriarca apertou o passo, louvando Alá por Sua glória infinita, enquanto a neta lhe contava ansiosamente que Khaled estava despertando. Atrás dela estavam algumas das amigas da avó.

Embora tivessem se decepcionado ao ver Khaled ainda imobilizado, a euforia de Rhet Shel as inspirou, e elas também se contagiaram com o entusiasmo. A música popular de Nancy Ajram e Amr Diab permeou a atmosfera da casa de *haji* Nazmiyeh, levando júbilo e versos líricos a um dia transformado pelo charme de Rhet Shel, que amarrou o lenço da mãe no quadril estreito de menina e dançou. Suas amiguinhas também estavam lá, depois de terem seguido as matriarcas. Também dançaram, e as mulheres mais velhas bateram palmas para encorajá-las. Não demorou muito antes que *haji* Nazmiyeh entrasse na dança, puxando Alwan para a farra.

A alegria espontânea prosseguiu, estimulada pela atenção e pelas piscadas de Khaled. Nur tocou as músicas que ele escolheu, ao piscar de acordo com as opções oferecidas por Rhet Shel. Cinco músicas que, com a felicidade de Rhet Shel, serviram para restaurá-los e remendá-los, suspender o cerco de Israel, acabar com a ocupação militar e levá-los de volta à casa da família em Beit Daras.

A afeição que Nur sentiu ao seu redor, exalada por aquelas mulheres, insinuou-se pelas paredes de sua alegria. Ela sorriu, calada, observando o desdobrar do amor simples, esperando receber alguns de seus borrifos.

QUARENTA E SEIS

As boas maneiras não permitiam que mamãe usasse o niqab *de novo, depois que o* baba *morreu, mas ela queria. Teria se apagado com satisfação numa burca, como faziam as mulheres do Golfo, para poder ficar sempre sozinha na escuridão com as lembranças. Só eu enxergava a profundidade da perda dela. Mamãe guardava sua dor no mundo particular atrás das cortinas e transformava uma pequena porção em bolinhas de cólera, que atirava nos outros sem nenhum motivo aparente. Mas, normalmente, elas vicejavam no corpo de mamãe.*

O sucesso inicial de Nur com Khaled foi seguido por meses de frustração, durante os quais ela não conseguiu uma reação consistente do menino. *Haji* Nazmiyeh lhe disse que os milagres eram orgulhosos. Que só aconteciam quando a fé era inabalável. Porém, se por um lado Khaled continuou ausente do mundo, por outro, Rhet Shel floresceu. Entusiasmada com sua responsabilidade como ajudante de Nur, tornou-se a guardiã do irmão, conversando com ele, escovando os cabelos, lavando o rosto, limpando as orelhas, o nariz, o umbigo e as unhas do garoto. À noite, quando Nur ia embora, a menina fingia ler para o irmão, como Nur fizera durante as sessões, e também assumiu a tarefa de alimentá-lo, sobretudo depois que a mãe começou a chegar do trabalho tossindo mais, com o rosto cada vez mais abatido, e a visão da avó ficou embaçada.

Alwan chegava da cooperativa de mulheres com o rosto pálido, cansada de bordar *thobes* o dia todo, os quais eram contrabandeados pelos túneis para o Egito e vendidos no mundo inteiro. Os palestinos norte-americanos ricos — todos os norte-americanos eram ricos, não eram? — tornaram-se os clientes mais importantes da cooperativa. Pagavam caro, em dólar, por qualquer produto da terra natal. Alwan ficou até sabendo de uma família que pagara alguns milhares de dólares por dois baldes de terra de Nablus para espalhá-la sobre o túmulo do pai exilado, quando Israel não lhes permitiu que realizassem o desejo do moribundo de ser enterrado na Palestina.

— Quanto é que vocês acham que pagariam pela terra de Gaza? — gracejou uma das mulheres.

Todas riram. Algumas mostraram solidariedade.

— *Al ghorba* é cruel para a alma. O pobre coitado passou a vida tentando voltar para casa e não conseguiu, nem mesmo morto. Que Alá tenha misericórdia.

— Coitada da gente. Presa em Gaza — comentou outra, remexendo-se na cadeira para distribuir uniformemente a indignação. — E, antes que você insista no assunto, saiba que eles acabam recebendo o produto valioso que querem com o dinheiro que pagam pra gente. Simples assim. Ninguém está pedindo que façam caridade. Quando lutarem que nem a gente ou mandarem armas pra luta, aí sim a gente pode chamar todos de palestinos.

Algumas mulheres sibilaram em concordância e outras se ofenderam, lembrando que os parentes tinham ido para o exterior a fim de trabalhar e mandar dinheiro à família. Uma delas, a mais jovem do grupo, ainda que respeitada pela militância, pediu cuidado contra a perpetração de divisões entre os palestinos, criada pelos inimigos, mas foi calada por outra mulher.

— Estou farta de ouvir os seus sermões políticos! — exclamou. Em seguida, virou-se para as outras. — Francamente, senhoras. Vocês acham que a gente podia ganhar dinheiro vendendo a terra de Gaza?

Elas continuaram a conversar, mas Alwan quase não disse nada.

— O que acha, Um Khaled? — perguntou-lhe uma delas. — Aquela palestina americana parece ser boa pessoa. Qual é o nome dela mesmo? Nur?

Alwan pensou em como Rhet Shel olhara para Nur com adoração e se lembrou de que ela lhe dissera: queria ser igualzinha à moça quando crescesse.

— É pecado falar mal dos outros — respondeu.

As amigas sacudiram a cabeça e deram risadinhas.

— Definitivamente você não é nem um pouco parecida com sua mãe.

Porém, aquela conversa levou Alwan a se aventurar além dos espaços fechados de seu coração. Nur lhe dera falsas esperanças. Por que aquela mulher deixara para trás sua vida nos Estados Unidos para ir até o miserável campo de refugiados de Gaza? Será que estava se aproveitando do filho dela para estudar ou dar continuidade à própria carreira? Os ocidentais iam e vinham o tempo todo para excursionar pela pobreza e pela guerra antes de voltar e escrever livros. Alwan imaginou a satisfação que sentiria ao dar um basta nas visitas de Nur. Tinha perdido Khaled. Desejou a misericórdia da morte para o filho. Que vida restava ao menino, apenas com um corpo que respirava, alimentando-se de sacos e defecando neles, com a ajuda que ela lhe dava, vivendo de uma energia emprestada? Uma dor fervilhava no seu corpo por não conseguir dar uma vida melhor a Khaled e Rhet Shel, que ia correndo até os braços da pobre mãe assim que ela entrava em casa, querendo ajudá-la, vendo-a com dificuldade de andar e se sentar. Sua Rhet Shel, ainda tão jovem, tinha passado a cuidar do irmão. A gravidade da amargura levou Alwan ao próprio âmago, onde Nur aparecia como causadora de toda a dor que a assolava. E, quando a tosse se agravou, ficou ainda mais ressentida com a outra, como se até o corpo doente fosse culpa de Nur. Então, culpou-a também pela raiva oriunda da acridez tácita que vinha se acumulando no seu coração e pelo pecado a ela relacionado. Tentou afugentar tais pensamentos. Rezou para Alá, pedindo ajuda, e implorou perdão pela vontade cada vez maior que sentia de invocar Sulayman.

— Sulayman, se Alá permitir, por favor, venha ajudar a gente. Traz o meu filho de volta — suplicou.

— Mamãe — disse Rhet Shel, correndo até ela —, a esposa do *el doktor* Jamal convidou a gente para participar de um *ghada* pra Nur amanhã!

Nur veio atrás da menina.

— Vou ficar com o carro do centro por dois dias para visitar os pacientes, e eles falaram que posso fazer passeios particulares também.

Alwan captou uma espécie de súplica no semblante da outra. Ou, talvez, fosse um pedido tácito de trégua para a animosidade tácita de Alwan.

— Preciso ficar aqui com Khaled — alegou a mãe, desviando os olhos.

Rhet Shel não se deu por vencida.

— A gente pode botar a cadeira de rodas dele no carro. Por Alá, mamãe, por favor?

Alwan já ouvira falar da esposa de Jamal, que vinha de uma família abastada de Gaza, mas cujo irmão fora acusado de traição. Ficou pensando se conseguiria confirmar ou não aquele velho boato. Como era o interior da casa dela? Será que cozinhava bem? De que modo pessoas como ela viviam? Alwan ficou curiosa.

— Está bom, *habibti*. A gente vai se a sua avó também for.

Nazmiyeh arqueou a sobrancelha.

— A gente vai ter muito o que conversar com as mulheres!

— *Você* vai ter — corrigiu Alwan, que deixara de participar daquelas reuniões, pois parara de fumar narguilé na esperança de diminuir a tosse persistente. Porém, logo descobrira a doçura da solidão e passara a ansiar pela quietude de ficar só por algumas horas da semana, quando a mãe se encontrava com as vizinhas para fumar, tomar chá, comer *bizir* e fofocar, enquanto os filhos e os netos brincavam à sua volta.

No entanto, no dia seguinte, as mulheres se reuniriam sem elas. Alwan já podia até imaginar o que iam dizer, prevendo os relatos de *haji* Nazmiyeh sobre a esposa do médico e o *ghada*.

Rhet Shel se aproximou de Khaled.

— Pisca três vezes se você me ama. Pisca, Khaled! Está bom. Então, pisca duas vezes. Por que é que você não está piscando? Anda, vai, pisca, Khaled. Está legal. Só uma vez, vai. MAMÃE, MAMÃE, NUR! ELE PISCOU. ELE PISCOU!

Rhet Shel se enroscou do lado do irmão para assistir à televisão, e Alwan ouviu-a contar ao irmão algo sobre "um *ghada* chique na casa de gente rica" e "aposto que eles comem numa mesa de jantar".

QUARENTA E SETE

Teta *cuidava de tudo, enquanto mamãe trabalhava o dia inteiro. Dizia que a gente tinha sorte de contar com ela, porque a nossa mãe cozinhava muito mal. Toda sexta-feira, o nosso lar enchia com o concerto dos meus tios, das esposas briguentas e dos meus primos. Minha* teta *controlava a rotina do dia, estabelecendo regras, mandando que se calasse quem dizia o que ela não queria ouvir, encorajando o que a deixava feliz. Sorria mais nesses dias do que nos outros, e me deixava no meio de tudo, o que por tabela fazia Rhet Shel ficar no centro também. Os aromas de canela, cardamomo, pimenta-da-jamaica e noz-moscada permeavam as risadas e as picuinhas. Mais tarde,* teta *levava a gente até o litoral, me rebocando junto, para todos comerem sementes de bizir, fumarem narguilés, tomarem chá de hortelã adoçado e brincarem na companhia da lua. As amigas da minha* teta, *matriarcas do campo, com quem antes se reunia para lavar roupa em Beit Daras, iam se encontrar com ela ali para reforçar os vínculos, que abrangiam vidas inteiras de fofocas, casamentos, partos, guerras, escândalos, amizades, preces e todas as estupendas labutas da vida que as deixaram curvadas e cheias de rugas.*

A casa do médico não combinava com o homem humilde que trabalhava com as crianças no campo. Nazmiyeh sibilou ao vê-la e subir a ampla escadaria de granito até o portão arqueado da frente. Era grandiosa, embora não do jeito das antigas residências de Gaza, construídas séculos antes. Aquela era nova, uma construção ostentosa em um bairro caro, no meio do maior gueto do mundo.

Uma mulher incrivelmente atraente, com roupas ocidentais elegantes e cabelos bem penteados, foi recebê-los. *Haji* Nazmiyeh teve a impressão de que a anfitriã estivera esperando somente a visita de Nur. Examinou o semblante da americana, buscando uma resposta para a expressão surpresa da outra mulher, mas Nur se ocupava em assimilar toda aquela beleza, conseguindo esboçar apenas um sorriso forçado. *Haji* Nazmiyeh percebeu a insegurança e a sensação de inadequação se insinuando na postura da moça. Diante da delicadeza da esposa do médico, Nur tentava encolher o próprio corpanzil.

— É um prazer conhecê-la, Maisa — disse Nur, estendendo a mão. — Jamal sempre fala de você. — *Haji* Nazmiyeh sabia que era mentira. — Aqui está minha família de Gaza: *haji* Um Mazen, Um Khaled, Rhet Shel e Khaled — prosseguiu Nur.

Haji Nazmiyeh se deu conta de que a jovem tentava aplacar o orgulho ferido estampado no semblante de Alwan, que também notara a expressão de surpresa da mulher ao vê-los.

— É um prazer. Bem-vindos. Bem-vindos.

Maisa cumprimentou todos com apertos de mãos e beijinhos nos rostos.

Antes de apertar a mão de Maisa, Alwan se aproximou mais de Nur, em sinal de solidariedade. Na linguagem velada e intuitiva das mulheres, seriam Nur e Alwan contra aquela mulher pretensiosa, caso houvesse alguma declaração de guerra durante o *ghada*. *Haji* Nazmiyeh se sentiu mais leve, revigorando-se com o drama tácito que se desenrolava, sobretudo porque tinha percebido a irritação crescente de Alwan com Nur na semana anterior. Então *haji* fechou a guarda também, dando um discreto passo na direção de Nur, ao trocar um aperto de mãos com Maisa.

— Que Alá aumente a sua bonança, *sitt* Maisa, e a abençoe com um filho para dar continuidade ao nome da família — disse a matriarca.

Alwan cutucou Rhet Shel para que cumprimentasse a anfitriã, e a menina se aproximou, com timidez.

— Que Alá a abençoe — saudou Maisa, segurando a mãozinha da menina. — Ela é tão fofa. Que Ele a acompanhe sempre. Lembra as nossas filhas quando eram pequenas. — Em seguida, explicou que as filhas estavam quase na idade de ir para a universidade e visitavam família dela no Canadá.

— Deve sentir muita falta das meninas — comentou Alwan, acomodando melhor a cabeça de Khaled na cadeira.

— Claro que sim. Nós dois sentimos. Mas é bom para o Jamal e eu ficarmos um pouco sozinhos, se é que você me entende. — Ela sorriu. — Venham se sentar. Sejam bem-vindos.

Nur se retesou, e Alwan ficou visivelmente escandalizada por aquela mulher ter feito insinuações sobre a intimidade do casal. Nazmiyeh se recostou na poltrona, satisfeita por ter um assunto sobre o qual fofocar depois. Pelas mudanças de posturas, olhadelas involuntárias, crispadas quase imperceptíveis dos olhos e das maçãs do rosto, ela começou a entender o motivo daquele convite, daquele *ghada*.

— Que Alá mantenha *el doktor* Jamal sempre forte para você — desejou *haji* Nazmiyeh, dando uma olhada para Nur, que tinha contraído as mandíbulas.

Em meio à conversa constrangedora e aos tira-gostos deliciosos, uma jovem empregada começou a pôr a mesa. Alwan ofereceu ajuda, como pediam as boas maneiras e a tradição, mas Maisa, confortavelmente sentada, explicou que a ajudante não identificada vinha do campo de refugiados de Shati e precisava daquele trabalho.

— A gente faz o possível pra ajudar. Só recentemente eles conseguiram água encanada. É tudo muito triste — comentou, balançando a cabeça.

Os olhares trocados entre Nazmiyeh, Nur e Alwan comunicaram a vontade compartilhada de partir.

— O meu marido acabou de me enviar uma mensagem de texto. Já está estacionando o carro — informou Maisa. — A comida está servida. Sejam bem-vindos ao nosso *ghada*.

Rhet Shel empurrou a cadeira de rodas do irmão até a mesa de jantar.

— Eu não falei? Eles têm uma mesa de jantar especial — murmurou ela para o irmão.

Nazmiyeh se surpreendeu ao saber que o Dr. Jamal estava chegando sozinho. Certamente não ficaria ali para ser o único homem em meio a um bando de mulheres.

Jamal entrou, trazendo sacos de pão e frutas, acessórios para manter a farsa de família feliz, o que ruiu na hora, pois foi Nur a primeira pessoa que os olhos do médico encontraram. Ele caminhou na direção dela, para então se interromper, mudar de rumo e ir cumprimentar a esposa com as compras.

A empregada, Sherine, serviu arroz nos pratos. Nazmiyeh agradeceu e lhe pediu que se juntasse ao grupo para comer também.

— Que Alá lhe dê vida longa, *haji* — disse Sherine, que continuou a servir os pratos e, depois, voltou para a cozinha.

Sem saber quais utensílios a sua volta devia usar, a matriarca pegou a colher grande à direita para comer o arroz e começou a destrinchar a carne com as mãos. Desossou a do frango e a do carneiro, repartindo-a com a família ao seu redor, como sempre fazia durante as refeições, e guardou os ossos para si, para roê-los e chupar o tutano, a parte mais gostosa. Após encher o prato de Rhet Shel, ela empilhou os pedaços mais tenros no prato de Jamal, que imediatamente os recusou.

— Você sabe que é esse nosso costume, meu filho — insistiu ela. — Trabalha duro e merece que alguém lhe sirva.

Maisa sentiu a alfinetada implícita no comentário e se remexeu na cadeira, pouco à vontade. Depois, dirigiu-se a Nur e tentou engrenar uma conversa em inglês, mas a jovem só respondia em árabe. Por fim, com deboche maldisfarçado, *haji* Nazmiyeh desembuchou as únicas palavras que conhecia em inglês:

— Comida. Bom. Bem-vindo. — E continuou em árabe, louvando as mãos que tinham preparado a comida e desejando que Alá conservasse a bonança dos anfitriões.

Jamal manteve os olhos fixos no prato e ficou revirando a comida, só beliscando.

— Mil perdões, *haji*. Com as minhas filhas longe de casa, faz tempo que não falo inglês com ninguém. Geralmente só falamos inglês ou francês aqui para praticar os idiomas — disse Maisa, explicando que, como Jamal passava o dia fora de casa, trabalhando, ela se animara por encontrar alguém como Nur, com quem podia praticar o inglês.

A matriarca não se conteve e sussurrou para Nur:

— Agora entendo por que *el doktor* passa o dia fora de casa.

Somente Nur ouviu o comentário, mas os outros sentiram o clima pesado. Um silêncio se instalou, restando apenas os ruídos de Rhet Shel comendo, alheia ao que ocorria, e conversando com Khaled.

Jamal quase não falou durante a refeição. Em seguida, retirou-se, deixando que Maisa lidasse com o ambiente pesado da casa contando uma história fictícia da própria vida. No silêncio instável que pontuava a conversa, no entanto, *haji* Nazmiyeh concluiu que Maisa ia chorar e brigar com o marido assim que as visitas saíssem. O pensamento lhe agradou.

Depois da deliciosa refeição, foram servidos doces, frutas, chá quente e café, quase todos consumidos por *haji* Nazmiyeh e Rhet Shel. No caminho para casa, as duas pareciam ter 5 anos, satisfeitas pela barriga cheia, considerando qual o melhor prato servido e competindo para saber quem tinha comido mais.

— Bom, lógico que fui eu, pois a minha barriga é maior e cabe mais comida — disse *haji* Nazmiyeh à neta.

— Mas amanhã você vai ficar mais gorda, e eu mais alta — concluiu a menina, repetindo palavras que a avó dissera no passado.

Haji Nazmiyeh teve que parar para recobrar o fôlego, de tanto rir.

— Alá, me ajude, Rhet Shel está ficando tão sarcástica quanto a avó — comentou Alwan. Ela estava rindo ao ajudar Nur a acomodar Khaled. Em seguida, quando as duas crianças já estavam dentro do carro, *haji* Nazmiyeh acenou para que Nur e Alwan se aproximassem por um instante. Elas vieram, atraídas por sua seriedade.

A matriarca perguntou pausadamente, com uma expressão neutra e séria:

— Vocês acham que a Maisa grita em francês ou em inglês quando *el doktor* trepa com ela?

Todas gargalharam, o que contagiou seus movimentos ao entrarem no carro. Até Alwan, que costumava reprovar as imoralidades da mãe, caiu na risada.

Querendo brincar também, Rhet Shel contou uma piada:

— Que horas são quando um elefante senta na cerca? — Ela não esperou pela resposta. — Hora de comprar uma cerca nova!

Elas acharam graça e gargalharam quando Alwan acrescentou:

— E, enquanto os empregados do campo constroem uma cerca nova, você vai até o Canadá pra praticar o inglês e o francês.

Rhet Shel ficou satisfeita por ter feito todos rirem e se aconchegou mais ao irmão imóvel.

— Pisca se estiver rindo por dentro.

Quando Rhet Shel começou a cochilar, *haji* Nazmiyeh pôs-se a verbalizar a história não dita do que acontecera no *ghada*:

— Admito que a comida estava uma delícia, e a casa, impecável, mas não se preocupe, Nur: você dá de dez a zero naquela mulher.

Nur pisou instintivamente no freio.

— Vá em frente, Nur — continuou a avó. — Você não pode esconder as coisas de mim. Sou *haji* Nazmiyeh. Nada me passa despercebido. Aquele homem está apaixonado por você, e é óbvio que a mulher sabe disso. Foi esse o motivo do convite. Ela queria dar uma boa olhada em você e mostrar como os dois são felizes juntos. Por que outra razão aquele homem ficaria sozinho com um bando de mulheres senão por ter sido obrigado pela esposa? Ele ficou ali sentado, como uma vagina não convidada ao próprio período menstrual. Que vergonha deixar que uma mulher o controle daquele jeito.

— Pare com isso, *yumma*. — Alwan não queria mais ouvir as imoralidades da mãe.

— Não me diga pra parar. Não gosto quando faz isso. Só estou falando a verdade. E não tem nada demais ele estar apaixonado por Nur. Alá e seu profeta, que esteja em paz, declararam que era *halal* para um homem ter mais de uma esposa. E por que não? Ele tem recursos para isso. Nur seria bem tratada. Não é nenhuma vergonha.

— Ela está bem aqui. Você não tem nem que supor que Nur esteja interessada — protestou Alwan, mas a moça continuou calada, concentrada na estrada.

— Não preciso perguntar pra ela. Já sei que ama Jamal. Não é verdade? — perguntou, sorrindo para Nur, que firmou as mãos no volante. — Talvez tenha sido por esse motivo que veio pra cá. E não há nada de errado nisso tampouco. — A matriarca se remexeu no assento, o que pareceu mudar seus pensamentos. — Outra coisa, como é que aquela mulher e as filhas podem ficar indo e voltando de Gaza com tanta facilidade, quando os doentes e moribundos não têm permissão de se tratar no exterior? Dá pra me explicar uma coisa dessas?

— *Astaghfirullah*! *Yumma*, já chega. Falar assim da honra das pessoas é pecado.

— Não é pecado, não. Às vezes acho que aquela parteira trocou você no dia em que nasceu — retrucou *haji* Nazmiyeh. — Pecado é a gente não ter um aparelho de tomografia para que os médicos possam fazer uma imagem da cabeça do meu neto e ajudar o menino. Pecado é a gente não poder levá-lo numa viagem de duas horas até o Cairo para ver um especialista. Pecado é você ter perdido tanto peso e me manter acordada de noite com essa sua tosse. Se não procurar um médico nos próximos dias, vou bater em você de chinelo, como se fosse uma criança. — Ao ver Rhet Shel arregalar os olhos, assustada, Nazmiyeh sussurrou no ouvido dela: — Não vou bater nela de verdade.

Nur dirigiu um olhar de compaixão a Alwan, e um afeto se formou no espaço que as separava, no qual solidão reconhecia solidão. Elas se enxergaram: Alwan exausta e doente, Nur desesperadamente só. Foi um momento vulnerável que passou rápido, deixando em seu rastro uma espécie de irmandade.

— Por que você não dorme lá em casa hoje, Nur? A família vem amanhã, e vou enrolar folhas de uva para o *ghada*. Posso ensinar para você — sugeriu Alwan.

Haji Nazmiyeh garantiu que quem ia cozinhar era ela, e Rhet Shel pulou no assento, entusiasmada.

— Você pode dormir comigo e a mamãe — disse.

O embalo da escuridão da noite as aproximou, três gerações de mulheres e duas crianças: uma florescendo, a outra definhando. Nur nunca mais voltou para o lar adotivo, exceto para pegar os poucos pertences.

Khaled

"Andei o bastante para saber onde o outono começa: lá, do outro lado do rio, as últimas romãs amadurecem num resquício de verão e marcas de nascença brotam na semente da maçã."

— Mahmoud Darwish

Quando sentia saudade da minha mãe, simplesmente me agarrava à chama da vela, e ela me trazia para casa. Aí eu via, ouvia e sentia Gaza no aroma da comida da minha teta. Aquele lado da vida, no âmago dos 10 anos, era maravilhoso, mas incompleto, e não de todo um lar. Falar com Rhet Shel e Nur as deixa muito felizes, mas é cansativo demais para o meu corpo. Eu tinha muito a dizer, mas, diante da possibilidade de fazer isso, as palavras fugiram do quadro de letras que elas criaram. Já não importa que elas saibam que Mariam continua a ler à beira do rio ou que tem outro "agora", em que Beit Daras está restaurado para suas crianças, ou que Nur é nossa, que é a sobrinha da minha teta. Eu queria dizer à minha mãe para ela não ter medo. Mas, ultimamente, não consigo mais encontrar a chama da vela. Sulayman disse que um dia a vela não ia mais tremeluzir.

Às vezes, não preciso dela. Só volto para casa porque mamãe me atrai de volta, como quando se humilhou. Eu a vi, sentada à mesa daquela mulher, atendendo às necessidades daquele corpo preso a uma cadeira, o meu corpo, que já não parece meu. Viro aquele menino porque minha irmã quer que eu pisque. O mundo dela gira em torno da frequência das minhas piscadas.

Rhet Shel é muito inquieta e se agarra à mamãe, depois ao meu corpo, depois a Nur. E me sinto cada vez mais distante.

Entendo a angústia da mamãe, e sua vontade de retrucar, mas há tantas outras emoções naquela sala. Algo espesso e pegajoso circula entre Nur e o Dr. Jamal. Sulayman me diz que é amor, e me lembro de Yusra e do último Kinder Ovo que lhe dei. Mas agora é diferente. O que flui entre essas duas pessoas é imutável. Eles não podem ir adiante nem se livrar do que sentem, e quero me tornar parte disso. Consigo sentir o peso do sentimento, fascinante e surpreendente. Ele continua a uni-los até mesmo depois que Nur saiu com minha mãe, minha avó, meu corpo e minha irmã. A conversa no carro cria um ambiente de emoções mutantes. Pisco para Rhet Shel enquanto elas dão risadas, e a brincadeira em que se envolvem se acomoda no amor persistente da minha teta, *na perplexidade da minha mãe e no traço viscoso de pensamentos que perdura entre Nur e o Dr. Jamal. E, então, vou embora com Sulayman.*

QUARENTA E OITO

Nur parou de usar short na oitava série, depois que um menino falou que as pernas dela pareciam troncos de árvores. No ensino médio, uma colega popular disse que a bunda de Nur era tão grande que ela devia se matar. Um ano depois, aquela mesma menina ensinou Nur a como ficar linda: "Você só tem que meter os dois dedos do meio no fundo da garganta toda vez que comer." Foi nessa mesma época que ela começou a usar lentes de contato de tom marrom para que não parecesse "esquisitona". Quando finalmente as tirou, seus olhos agitaram o nosso mundo. Visitantes passaram a vir todos os dias para ouvir a história e louvar Alá por Sua sabedoria e misericórdia infinitas. Minha teta voltou a falar com Mariam, e boatos sobre Sulayman, o jinn, ressurgiram. O destino fora cruel ao levar uma de nós, montando a fortuna dela com pedaços de solidão, exílio, rejeição e saudade para depois levá-la de volta para casa como uma estranha. As pessoas exclamaram Allahu akbar e louvaram Alá por sua sabedoria infinita ao dar a Nur os olhos de Mariam e assim ajudá-la a encontrar o caminho de casa.

Como não tinha espelho no banheiro, Nur e Rhet Shel olharam uma para a outra ao escovar os dentes e lavar o rosto antes de irem para a cama.

— O que você está fazendo com os seus olhos? — perguntou a menina.

— Estou tirando as minhas lentes de contato. Não posso dormir com elas. Está vendo?

Nur agitou a primeira lente na ponta do dedo.

— Por que não?

— Elas podem machucar os meus olhos se eu usá-las por muito tempo.

— Por quê?

Nur sorriu.

— Quer saber um segredo? — Ela tirou a outra lente.

— Você tem olhos de cores diferentes! — exclamou Rhet Shel. — Como é que fez isso?

— Nasci assim. O que você acha?

— Acho lindo — respondeu a menina, impressionada. — Eu queria que meus olhos também tivessem cores diferentes.

Antes que Nur pudesse responder, Rhet Shel já saíra do banheiro, puxando aos gritos Nur pelo braço.

— Mamãe, vovó, Khaled! Adivinhem só? Adivinhem só!

— Rhet Shel, fala baixo. Já está tarde — repreendeu Alwan da porta, a caminho da casa da vizinha a fim de pedir cardamomo emprestado para o café da manhã seguinte.

— Para de mandar ela ficar quieta — admoestou *haji* Nazmiyeh. — Vem aqui, *habibti*, e conta pra sua avó. — Ela pôs a neta no colo.

— A Nur tem um olho verde! — exclamou a menina em voz baixa, obedecendo à mãe. — Ela tem um olho normal e o outro colorido. É verde. Olha só! — E apontou, animada para Nur, que sorria.

Os braços de Nazmiyeh perderam a força. As rugas do seu rosto se inclinaram em um momento de fé atônita, na colheita de uma antiga esperança. As lágrimas caíram, curvando-se apesar da gravidade no queixo, como se fossem subir e voltar para trás dos olhos e tornar a cair num movimento espiralado, como os pensamentos circulares da matriarca.

Rhet Shel sacudiu a avó.

— O que foi, vovó? — gritou.

Nur se ajoelhou no chão, os olhos diferentes encarando *haji* Nazmiyeh de outra época. No fundo, compreendeu tudo.

— Meu pai se chamava Mhammad. Meu avô, Mamdouh Baraka, e minha avó, Yasmine.

Uma espécie de sussurro sufocado escapou de um poço silencioso no âmago de *haji* Nazmiyeh.

— Você é a nossa Nur?

Mãos trêmulas acariciaram a face da jovem e, em seguida, envolveram seu rosto.

— *Allahu akbar! Allahu akbar!*

Nur estremeceu com o toque das mãos gentis da matriarca. Estava onde ela tinha começado, onde suas primeiras peças tinham sido feitas.

Haji Nazmiyeh se voltou para Rhet Shel.

— *Habibti*, vá buscar a caixa de Mariam.

A menina correu até o armário e voltou com uma velha caixa de madeira.

A matriarca a abriu devagar, voltando a chorar ao se lembrar do momento em que recebera o pacote dos Estados Unidos, muitos anos antes.

Vários anos tinham-se passado desde aquele dia fatídico no *souq*, quando o velho amigo de Mamdouh ligara para o telefone vermelho do mercador de condimentos e provocara uma tristeza reverberante. O homem havia ligado só mais uma vez. Nur ainda não encontrara um lar, e a assistente social receara que o pertence mais importante da menina pudesse se extraviar para sempre: um livro que ela e Mamdouh haviam escrito juntos. De acordo com a lei, a assistente social não podia ficar com ele. E tampouco confiava na integridade do serviço postal israelense para fazer as entregas em Gaza. Então, perguntou ao amigo de Mamdouh, que conseguira entregar os bens pessoais do velho para a irmã em Gaza, se podia também enviar pertences de Nur. Nzinga explicara toda a situação a Nur, que, naquela época, estava mais preocupada em tocar a vida de adolescente do que em se aferrar a um passado irrecuperável. O primeiro pacote era uma caixinha de sapato com o relógio de Mamdouh, velhas fotografias, um Alcorão antigo, as alianças dele e de Yasmine e o que restara do *shabka* deles (uma pulseira de ouro trançado que Nazmiyeh lhe dera no dia do casamento).

Haji Nazmiyeh se conformara com a desdita de nunca mais ver Nur. Tal como fizera ao perder a irmã, a mãe, o irmão, o filho e o marido, rezara, implorara tristemente e deixara o coração à soleira da porta do destino.

— Parece que este livro sempre deveria ficar com Nur. Não sei como vou fazer pra que chegue até ela — dissera o amigo de Mamdouh a *haji* Nazmiyeh.

Receava não viver para cumprir o dever de *amana*, a promessa sagrada de salvaguardar algo para alguém. No fim das contas, ele entregou o livro a um amigo que ia até Gaza, onde procuraria Nazmiyeh e o entregaria a ela. Era assim que entregavam as coisas na Palestina. Os viajantes confiavam pacotes uns aos outros, embora não se conhecessem, e ninguém desonrava o dever de *amana*.

Haji Nazmiyeh tirou a tampa de madeira, e Nur viu o conteúdo. Um relógio familiar, um monte de papéis com rabiscos infantis, que não conseguiu decifrar. A matriarca foi tirando os papéis aos poucos, e lá estava o livro. Nur o pegou, tocou na capa e acariciou as palavras que escrevera havia tanto tempo. *Meu* jiddo *e eu*. Havia um desenho dela (uma garotinha de cabelos pretos, sorrindo), o braço (um traço) com a mão estendida (cinco tracinhos) para tocar nos outros cinco tracinhos ligados a uma linha reta, que levava a um velho sorridente, de cabelos grisalhos. Nur tirou-o da caixa; a fita empoeirada e gasta ainda mantinha o laço. Ao segurar as pontas dela, transformaram-se em uma reluzente fita azul de cabelo, seguradas por mãozinhas esticadas. "*Jiddo*, você pode amarrar isso na minha maria-chiquinha, por favor?", ecoou a voz de umameninínha na mente de Nur.

A mão de um senhor maduro pegara a fita. "Em qual?", perguntara ele, a voz profunda e amável, e Nur tentou se lembrar do seu rosto, mas não conseguiu. Recordava-se somente da fita, das mãos e das vozes de ambos.

Ela abriu os olhos, com o livro apertado contra o peito.

— Não consigo me lembrar do rosto do meu *jiddo* — disse ela a *haji* Nazmiyeh.

O pranto da matriarca se transformava em riso.

— *Allahu akbar*! — repetiu a louvação mais alto; então começou a falar com a irmã falecida. — Sei que tem um dedo seu nessa história, Mariam. Sei que está aqui e que nunca deixou de estar. Ah, Alá é misericordioso. Toda a gratidão tem que ser dirigida a Ele. Nossa criança está em casa.

Em seguida, fitou aqueles olhos diferentes, segurou o rosto de Nur e o puxou para mais perto do seu.

— A nossa Nur está em casa. Nunca parei de rezar por você. Nunca deixei de pedir que Alá trouxesse você de volta para casa. Estava aqui esse tempo todo! *Allahu akbar*. Olha só como Alá é onisciente. Olha só como Ele reuniu a gente. Está vendo, minha criança? Está vendo como Alá é sábio? — Ela beijou o rosto da sobrinha-neta, embalando ambas com a força daquela bênção. — Ah, como os perfumes de Mamdouh e Yasmine se espalham nesta casa agora. Ah, Alá, meu Senhor. Como é misericordioso!

Rhet Shel ficou impressionada com aquele enigma decifrado e foi correndo chamar a mãe na casa da vizinha.

— *Allahu akbar*! Eu sabia que você tinha alguma coisa especial. Não parecia ser uma estranha. *Allahu akbar*! — exclamou Alwan, abraçando Nur assim que entrou em casa, com a vizinha ao encalço.

Elas ligaram para o resto da família, e todas as cunhadas foram até lá na manhã do dia seguinte. A novidade se espalhou por todo o campo, como os boatos de que uma madona chorara sangue em Roma.

— Você já soube da novidade? Aquela americana! Imagina que ela é a sobrinha da *haji* Nazmiyeh? Você se lembra daquele dia no *souq*? Lembra que ele tinha uma neta, e que ela estava tentando trazer a menina pra cá? A americana é aquela menina! Elas acabaram de descobrir isso, louvado seja Alá!

As pessoas foram à casa de *haji* Nazmiyeh para felicitá-la pelas preces atendidas, e os boatos sobre um jinn se reavivaram e se espalharam como fogo mais uma vez. Em meio ao alvoroço dos milagres, rezas e insinuações sobre o jinn, Nur se fechou em seu íntimo e esperou que a noite escurecesse o céu e tirasse todos dali, menos os que orbitavam seu coração: a tia-avó Nazmiyeh, Alwan, Rhet Shel e Khaled. A vida reunira suas peças e a devolvera à fonte do amor. Nada acontecera por coincidência. O mundo era impressionante, e ela percebeu que nem uma vez durante o tempo que estivera em Gaza sentira o impulso de forçar o vômito. Mais tarde, naquela noite, Nur segurou os resquícios do amor e leu suas páginas para Rhet Shel, até que o sono chegasse, embalado pelo ronco de *haji* Nazmiyeh, a tosse de Alwan e o silêncio profundo de Khaled. Os pensamentos dela vaguearam em um vaivém de lembranças e saudades. E eles sempre voltavam para Jamal. Para cada detalhe, cada parte, e para o homem como um todo.

VI

As palavras e as histórias iam parar na praia, naquele trecho antigo de mar, e nós as transformávamos em novas canções. O sol tornava a despontar, lançando sombras que nós descascávamos da rua para fazer roupas novas.

QUARENTA E NOVE

Quando mamãe era criança, nadou sem querer num cardume de águas-vivas e ficou muito queimada. Depois disso, nunca mais deixou que o mar a tocasse acima das pernas, mas esse afastamento só serviu para aumentar a presença do oceano dentro dela e, quando ficava no litoral, o som da rebentação era semelhante ao bater do próprio coração de mamãe. Ali, ela ficava olhando para a imensidão azul de Alá e sentia a presença do baba, como se esperasse que ele navegasse de volta para a costa, com as redes cheias de dádivas.

Alwan demorou para se arrumar, na esperança de que Nur não a esperasse mais e fosse trabalhar. Já estavam atrasadas para a consulta, porque Alwan tinha chegado tarde da cooperativa. Em um esforço derradeiro de fazer com que ela desistisse da consulta, Alwan tentou puxar briga.

— Estou farta de chegar em casa e encontrar esta barulheira — reclamou, tirando a música pop e interrompendo a dança de Rhet Shel e das amigas.

Nur piscou para Alwan, conivente, e, num sussurro, comentou sentir-se aliviada por ela ter desligado aquela música horrorosa, pois não tivera coragem de fazê-lo. Alwan soltou uns resmungos ao ver que o seu plano tinha ido por água abaixo e se abaixou para abraçar Rhet Shel, que correu para saudar a mãe.

— É pra fazer o Khaled piscar, mamãe! — protestou a menina.

Alwan deu um beijo na testa do filho e repetiu a pergunta de sempre para Nur:

— Ele teve alguma reação hoje? — perguntou, sem esperar por uma resposta.

— Já liguei pro médico e disse que a gente ia atrasar algumas horas — comentou Nur. Estamos com tempo de sobra, e você deve comer alguma coisa agora. — Alwan soltou resmungos e suspiros. — Tem um jogo de futebol no campo de terra do sul. Vou levar as crianças pra ver, então não precisa ter pressa.

— Ele adorava jogar com esses meninos — comentou Alwan, surpreendendo Nur ao chegar por trás dela, na lateral do campo de terra batida.

— Não percebi que você estava aí!— exclamou Nur. — Pronta pra ir?

Dois dos amigos de Khaled se aproximaram de Nur e abraçaram a *amto* Um Khaled, pedindo-lhe que deixasse o filho ficar com eles.

— Se vocês acham que vão tomar conta direito, talvez faça bem pra ele ficar com os velhos amigos, pra variar um pouco — disse Nur, e os meninos, encorajados pela aprovação da americana, renovaram os pedidos.

— Está bom, Wasim. Você e Tawfiq eram os melhores amigos dele. Mas, como ele não pode se cuidar sozinho, de jeito nenhum, vocês precisam prometer que vão ficar com ele o tempo todo. Não devem mexer nos tubos, pois ele pode pegar uma infecção. Tem uma tabela com orientações na parede lá de casa. Podem ir lá ver se quiserem. Às vezes ele responde, piscando pra responder sim ou não. — Alwan parou de falar e olhou nos olhos dos jovens meninos para ver se tinham compreendido o que dissera. — Entenderam bem o que eu disse?

— Entendemos! A gente vai cuidar muito bem dele — disseram em uníssono.

— Este aqui é o colírio dele — mostrou Alwan, entregando-lhes um frasquinho que tirou da bolsa. — Ponham apenas uma gota em cada olho, se ele não estiver piscando sozinho. Vou voltar daqui a umas duas horas. Ele tem que estar em casa até lá, e vocês precisam ficar com ele o tempo todo. Acham que conseguem fazer isso?

Os meninos prometeram e agradeceram, indo embora depressa com o amigo na cadeira de rodas.

— Aposto que a gente consegue fazer o Khaled acordar. Vai ser que nem antes — disseram, e as mulheres, ao se afastarem, conseguiram ouvi-los.

Rhet Shel se aproximou para pegar a mão da mãe e, em seguida, a de Nur, e começou a chorar, pedindo, no caminho até o carro, que o irmão não fosse embora.

Khaled

"Eu não quero morrer."

— Omsiyat, 15 anos

A vida mudou muito desde a época em que eu, Wasim e Tawfiq andávamos juntos. Eu era dois anos mais novo do que eles, mediador quando brigavam e motivo de troça quando faziam as pazes. Eles eram primos-irmãos, as mães sendo irmãs e os pais, irmãos. Uma vez, a gente roubou uma revista pornográfica de um primo casado do Wasim e enterrou num esconderijo secreto. Ninguém nunca soube. A gente se amava como irmão, e éramos assim mesmo: irmãos.

Wasim e Tawfiq me levaram aquele dia em que mamãe foi ao médico, manobrando a cadeira de rodas por cima e ao redor das pedras. A gente passou um tempo no velho cemitério, um antigo ponto de encontro. Eles fumaram cigarro e falaram comigo e sobre mim, sem saber se eu conseguia ouvi-los. Pisquei umas vezes, outras não. Os meus olhos ficaram abertos, e eles pingaram colírio o tempo todo. Fiquei me perguntando qual seria nosso aspecto, revisitando os nossos antigos pontos de encontro, principalmente quando chegamos à Gávea do Paraíso, um buraquinho de observação, um dos vários furos de balas num muro. Do outro lado, ficava o paraíso.

Yusra tinha 5 anos quando me apaixonei por ela. E eu, 7. A menina tinha seis irmãs e nenhum irmão. O pai dela era conhecido na cidade como Abu al Banat, o que significava simplesmente: "pai das meninas". Eram tão lindas que o pai costumava dizer que ainda morreria do coração de tanto se preocupar com elas. No fim das contas, ele morreu afogado.

— Deus me perdoe por dizer isso — comentou Wasim —, mas desde que o Abu al Banat virou mártir, que Alá abençoe a alma dele, ficou bem menos perigoso vir até aqui ficar de olho nas nossas futuras esposas, apesar de a gente ainda ter que tomar cuidado com as mães e os vizinhos delas.

Eles me levantaram para que meus olhos abertos chegassem até o orifício.

— Elas não estão no pátio, não; você tem que olhar pra segunda janela da direita.

Eu não estava vendo nada, mas visualizei Yusra do passado — penteando o cabelo, brigando com as irmãs e ajudando a mãe a lavar a louça.

— A gente tem que arranjar mais na colina Tarmal amanhã. Não deu pra conseguir quase nada hoje — observou Wasim.

Eu não conseguia ouvir tudo, porque eles estavam de frente para o muro, os dois com os narizes espremidos no concreto, para espiar pelos buracos. Mas eu sabia que estavam falando da sucata, que era a forma que tinham de ajudar a sustentar a família, desde que Tawfiq parara de trabalhar nos túneis. Em seguida, começaram a discutir:

— Larga de ser covarde, aquele é o melhor lugar pra conseguir sucata. De qualquer jeito, é sábado. Os soldados não podem matar ninguém no dia santo deles, seu burro. Aposto que o Khaled não tem medo de ir. Se ele pudesse sair da cadeira dele, já estaria correndo para lá.

— Você é que é burro. Pense no bombardeio do ano passado. Tenho certeza de que eles não pararam no maldito sábado — retrucou Tawfiq.

— As bombas são outra história.

— Vou pra casa, e é melhor você vir também — prosseguiu Tawfiq. — De qualquer modo, a gente tem que levar o Khaled de volta.

A voz de Wasim ficou mais grave:

— Vem, irmão. Sua mãe está contando comigo.

CINQUENTA

Comecei a ter mais e mais recordações na quietude do meu corpo. Eu me lembrei do dia em que Rhet Shel nasceu e dos olhos do baba tremendo de amor enquanto ele carregava minha irmã. E do dia do meu aniversário, quando a terra tremeu e os prédios caíram e o baba... gritou, mandando Rhet Shel correr. Ela estava agarrada à perna dele, e o baba a jogou para longe antes que o peso do muro de concreto, que tinha caído nas costas dele, desabasse e o esmagasse. Rhet Shel saiu correndo, chorando, e se aferrou à minha perna. Depois disso, passou a viver enroscada nela mesma, chupando direto os dedos, até Nur aparecer com a música, os livros e a luz de outro lugar.

Rhet Shel ficou sentada com Nur, enquanto o médico examinava Alwan atrás de uma cortina. A menina não confiava nos médicos nem em ninguém que ficasse esperando para meter agulhas nos braços e nos traseiros das garotinhas. No alto do braço de Rhet Shel havia uma cicatriz redonda, no ponto em que um doutor enfiara uma agulha, enganando-a ao dizer que não ia doer. Então ela começou a esfregar o braço ali e saiu da cadeira para se sentar no colo de Nur pelo tempo em que esperassem.

    O médico não falava muito de detrás da cortina, e a menina se preparou para ouvir a mãe chorar quando tomasse a injeção. Porém, não ouviu choro nenhum. A mãe saiu com a aparência cansada, seguida do médico, que pegou um saquinho de amêndoas caramelizadas no bolso do jaleco branco e o entregou a Rhet Shel. Ela agradeceu e mudou de ideia sobre médicos.

Os adultos começaram a conversar, e a menina não entendeu muito o que diziam, mas trechos daquela conversa ficaram latentes na sua lembrança até serem resgatados, anos depois, para conectar as peças da sua vida. O cerco de que tanto ouvira falar, o que os israelenses tinham feito, era duro, disseram. Enquanto comia as amêndoas e lambia os dedos, o médico explicara "não temos mais", abrindo um armário com as prateleiras praticamente vazias. "Não temos nem..." Rhet Shel não conhecia a palavra que o doutor tinha falado, mas ele contorcera o rosto, e ela compreendeu que devia ser algo muito importante, o que quer que fosse. Ele falou que era melhor "tirá-los", que sua mãe devia encará-los "somente como nacos de carne", pois assim ganharia um ano inteiro.

Rhet Shel pensou nos nacos de carne, visualizou pedaços macios de cordeiro cozido e se empertigou para cochichar ao ouvido de Nur:

— A gente pode comprar sanduíche de *shawarma* de cordeiro quando voltar pra casa?

Sem entender a expressão no rosto da mãe, Rhet Shel sentiu que devia pular no colo dela e sussurrar-lhe no ouvido também:

— Mamãe, a gente pode comprar sanduíche de *shawarma* de cordeiro quando voltar pra casa?

— Claro que pode.

O táxi as levou até a carroça de Abu Rahman no litoral, e as três compartilharam alguns momentos tranquilos, fazendo um lanche e ouvindo a respiração do oceano, antes de voltarem para o campo.

Quando o táxi foi se aproximando, elas notaram a agitação das pessoas no campo. Um clima de medo, indignação e ódio emanava do centro. Gente corria de um lado para o outro, desorientada. Alwan levou a mão ao coração.

— Que Alá seja misericordioso. Que seja misericordioso. Na certa foi outro mártir — comentou, implorando a Alá que desse forças à mãe para suportar aquele terrível destino. — Parece que a gente não faz mais nada além de ir pros funerais dos mártires.

Ao descerem do carro, tiveram a impressão de que a multidão caminhava na direção delas.

— Um Khaled! — gritou alguém para Alwan, e ela se afastou depressa, deixando o coração e Rhet Shel nas mãos de Nur.

— *Amto* Um Khaled! A gente estava procurando a senhora — avisou um garotinho.

— Alwan, o seu filho! — exclamou uma de suas cunhadas, deixando-a aterrorizada. Ela começou a correr, seguindo o menininho. Algumas pessoas tentaram detê-la, mas acabaram seguindo-a também.

— *Allahu akbar*! — exclamaram, na tentativa de fazer alguma coisa naquela situação irremediável. Ainda imploravam para que ela não prosseguisse.

Porém, Alwan continuou a correr. Correu até perder o fôlego. Os nacos de carne no seu peito cheios de tumores, que a estavam matando lentamente, como informara o médico, chiavam sob o sutiã fino. As lágrimas escorriam pelo rosto. Então, ouviu o comentário amargo de uma mulher logo atrás dela:

— Por que todo mundo dá tanta atenção pra esse garoto? Ele já está morto. Só fica lá respirando naquela cadeira entre os mortos e os vivos. Aquela família é amaldiçoada. Foi por causa dele que o Tawfiq virou mártir. A culpa é daquele menino. Foi culpa dele que não pudessem correr.

Tawfiq fora martirizado. Alwan prosseguiu, arrastando uma perna após a outra, impulsionada pela própria respiração e pelo medo. *A culpa foi de Khaled*. Ela continuou a andar. *Só fica lá respirando naquela cadeira entre os mortos e os vivos.*

— *Allahu akbar*! — exclamavam as pessoas, cheias de adrenalina, em um ritmo que não acompanhava a respiração e as passadas largas e descompassadas de Alwan. *Aquela família é amaldiçoada*.

E lá estava ele, ao longe. Começava a escurecer.

— Um Khaled, eles vão atirar em você e deixar sua filha órfã. Pelo Profeta de Alá, espera, mulher. Aqueles filhos do diabo estão aprontando alguma coisa. Vão trocar de turno daqui a meia hora. Aí a gente pega o Khaled. Agora é perigoso demais.

Alwan podia vê-lo, ao longe. Parecia tranquilo. Em qualquer outro lugar, daria a impressão de ser apenas um menino de cadeira de rodas, contemplando o pôr do sol. *Haji* Nazmiyeh estava deitada no chão, estapeando-se, perguntando aos berros a Mariam por que suas pernas estavam paralisadas de novo.

— Por que todo mundo está tão preocupado com um menino que já está morto há muito tempo?

Alwan se virou para a mulher, que repetiu o comentário maldoso:

— O Tawfiq virou mártir por causa dele!

Tawfiq está morto.

Então, um homem estapeou a mulher. Era o marido dela, que recitou, furioso, um verso do Alcorão:

— Oh, vós que acreditai! Evitai levantar suspeitas, pois, nas ações, algumas delas são pecaminosas. Não espioneis, tampouco calunieis uns aos outros. Por acaso gostaríeis de comer a carne de um irmão morto? Consideraríeis abominável (portanto, abominai as calúnias).

Como assim? Mas por quê? Tawfiq tinha morrido mesmo?

Alwan procurou recuperar o autocontrole e abriu caminho na multidão, indo na direção do filho. E, então, todos suspiraram aliviados quando ela desmaiou antes de alcançá-lo.

Rhet Shel estava bastante protegida no colo de Nur, mas, como era cria daquele mundo violento, entendeu o suficiente para se encurvar e entorpecer o mundo chupando desesperadamente o dedo.

Khaled

"Mas eu nunca tinha visto soldados atraírem crianças para armadilhas como ratos e as matarem por esporte."

— Chris Hedges

Então, a gente estava em movimento. Tiveram que parar várias vezes para piscarem meus olhos com os dedos ou umedecê-los com colírio, antes de chegarmos às dunas proibidas, que, no passado, tinham servido de moradia para milhares de pessoas. Mas Israel tinha terraplanado a área para aumentar a Zona Neutra. E muita sucata havia ficado lá.

Wasim tinha razão: eu não estava com medo. Meus olhos começaram a arder, porém, depois de um tempo. Na ânsia de pegar a maior quantidade de sucata possível, os meninos se esqueceram de pingar meu colírio.

Eu me esforcei muito para mover as pálpebras e tentei evocar Sulayman. Parecia que o mundo estava deserto ao meu redor, e eu só distinguia os ruídos esporádicos de Wasim e Tawfiq vasculhando depressa a vasta quietude. Então, escutei um chape, como uma pedra atingindo águas tranquilas. Meus olhos começaram a embaçar, mas consegui ver a queda de Wasim na minha visão periférica. Outro barulho, similar a um espirro, partiu dele. Acho que nunca vou me esquecer daquele som. Ouvi Tawfiq correr: o som da sua respiração e das suas passadas irregulares rompeu o silêncio, e comecei a sentir o medo se insinuar. A morte habitava aquelas dunas, e a gente a havia despertado.

Pisca, pisca, caramba, pisca. Me ajuda, Sulayman!

Outra pedra atingiu as águas tranquilas.

Pisca, poxa!

— Vou lá pedir ajuda e já volto! — gritou Wasim.

Pisca!

A penumbra do crepúsculo chegou e envolveu o meu corpo com um manto gelado. Quando finalmente consegui piscar, me vi num deserto, as ondas de areia à minha frente numa trilha familiar. Eu me levantei da cadeira. Sabia exatamente onde estava e aonde precisava ir. Comecei a percorrer aquela estrada conhecida, dos pequenos vincos que iam da orelha esquerda de teta até o outro lado do rosto, passando pelo caminho alquebrado na testa. Continuei a caminhar por aquela superfície arenosa, que era a face envelhecida da minha teta, até chegar ao canto do olho direito manchado de lápis, onde fiquei aguardando. Meu pai, meu jiddo Atiyeh e meu tio-khalo Mamdouh chegaram, como eu sabia que aconteceria, e a gente caminhou junto para Beit Daras. Lá, ficamos conversando, sentados à margem do rio. Três homens a cavalo foram se aproximando; quando chegaram perto, vi que Tawfiq era um deles. Dei um salto na direção dele.

— Khaled! Você nem imagina! Esse é o meu jiddo, e esses cavalos eram da minha família, em Beit Daras.

Meu jiddo e meu tio-khalo Mamdouh conheciam todos eles. A gente foi junto até a casa daquela família em Beit Daras, deixando as mulheres à beira do rio. Olhei para trás mais uma vez, só que Mariam não tinha chegado. Quando a gente passou pelo poço do vilarejo, ouvi alguém sussurrar o meu nome e, assim que me virei, avistei Mariam encolhida numa pequena plataforma. Parecia assustada e, sem mover os lábios, disse para mim, num murmúrio:

— Diz pra minha irmã Nazmiyeh vir me buscar.

CINQUENTA E UM

Certa vez, quando mamãe ainda usava o niqab, *uma mulher ocidental se dirigiu a ela muito educadamente no* souq, *e o tradutor explicou que ela era uma escritora feminista escrevendo um artigo sobre a roupa. O tradutor explicou que o movimento feminista lutava pelos direitos das mulheres. A escritora deu um sorriso radiante e tocou no braço da mamãe, como se fosse uma libertadora.*

— Estou vendo olhos lindos e exóticos, e queria ver também o rosto bonito que sei que forma um conjunto harmônico.

Mamãe se afastou sem dizer nada. Ela entendia a verdade nas pessoas. Então não me surpreendi quando, um dia, ela sussurrou para meu corpo imóvel:

— Meu filho, você não precisa ficar entre a gente, se os anjos estiverem chamando você. A gente vai ficar bem.

E, quando o terror se espalhou pelo corpo dela, diante da ideia de eu ser morto nas dunas, compreendi o desejo de minha mãe de que, quando eu partisse, isso acontecesse nos meus próprios termos. Talvez, usar o niqab *e depois tirá-lo tivesse sido o jeito que ela encontrara de viver conforme os dela.*

Quando Alwan recobrou os sentidos, os moradores já tinham levado Khaled de volta, e as pessoas de várias comunidades, próximas e distantes, aguardavam notícias do menino enclausurado no próprio corpo que ficara sozinho em uma das zonas letais de Gaza. Wasim e Tawfiq tinham ido buscar ajuda, mancando, mas só Wasim conseguira sair com vida das dunas, e os soldados haviam poupado Khaled. Ele ficara sozinho por duas horas, porém, antes que alguém conseguisse se aproximar da cadeira de rodas e tirá-lo dali. Mais cedo, dois paramédicos tinham tentado ir até ele, mas, depois de terem a ambulância em que estavam alvejada, acabaram recuando. Não restava nada a fazer exceto observar; todos, porém, nutriram a esperança de que Khaled seria poupado, porque os franco-atiradores ainda não o haviam acertado. Não se deram conta de que os olhos do garoto estavam ficando cada vez mais ressecados.

A voz daquela mulher linguaruda perdurou na cidade. Muitos acharam que a morte seria um alívio para o menino, sobretudo quando se soube que ele talvez ficasse cego também. Porém, as coisas mudaram depois daquele dia, porque ninguém sabia explicar como Khaled havia sobrevivido. Tubos e sacos o alimentavam e coletavam seus dejetos. Ele não falava nem se movimentava. E talvez tivesse ficado cego, apesar de ninguém saber se de fato enxergava antes. Os moradores concluíram que Alá estava mantendo Khaled na terra para cumprir um propósito maior, embora muitos achassem que a mãe ou a avó dele tivesse feito um pacto com o diabo. E a lenda de Sulayman se espalhou novamente.

Haji Nazmiyeh precisara ser carregada para casa pelos filhos, que se lembraram de outra ocasião em que a mãe tinha perdido a força nas pernas. Naquela noite, depois de as cunhadas e os vizinhos terem partido, *haji* Nazmiyeh, Alwan, Nur, Rhet Shel e Khaled se sentaram juntos nas almofadas sobre o piso, em silêncio. Os olhos de Khaled estavam enfaixados, e Alwan levou a cabeça do filho ao peito e lhe fez cafuné. Rhet Shel, que não saíra dos braços de Nur, manteve a mesma posição até pegar no sono. *Haji* Nazmiyeh se embalou com suavidade, as pernas paralisadas esticadas para a frente, sussurrando a cada conta de oração do *Misbaha* que passava pelos seus dedos.

— *Habibi*, Khaled. Você está me ouvindo? Meu amor, meu filho — disse Alwan, suspirando.

Os olhos de *haji* Nazmiyeh se dirigiram a ela e acalentaram mãe e filho. Então, Alwan lhe contou. Nunca haveria um momento certo de lhe contar que estava morrendo, e aquele seria igual a qualquer outro.

— *Yumma*... eu vou precisar tirar os seios para poder viver mais. Mas também posso morrer durante a operação. — Ela fez uma pausa para enxugar as lágrimas. — Seja como for, não restam dúvidas de que vou morrer.

A mãe parou de se embalar, um protesto rígido contra o insuportável sofrimento vindouro da família. Uma chama se acendeu dentro dela, uma intransigência flamejante que afrontava o destino. Que afrontava Alá e a fossa da eterna morte.

— Bobagem. Não vou permitir que nada separe você de mim. De jeito nenhum, minha filha.

— *Astaghfirullah, yumma.* Você traz o pecado pra nossa casa ao se opor à vontade de Alá desse jeito.

Alwan suspirou.

— A gente tem fé — retrucou *haji* Nazmiyeh —, e hoje o nosso filho foi salvo. Amanhã é outro dia e, *enshallah*, tudo vai dar certo. *Allah bifrigha.* Vá descansar agora, e vamos nos concentrar na misericórdia Dele, minha filha.

Haji Nazmiyeh não tinha condições de ouvir nem de receber tal notícia. Não deixou nem que lhe entrasse na mente, como se não tivesse tomado conhecimento do assunto.

Então vida, amor, morte e determinação se aglomeraram no pequeno espaço daquele lar, esgotando aquela família até que todos pegassem no sono juntos, no chão, naquela noite. E acordaram com energia renovada e cheios de determinação no dia seguinte, felizes ao ver que as pernas de *haji* Nazmiyeh tinham despertado junto da dona.

— Alá nunca nos dá mais sofrimento do que podemos suportar — observou ela.

CINQUENTA E DOIS

Nur teve de se esforçar para deixar de lado algumas das prerrogativas americanas com que chegara. Na primeira vez que ela tomou banho de chuveiro em nossa casa, minha teta *precisou invadir o banheiro e fechar a torneira antes que ela gastasse o nosso suprimento de um mês de água. Então, mamãe lhe ensinou como se banhar usando água de balde e como reciclar a maior quantidade possível da água usada. A água suja tinha de ser guardada noutro balde, que a gente usava para dar descarga no vaso. Rhet Shel a ajudou a aprender como viver sem luz elétrica durante os longos apagões. E minha* teta *lhe ensinou os melhores xingamentos, quando usá-los e como enfrentar o assédio dos homens na rua.*

— Se você mandar os sujeitos pro inferno e eles não pararem, pegue a maior pedra que encontrar e ameace jogá-la em cima deles. Dá uma de doida. Pode acreditar que não vão mais incomodar você.

As esposas dos meus tios lhe mostraram como depilar o corpo com açúcar caramelizado.

— Os homens usam lâmina de barbear. Mas você não é um deles — advertiram.

Uma das suas prerrogativas mais arraigadas talvez tivesse sido a ideia de que se podia controlar o destino por meio de uma série de mitos: trabalhando duro, ganhando na loteria etc. ou que um destino malfadado pudesse, de alguma forma, ser redimido por meio de objeções ou ações judiciais. No dia seguinte ao ato de violência nas dunas, a mamãe e a minha teta *mostraram para Nur, sem querer, como seguir adiante sem interiorizar a amargura corrosiva que brota da ira impotente.*

Jamal estivera trabalhando em Rafah e só recebeu a notícia sobre Khaled quando Nur lhe mandou uma mensagem de texto, dois dias depois, explicando o que havia acontecido e pedindo para se ausentar do trabalho por mais um dia.

— Nur, será que posso visitar vocês hoje?

Haji Nazmiyeh não solicitou a presença de um dos filhos durante a visita do médico.

— Você é o homem da casa — disse ela ao neto. Deu-lhe um beijo na testa, em cima da bandagem que lhe cobria os olhos, e o levou na cadeira de rodas até a cozinha, onde começou a preparar um prato para o visitante, embora ele tivesse insistido que só ficaria um pouquinho, para ver Khaled.

Nur tinha saído com Rhet Shel, e Alwan se juntou à mãe e ao filho na cozinha.

— Não vai fazer diferença mesmo. A esposa dele deve vir também — comentou Alwan.

— Para começo de conversa, não acredito que ela queira se sujar visitando este lugar. Se vier, vai ser só pra ficar de olho nele e na Nur. Se não vier, ou é porque ele não contou que vinha, ou porque eles acabaram brigando por causa da Nur e ele saiu de casa e veio assim mesmo — disse *haji* Nazmiyeh, satisfeita com a própria análise.

Foi a avó que recebeu Jamal naquela tarde.

— *Tfadal*, meu filho. Pode se sentar. A sua adorável esposa também vem?

O bom doutor se desculpou em nome dela, inventando uma história — de que a mulher estava doente — que todos sabiam ser mentira. Nur viu Alwan e *haji* Nazmiyeh se entreolharem e pôs-se a falar do principal assunto da cidade. Não conseguia entender como os eventos tão perturbadores dos dias anteriores tinham passado tão depressa. Só se podiam notar uns resquícios da devastação que sentiram em *haji* Nazmiyeh e Alwan. Rhet Shel também, na certa seguindo o exemplo da mãe e da avó, tirara o dedo da boca e parara de se encurvar. A angústia do funeral de Tawfiq continuava presente no que comiam e respiravam, mas elas pararam de falar no assunto. Seria resiliência? Negação? Nur buscou os termos da psicologia: *compartimentação? Distanciamento?*

Nur começou a recapitular o que acontecera. Conversar a respeito era essencial para tentar dar sentido ao ocorrido.

— O que passou, passou. Vamos pôr os nossos destinos nas mãos de Alá e rezar pela visão de Khaled — aconselhou *haji* Nazmiyeh, dando um basta ao assunto.

Nur obedeceu, continuando a conversar com educação, mas se voltou para os recônditos subterrâneos do seu ser. Para os lugares solitários onde ficavam os sapatos velhos e os colares arrebentados.

Jamal deliberadamente demorara a chegar para se assegurar de que a família já tivesse comido, mas, como a *haji* insistiu, ele não teve como recusar, pois a matriarca explicara que todos tinham esperado e não se haviam alimentado ainda. Nur o observava sem encarar, atenta às palavras e aos movimentos dele. O médico comeu com gosto, e, quando a jovem deu por si, punha mais comida no prato dele, do mesmo jeito que vira mulheres em toda Gaza fazerem com as visitas, os filhos e os maridos. Nur não se deu conta da comunicação silenciosa entre Alwan e *haji* Nazmiyeh e, depois que o médico saiu, embora não conseguisse se lembrar do que tinham conversado, a presença dele perdurou, fazendo as horas se transformarem em uma compulsão que pesava sobre Nur. As mulheres cuidaram das tarefas rotineiras após a refeição: trocar, limpar e drenar as bolsas de Khaled; checar se havia infecção; ajoelhar-se e se prostrar em oração; bordar, como fez Alwan, tentando adiantar o trabalho atrasado; ajudar Rhet Shel com a lição de casa, tarefa que ficava a cargo de Nur; e ir para a casa das amigas tomar chá, comer doces e fumar narguilé, a rotina de *haji* Nazmiyeh.

A luz voltou na hora certa, no momento em que escureceu e Rhet Shel precisou parar de brincar com os amigos do lado de fora e voltar para casa. Nur e Alwan, como quase todo mundo no campo, naquele momento puseram automaticamente os telefones para carregar. Já se via a bateria recarregável do respirador de Khaled na tomada, à espera. A novela estava para começar, e *haji* Nazmiyeh voltou às pressas para assistir. Nos dias em que faltava luz, ela ia ver a novela na casa de quem tivesse gerador.

— Prefiro ver na minha própria casa — observou, passando a falar sobre os personagens, lamentando o destino de um, maldizendo outro, desejando que algo acontecesse a alguém. Às vezes gritava para a tela, ria ou chorava, usando-a como uma ferramenta de ensino para Rhet Shel. — Está vendo só?

É assim que se consegue o que se precisa na vida. — Ou: — Esse é o tipo do homem com quem você vai querer se casar quando crescer.

Nur acompanhava tudo, até chegar uma mensagem de texto de Jamal, que fez o seu coração disparar.

Você pode falar? Estou indo até o litoral para respirar um pouco de ar fresco. Companhia cairia bem.

Nur achou que ele enviara a mensagem por engano. Mas não. Jamal dizia que estava deixando a esposa. Já vivera a vida sem amor por tempo demais. O que ele estava dizendo? E por que para ela? A intimidade repentina das palavras a assustou e a emocionou.

— Eu ficaria com medo. Larga esse filho da mãe. Ele está traindo você com todas as putas da cidade! — exclamou *haji* Nazmiyeh, dando conselhos à personagem na televisão.

Jamal prosseguiu na mensagem:

Ela sabe que estou apaixonado por você.

Nur fitou o celular, as luzes do televisor bruxuleando nas paredes escuras ao seu redor, sem se dar conta de que Alwan a observava. Não respondeu à mensagem, e Jamal apressou-se em se desculpar. Disse que havia pensado que o sentimento era recíproco. Disse que ela fizera com que se sentisse cheio de vida pela primeira vez em muitos anos.

Com as mãos trêmulas, Nur escreveu que sentia o mesmo, mas apagou a mensagem. Escreveu que estava louca para vê-lo, mas apagou-a também. Outra mensagem chegou:

Por favor, fale alguma coisa.

Percebendo que Alwan a observava, Nur foi até o banheiro e respondeu:

Posso encontrar você na costa, perto de Tal Umm el Amr, daqui a três horas.

Nur se lembrou da primeira vez que ele a levara até aquelas ruínas antigas do mosteiro de Saint Hilarion, que duraram séculos, do Império Romano até o Califado Omíada, no século VII. Eles tinham parado para almoçar, depois de visitar alguns pacientes, e Jamal discursara sobre cinco mil anos de história.

A novela terminara já havia algum tempo, e as mulheres assistiam a um filme egípcio quando a força caiu. E isso não fez muita diferença, porque Rhet Shel já tinha adormecido, e tanto Alwan quanto *haji* Nazmiyeh estavam cochilando.

Nur passou outra hora sonhando acordada, a ânsia incontrolável aprofundando a escuridão. Tirou as cobertas devagar e, quando saiu da cama, ficou surpresa com a compreensão de Alwan.

— O mar pode esperar, meu amor — sussurrou a mãe de Khaled, das profundezas do sono.

Nur aguardou até tudo ficar em silêncio e saiu do quarto na ponta dos pés, passando por *haji* Nazmiyeh, que roncava no catre na sala de estar. A porta rangeu de leve, e ela esperou até que os ritmos da noite se normalizassem antes de, então, sair de casa, entrando na escuridão. Nunca antes vira um breu tão profundo quanto o das noites de Gaza. Nos lugares em que a luz surgia com um simples toque de interruptor, a qualquer momento, as ruas se mantinham sempre iluminadas. Surgia nos quartos dos insones, nos letreiros luminosos das lojas abertas 24 horas e nos semáforos das ruas e das autoestradas. O verdadeiro breu, como aquele, era inatingível, pois não se tratava apenas da ausência de luz, mas também da presença de algo invisível que preenchia todas as fissuras da vida. Nem mesmo a lua nem as estrelas mais brilhantes conseguiam iluminar mais do que a sua própria periferia naquela escuridão. Nur penetrou naquele breu, em que os resquícios do dia, a solidão e a ansiedade aderiam às paredes obscuras para guiá-la. A rebentação, o cantar dos grilos, a correria ocasional dos gatos de rua e dos ratos e o suave ressoar dos próprios passos fizeram música naquela noite. Ela continuou a andar até saber onde estava. Não muito longe, em meio àquele belo ambiente escuro, Jamal a esperava. Nur foi até o local em que os dois, um dia, almoçaram juntos. A lua dançava na superfície do oceano, em uma das extremidades das ruínas. Caminhou até ouvir os passos de outra pessoa. Seguiu adiante e, então, ouviu-os de novo, e Jamal se aproximou.

— Nur. Tive medo de que não viesse — revelou ele.

Porém, como as palavras pareceram intrusas, eles quase não falaram muito mais. A escuridão ofegava, e Nur perdeu o fôlego. O sabor da pele dele, os lábios úmidos descendo pelo seu pescoço. A respiração dos dois ficou ainda mais entrecortada e ávida. Ela sentiu os seios nus pressionarem o peito do médico e inalou o aroma da pele dele tão profundamente quanto os pulmões permitiam. E, quando ele penetrou o corpo sôfrego, um gemido suave marcou o momento em que se sentiu em casa.

Khaled

"E assim a escuridão se transforma em luz,
e a quietude, em dança."

— T. S. Eliot

Eles fecharam os meus olhos naquela dia, e a escuridão me envolveu que nem um cobertor no inverno. Achei que fosse o fim. Que não ia poder retornar para o corpo imóvel da cadeira de rodas. Mas ouvi mamãe falar da sua doença, do medo e do amor. Acho que ela também não vai ficar muito tempo aqui. Porque se senta no chão e passa horas brincando com Rhet Shel agora. Porque já não está mais com pressa o tempo todo. Porque, se não estivesse morrendo, teria dado um tapa na Nur quando ela lhe contou sobre aquele homem casado e o que tinham feito na praia. Mamãe tinha acordado à noite e encontrado a porta destrancada. Mas não gritou com Nur. Não contou nada à minha teta nem chamou Nur de destruidora de lares ou prostituta. Disse que ela estava agindo de um jeito egoísta e imprudente com a vida dos outros, como todos os americanos. Então, ficou vários dias sem falar com Nur, só se dirigindo a ela com secura para falar o estritamente necessário.

Nur implorou seu perdão, mas mamãe não quis saber. Tinha esperado acordada a volta dela, até um pouco antes do amanhecer. Senti o desânimo tomar conta da Nur, do mesmo jeito que o câncer dentro da mamãe. E as duas passaram a me contar segredos. Sem querer, virei o repositório de segredos e temores silenciosos. Um depósito de compreensão que vivia e respirava, mas que não julgava nem respondia bruscamente.

— Ninguém nunca me amou nem me desejou tanto como Jamal — contou Nur.
— Os americanos aprendem a pensar só neles mesmos — disse mamãe.

Elas expunham os seus sentimentos enquanto trocavam sacos, limpavam tubos e saliva e excrementos e tratavam das escaras.

Não que mamãe achasse Nur imoral. Por mais que tivesse dificuldade de admitir, era filha da sua mãe e não teve como deixar de aprender a lição de que eram os maridos adúlteros os destruidores dos próprios lares, não as amantes. Ela achou que Nur fora egoísta, porque não parou para pensar nas consequências dos seus atos para o resto da família. Para Rhet Shel. A casa dela seria chamada de prostíbulo, e os seus irmãos, ainda que cuidassem das próprias vidas na vizinhança, seriam criticados, estigmatizados e pressionados a reparar a ofensa contra a honra das mulheres sob a sua supervisão masculina.

— Todo mundo pode sair machucado, meu filho — comentou comigo. — E pra quê? — Ela suspirou. Tossiu. Ficou quieta. — Que Alá seja misericordioso. Que Ele proteja meus filhos, em nome do Profeta e dos céus.

Era ali que mamãe se encontrava. Num lugar sensato em que organizava, rezava e se preocupava, ocupando-se com os pormenores e as exigências do medo.

Entretanto, Nur não tinha raízes. Era inexperiente e estava totalmente perdida. Eu nunca tinha visto uma solidão tão devastadora. Ela me afetava a ponto de eu ter que deixá-la ali, falando com um corpo vazio. O médico havia começado a evitar Nur, sem lhe escrever nem retornar as suas chamadas. A terra cedeu debaixo dos pés dela, e senti as batidas irregulares do seu coração, além das intermináveis lágrimas contidas, que eram mantidas num vórtex e a levavam cada vez mais para dentro de si mesma. O distanciamento da mamãe fez Nur ficar cada vez mais inatingível. Quem em Gaza podia entender como aquela mulher que tinha tudo — liberdade de viajar e viver onde quisesse, de ficar num lugar seguro, de se educar como bem entendesse, de trabalhar e se sustentar, de ser abençoada por um corpo saudável e um futuro promissor — sofria de uma forma tão incompreensível?

Rhet Shel também me contou segredos:

— A Nur está triste porque a mamãe está zangada com ela.

E, finalmente, teta pegou as duas pelos braços e exigiu:

— Venham se sentar aqui e me contar todos os detalhes do que diabo está acontecendo, senão vou pegar o meu chinelo e dar umas chineladas nas cabeças de vocês duas.

Eu me afastei. Sulayman veio, e a gente voltou pro rio. Mariam tinha saído da plataforma no poço e ido até o espaço na parede da nossa casa velha em Beit Daras, e esperei que os meus olhos se abrissem para passar a mensagem dela à minha teta.

As bandagens e os esparadrapos foram tirados sem cerimônia. Uma enfermeira na clínica. Só mamãe e eu. Ela quis que fosse assim. Os olhos não tinham parado de funcionar, disse a enfermeira, mas ela não sabia dizer se eu conseguia enxergar ou não. Elas me pediram que piscasse. Pisquei. A enfermeira tapou um olho e depois o outro, pedindo-me que piscasse se enxergasse a sua mão.

— Graças a Alá, ele ainda enxerga com o olho direito — informou ela.

— E o esquerdo? — perguntou mamãe. A enfermeira achava que não. Disse que mamãe confiasse em Alá, mas, em seguida, perguntou que diferença fazia.

Mamãe não disse mais nada e foi embora. Quando chegamos lá fora, a luz do dia me ofuscou, apesar dos óculos escuros, e voltei para o conforto da escuridão por trás dos olhos.

CINQUENTA E TRÊS

Todos nós tínhamos pele morena e cabelos pretos ondulados, mas as mechas encaracoladas e a pele escura da minha irmã davam ainda mais indícios dos nossos antepassados africanos. Ela era chamada por muitos de abda, *até mesmo carinhosamente. "Que linda* abda*", diziam, e quase ninguém questionou a palavra, até Nur chegar e protestar tanto contra o uso que até a vontade inquebrantável da minha* teta *cedeu. Foi uma daquelas ocasiões em que a lógica americana de Nur fez sentido, transformando a gente e fazendo todos melhorarem. Ao ouvir minha* teta *ameaçando as pessoas que usavam aquela expressão, parecia até que ela mesma nunca a tinha usado. Nur mostrou para Rhet Shel, no computador, gravuras de rainhas e deusas africanas de lugares como o Egito, Zanzibar e o Gabão, e minha irmã começou a sonhar com aqueles locais longínquos, onde todo mundo parecia com ela.*

Sexta-feira era o dia de não ter aula, rezar na mesquita e ver o melhor seriado *musalsal* de televisão. Porém, aquela sexta foi diferente, começando lenta e suavemente. Rhet Shel foi a primeira a acordar. Fez café, sem açúcar para a mãe e Nur, com bastante açúcar para a avó. Apesar de não suportar o gosto amargo da bebida, ela adorava o aroma de café moído, preparado na hora.

Ela pôs a bandeja com duas xicarazinhas no chão, entre a mãe e Nur, que dormiam em pequenos tapetes, perto uma da outra; a avó, por sua vez, roncava do outro lado do recinto.

— Hora de acordar — chamou a menina, sacudindo primeiro a mãe e depois Nur.

Rhet Shel acordara com vontade de fazer as duas felizes, pois ambas lhe pareceram muito tristes na noite anterior. Apesar de a menina ter tentado discernir as palavras que elas sussurravam no cômodo ao lado, só conseguiu ouvir que a avó não estava satisfeita com nenhuma das duas e que não ia morar em uma casa onde as pessoas não se falavam.

— Ah, minha pequena Rhet Shel. O que eu faria sem você? Ninguém nunca me acordou pra oferecer café assim antes — comentou Nur.

Parecia não haver palavras mais doces, até a mãe puxá-la para perto e beijar o rosto da filha.

— Amo essa menina mais do que qualquer outra do planeta — declarou.

— *Allah yostur* todo esse amor! — exclamou *haji* Nazmiyeh, sorrindo. — Cadê o meu beijo? — perguntou, fingindo-se indignada.

Rhet Shel se apressou em cobrir a avó de beijos.

— Vou buscar Khaled para ele ficar junto enquanto a gente toma café — informou Alwan, levantando-se com esforço. Rhet Shel percebeu que o chiado no peito da mãe ficara mais intenso.

— Rhet Shel, por que você não pega uma xícara de leite pra tomar com a gente? — sugeriu a avó, ao perceber uma sombra perpassar nos olhos da neta.

As três mulheres conversaram, sentadas nas almofadas do chão: Rhet Shel no colo de *haji* Nazmiyeh, Nur tomando café, Alwan trocando e arrumando Khaled. E, quando todos estavam reunidos, a menina fez uma declaração:

— Eu estava esperando pra mostrar uma coisa pra vocês.

Ela posicionou Khaled para que ficasse no seu ângulo de visão.

— Você está conseguindo me ver de cima a baixo, Khaled? Se sim, pisca.

E ele piscou uma vez. Rhet Shel hesitou.

— Agora pisca duas vezes pra eu saber que não estava só piscando normalmente.

Ele piscou duas vezes com o olho bom. Rhet Shel ficou tão satisfeita que se encurvou no chão e ficou de pernas para o ar. Em seguida, fez uma estrela perfeita.

— Vocês gostaram? Pratiquei a semana inteira. A minha amiga ensinou pra mim!

Todas aplaudiram, e Rhet Shel se sentou no colo do irmão e lhe deu um beijo.

— Você gostou, Khaled?

O menino piscou várias vezes, deixando a irmã feliz. Ela, então, engatinhou até o espaço entre Alwan e Nur para tomar sua xícara de leite, que fingiu ser café, satisfeita por acabar com a tristeza das duas.

CINQUENTA E QUATRO

Certa vez, uma das velhas amigas da minha teta, *lá de Beit Daras, que não tinha filhas, caiu doente e precisou de alguém para ajudar nos afazeres diários, mas se recusou a ir morar com os filhos porque as esposas eram, nas suas palavras, "umas putas malvadas". Quando os filhos tentaram obrigá-la a se mudar, minha* teta *deu uma tremenda bronca neles, que foram embora quase chorando, para depois voltar e beijar os pés da mãe. Então, minha* teta *foi morar com a amiga para cuidar dela. Cozinhava, dava banho e lavava as partes íntimas quando ia para o banheiro. As duas sabiam que os dias da mulher nesta terra estavam contados, e minha* teta *ficou com ela até o fim. Outras mulheres, as garotas de Beit Daras, que antes lavavam roupa à beira do rio e agora eram avós e bisavós, iam todos os dias se sentar ao leito de morte da amiga, relembrando dias melhores, "Bons tempos aqueles", e queixando-se do destino: "Quem ia imaginar que a gente ia morrer como refugiada?" E, quando ficavam longe o bastante da amiga, fofocavam sobre as putas malvadas e os respectivos maridos, que queriam "trocar a mãe pela vagina da esposa". Claro que eram palavras ditas pela minha* teta, *e todas riam juntas, impressionadas com a audácia da amiga, como de costume.*

A alegria daquela manhã comum de sexta-feira perdurou o dia todo. Depois do show acrobático de Rhet Shel, as mulheres descascaram, picaram e colocaram os ingredientes de molho para o *ghada* da família mais tarde;

depois, foram para a mesquita fazer as orações do *jomaa*. Ao voltarem para casa, que logo estaria repleta com todos os integrantes da família, Alwan quis caminhar pela praia.

O espírito de Rhet Shel pareceu se expandir, e a garota correu de um lado para outro da praia, dando cambalhotas e fazendo estrelas várias vezes, observada pelas mulheres, cujos pés eram lambidos pela água. *Haji* Nazmiyeh se sentou na areia e esticou as pernas. Alwan e Nur fizeram o mesmo. Rhet Shel voltava toda hora para reposicionar a cabeça de Khaled, a fim de que ele a visse enquanto brincava.

— Meu irmão, que Alá o tenha, seu *jiddo*, Nur, costumava trazer a nossa família até aqui quando a gente morava em Beit Daras — começou a dizer a matriarca, contemplando o horizonte. — A gente achou que o oceano mudaria depois que nos tornamos refugiados. Não sei por quê. Talvez a gente achasse que ele viraria um refugiado também. Nós dois ficamos aqui, eu e meu querido irmão, Mamdouh. A gente chegou e foi caminhar por ali, de mãos dadas, como se fôssemos namorados ou algo parecido. No início, ele ficou envergonhado. — Ela riu, fazendo um gesto com as mãos cobertas das manchas da idade. — Foi nesse dia que a gente descobriu que só uma das pernas dele estava se desenvolvendo.

E Nur se lembrou do andar cambaleante do velho.

Ela e Alwan escutaram caladas e curiosas as lembranças de *haji* Nazmiyeh.

— Ele era um bom homem. Provedor e protetor. Tomava conta de todos ao seu redor. Um bom irmão, filho e marido. E um ótimo pai e avô. — A matriarca dirigiu os olhos marejados e gentis para Nur. — Ele amava você tanto quanto estas praias. Você era pequena demais para saber, mas ele deu todo dinheiro que tinha pra ficar com você. Queria trazer você pra cá, mas, aí, ficou doente. Tinha esperado um pouco porque queria vender o carro pra conseguir dinheiro. — As lágrimas brilharam no rosto moreno e enrugado. — Maldito dinheiro! Você devia ter sido criada aqui com sua família, Nur. Desculpe por não ter conseguido trazer você pra cá. Tenho até medo de fazer perguntas sobre a vida que levou. Era pra você ter ficado aqui o tempo todo com seus parentes. Eu teria sido sua mãe.

Nur teve vontade de chorar, mas sentiu um nó na garganta e não o fez. Enterrou as mãos na areia, pegou os grãos quentinhos e os deixou escorrer pelos dedos.

— E vou lhe contar uma coisa, minha filha. Você precisa pensar seriamente naquele médico — prosseguiu *haji* Nazmiyeh. — A gente não age assim por aqui, e você vai precisar aprender isso o mais rápido possível. Pode até amar o sujeito e ser correspondida, mas ele vai destruir a sua vida. Pior ainda: quando as pessoas descobrirem, o que sempre acontece, ninguém vai querer se casar com você. Já pensou nisso enquanto troca mensagens com ele o dia todo? — Ela olhou no fundo dos olhos diferentes da jovem. — Não sou boba não, minha filha — prosseguiu, sorrindo brevemente. — Não quando se trata de amor. E, então, agora que ele voltou a mandar mensagens para você, o que é que está dizendo?

— Que me ama e que quer deixar a esposa — respondeu Nur, hesitante, baixando os olhos.

— Bom, já é diferente do que disse na semana passada. O que será que ele vai querer na semana que vem? — A idosa estalou a língua. Nur continuou a olhar para baixo e respirou fundo, como se quisesse responder, mas *haji* Nazmiyeh prosseguiu: — Não responde. Não resta nada a dizer. Já vivi tempo bastante para saber o que vai acontecer. Aquela esposa vai capar o sujeito antes de deixar que ele a abandone ou resolva ter outra esposa. Aquele povo não é como a gente.

— *Yumma*, por que tem que ser tão grosseira? Khaled está ouvindo! — exclamou Alwan, franzindo as sobrancelhas.

Ela ignorou a filha.

— Nur, não posso criticar sua criação americana, porque eu deveria ter me esforçado mais para trazer você pra cá. Mas, agora que está aqui, não deve enveredar por esse caminho pecaminoso. É melhor aquele homem não voltar lá pra casa, a não ser que seja para honrar você e pedir sua mão. Estamos entendidas?

Alwan pegou a mão de Nur, e as duas mulheres olharam para a frente, inalando a brisa do Mediterrâneo, observando duas crianças milagrosas e tentando evitar pensar nos dias vindouros.

Contemplando os netos — Rhet Shel brincando com outras crianças, Khaled imobilizado na cadeira, debaixo da sombra —, *haji* Nazmiyeh pegou a mão de Alwan e a apertou.

— Conta pra mim, filha, já marcou a cirurgia? — quis saber, sentindo que Alwan escondia algo.

As três mulheres ficaram ali, enfileiradas diante da imensidão azul, de mãos dadas, impressionadas com a incrível proximidade entre contentamento e dor iminente, enquanto a menina brincava, no âmago de todos os pensamentos delas.

Ninguém ousou dizer nada, mas todas entenderam que Khaled estava se esvaindo aos poucos. Respirava cada vez com mais dificuldade, dependendo mais e mais do respirador, e os médicos informaram que não havia nada que pudessem fazer por ele em Gaza. O destino do menino estava nas mãos de Alá, disseram, e Alwan garantiu:

— O destino de todo mundo está nas mãos Dele.

CINQUENTA E CINCO

Minha irmã fez de conta que lia uma das minhas mensagens do gráfico de letras para mamãe, mas a maior parte delas tinha se perdido em meio aos desenhos e papéis escolares. Talvez tivesse vergonha por ainda não saber ler. Ou não quisesse compartilhar minhas palavras com mais ninguém. Talvez, quando ela ficar mais velha, acabe encontrando-as e, então, vai poder ler sobre o meu mundo interior, que foge do tempo e da morte, senta-se com baba, Mariam e meu tio-khalo Mamdouh, nada no oceano e sente as pessoas sem vê-las nem ouvi-las. Talvez pense que tudo seja fruto da imaginação. Mas ela vai ler sobre como eu a amava e saber que tudo foi real.

Os detalhes daquele dia transcorreram como de costume. Rhet Shel chegou em casa correndo após a aula do primeiro ano e foi recebida pela mãe, que lhe deu um beijo na testa antes de caminhar com esforço até a porta para ir trabalhar na cooperativa. Depois de se despedir da mãe, o próximo passo era dar uma espiada em Khaled. Rhet Shel subiu no colo do irmão e disse:

— Já volto.

Então, saiu apressada para finalmente fazer xixi. A avó Nazmiyeh estava preparando algo na cozinha. Nur continuava no trabalho.

— *Habibti*, hoje só ficamos eu, você e o Khaled em casa. Nur foi trabalhar no sul com um grupo de crianças e pode passar a noite num albergue, junto com alguns dos colaboradores. Sua mãe deve voltar na hora do jantar. O centro está vendendo o dobro de *thobes*, e aposto que ela vai trazer uns doces na volta!

Rhet Shel deu pulos e soltou gritinhos.

— Você já fez as suas orações *thuhr?*— cobrou a avó, e Rhet Shel apressou-se em fazê-las.

Um pouco depois, a menina subiu na cadeira do irmão.

— Já voltei, Khaled — disse, virando o rosto dele na direção dela. — Nur não vai voltar pra casa hoje.

Khaled não piscou.

— Pisca! — mandou. E ele piscou. Duas vezes. — Vamos fazer o exercício das letras. — E foi pegar o cartaz com o gráfico.

Embora Rhet Shel já lesse algumas palavras, ainda se confundia com a maior parte do que copiava, e se estressou, receando deixar passar alguma coisa.

— Essa mensagem é pra mim?

Khaled não reagiu.

— É pra mamãe?

Nada.

— É pra Nur?

Ainda nada.

— É pra vovó?

E ele piscou.

— Pisca duas vezes se for pra vovó.

Khaled piscou duas vezes.

Satisfeita por ser a portadora da mensagem do irmão, ela fez o possível para decifrá-la. Eram poucas letras, mas, como não conseguiu entender o sentido, desistiu e entregou o papel à avó.

— Traz rápido até aqui a primeira pessoa que saiba ler que você encontrar — mandou a matriarca.

Rhet Shel voltou instantes depois com um aluno da quinta série. *Haji* Nazmiyeh mostrou um *shekel* para o menino, uma recompensa pelo seu trabalho. Ele fez os próprios rabiscos, contorcendo o rosto, pensativo. Inseguro, olhou algumas vezes para a idosa, até ela perder a paciência.

— Não sabe ler, garoto?

— Sei, sim, *haji* — respondeu com a voz trêmula. Então, mentiu: — Aqui diz que Mariam quer uma festa. Ela... ela... ela diz que nunca partiu e que... que está em Beit Daras.

O menino e Rhet Shel viram que *haji* Nazmiyeh empalideceu, chocada. Ele pegou o *shekel* e foi embora correndo, o mais rápido possível.

Rhet Shel tentou acalmar a avó, que começara a chorar. E a matriarca o fez até que o choro virasse riso. Então, inclinou-se para beijar a neta e acalmá-la.

— A gente vai dar outra festa.

Ela se levantou e andou até Khaled.

— *Habibti*, vai pegar uma cadeira pra sua avó velhinha — pediu a Rhet Shel e, em seguida, começou a sussurrar ao ouvido do neto. Beijou-o nos olhos, na testa, no cabelo, na maçã do rosto, enquanto conversava.

Rhet Shel ouviu a avó dizer:

— Eu sabia. Sempre soube. — Em seguida, a menina viu que ela conversava com alguém invisível: — Estou pronta, minha irmã. Desta vez, vou salvá-la. — E informou à neta: — Rhet Shel, *habibti*. Amanhã, eu, você e o Khaled vamos até o *souq* comprar comida. Traga alguns dos seus amigos pra ajudarem a gente a carregar as sacolas. Cinco amigos. Todos os que ajudarem vão ganhar doces.

CINQUENTA E SEIS

Nur tentou interromper o romance, mas o tormento do seu coração apaixonado a levou a se entregar cada vez mais. Em vez de aliviá-la, as mensagens, os telefonemas e os encontros secretos só a estimularam, e ela acabou cedendo. Eles se correspondiam apaixonadamente. Nur tinha mentido para mama e teta. Disse que ia tratar de uns pacientes no sul. Que passaria a noite num albergue para não ter que dirigir sozinha à noite. Porém, passou aquela noite com ele, num apartamento secreto que o médico providenciara. Jamal disse que queria acordar ao lado dela, mas eles nem chegaram a dormir, e ele partiu quando a lua ainda reinava no céu escuro.

Nur tentou entrar em casa sem fazer barulho. Uma série de vozes ressoava e calava, seguindo o comando central de gracejos e risadas de *haji* Nazmiyeh. A jovem hesitou antes de entrar e ficou escutando. Palavras cheias de entusiasmo e expectativa floresciam e pairavam no ar como peças decorativas. Ao passar pelo canto, Nur ouviu um gritinho.

— *Khalto* Nur! *Teta*, ela chegou! — gritou Rhet Shel, correndo para os braços dela. Todas as noras estavam presentes, além de algumas vizinhas acompanhadas dos filhos. Algumas tomavam café, outras se sentavam ao redor de *haji* Nazmiyeh, preparando comida. Cortavam em cubos, picavam, com os olhos lacrimejando por causa das cebolas. Recheavam legumes, abriam massa, misturavam arroz com azeite de oliva e condimentos. Elas ergueram os olhos e cumprimentaram Nur animadamente, abrindo espaço para que ela se sentasse no recinto apinhado.

— A gente vai fazer uma festa amanhã, sem nenhum motivo! — explicou Rhet Shel, entusiasmada, tomando cuidado para não divulgar a mensagem secreta de Khaled.

Nur foi até a parte central, ajoelhou-se e beijou a mão de *haji* Nazmiyeh.

— Vem sentar aqui, minha filha linda — chamou a matriarca. — Estou muito feliz com a sua presença. Você trabalha demais. Que Alá sempre considere as minhas filhas com Sua generosidade e bondade, amém.

Ninguém entendeu aquela comemoração improvisada, mas todos participaram. Uma festa fora do normal, mas talvez nem tanto, considerando que partia de *haji* Nazmiyeh. Várias bandejas de comida tinham sido colocadas nas mesas emprestadas. Havia arroz temperado com sementes de pinheiro torradas, galinha macia, batata recheada, abobrinha e folhas de uva. Embora as mulheres da vizinhança tivessem participado, quem mais ajudou foi a viúva do velho apicultor de Beit Daras.

— Ninguém sabe fazer uma *hafla* surpresa como *haji* Nazmiyeh — comentaram as pessoas.

Houve muita dança. Os velhos patriarcas e as matriarcas observaram os mais jovens e bateram palmas. Conversaram sobre uma época e um lugar do passado. Dançaram ao ritmo da música e da brisa. Jovens casais com filhos participaram e, por um dia e uma noite, os problemas e os medos se dissiparam. Quando escureceu e faltou luz, velas surgiram nos peitoris das janelas. Os homens cingiram os ombros uns dos outros e dançaram *dabke* várias vezes. As mulheres se uniam a eles ou formavam a própria fileira de *dabke*. Todo mundo perguntou qual era a ocasião especial e aceitou a resposta de *haji* Nazmiyeh, por mais intrigante que fosse:

— Porque a vida é mágica e nos dá segundas chances que precisam ser comemoradas.

Muitos concordaram, acrescentando que uma boa *hafla* era o melhor remédio tradicional naquela prisão no litoral.

— A gente encontra o próprio caminho pra liberdade. Os sionistas filhos do diabo não podem aprisionar nossa alegria, podem?

A matriarca concordou, levando o neto na cadeira de rodas aonde quer que fosse e sussurrando para ele. Algumas pessoas a ouviram dizer:

— Eu sempre soube que você era o Khaled da Mariam. Sabia que era você.

E acharam que a velha estava ficando demente.

Apesar de Nur já ter sido apresentada à viúva do apicultor, ficou sabendo naquela tarde que ele tinha sido seu bisavô. Aquela mulher era a madrasta de sua avó Yasmine.

— Mas ela não parece ser muito mais velha do que você — disse Nur a *haji* Nazmiyeh.

— E não é. O velho apicultor gostava de mulheres jovens e se casou com uma nova depois de gastar as outras. — A matriarca riu. — Essa aí foi uma mercadoria defeituosa. Não podia ter filhos, mas isso não fez diferença. Ela amava a sua avó Yasmine e cuidava dela, apesar de ser só alguns anos mais velha. As pessoas gostam dela, mas é uma mulher retraída, que não sai muito. Mora sozinha desde que seus avós foram embora. O povo compra ervas e coisas desse tipo dela pra combater resfriados e aumentar a virilidade. E ninguém cozinha como a velha. Nem mesmo eu. Mas olha só pra ela: forte, gorda e simples como uma mula.

Nur desejou que Jamal estivesse ali. Queria lhe contar aquela nova revelação. Outro fragmento da sua vida fora descoberto. Tentou telefonar para ele, sem sucesso, e começou a criar fantasias de uma vida com o médico, ambos dançando em uma *hafla* como aquela. Mandou-lhe várias mensagens, até que ele por fim respondeu dizendo que ligaria para ela no dia seguinte. A mensagem dizia: "Minha esposa está me deixando. Não me procure até eu voltar a entrar em contato".

A certa altura, começaram as despedidas, com beijos nos rostos, desejos de boa noite e crianças adormecidas carregadas para casa. Apesar do esforço hercúleo para ficar acordada, Rhet Shel foi vencida pelo sono no início da noite. Alwan seguiu seu exemplo, exausta, assim que os convidados saíram. Nunca era fácil saber se Khaled estava dormindo ou acordado, pois costumava manter os olhos fechados quando acordado e abertos quando perdido em outro lugar. O cansaço não era nada diante do turbilhão que remoía no âmago de Nur, sensação que ela nem sabia rotular. Não tinha palavras.

Por insistência da velha amiga *haji* Nazmiyeh, a viúva do velho apicultor resolveu ficar e abriu os compartimentos da lembrança para que Nur perambulasse nela. Relatou histórias do marido, o apicultor, e do seu jovem aprendiz, Mamdouh. Contou como Mamdouh olhava de esguelha para Yasmine, achando que ela não percebia. Discorreu sobre plantas e árvores de Beit Daras. Sobre Yasmine, que, a princípio, não gostara dela, mas acabara se tornando sua filha e melhor amiga quando não lhes restou mais ninguém depois do Naqba. Sobre Mamdouh, o homem que mancava e que trabalhara no Cairo para juntar dinheiro e se casar com Yasmine. Sobre a primeira vez em que foram para o Kuwait e, depois, para os Estados Unidos, de onde só voltaram para visitas. Sobre a ternura na voz de Yasmine ao telefonar para contar à viúva sobre a neta deles, Nur.

Dali a pouco, o bruxuleio das velas de Gaza foi diminuindo, e uma a uma elas foram se apagando, como se a noite também estivesse fechando os olhos, conforme os festeiros iam para casa. Um silêncio puro se espalhou pelos céus de Gaza, e Nur continuou acordada até o sono diminuir seus pensamentos tumultuados e as repetidas checadas no celular.

CINQUENTA E SETE

Eu ficava por causa da Rhet Shel, sofrendo por não poder mover meu corpo para ela, algo ainda mais doloroso por ela ter passado a se contentar com meu piscar de olhos. Mas, então, chegou a hora. Eu estava às margens do rio Suqreir com o meu jiddo *Atiyeh quando Mariam passou por lá com Mamdouh, segurando uma vela. Eu sabia que tinha chegado a hora de apagar a chama. Respirei fundo e a soprei.*

Alwan foi a primeira a acordar, despertando no que julgava ser uma sexta-feira tranquila, depois da *hafla*. Nur estava dormindo do outro lado da cama, e Rhet Shel se espalhara entre as duas, o corpinho tomando quase todo o espaço do colchão. Ao se levantar, Alwan sorriu e puxou a coberta para cobri-las. Arrastou os pés até a cozinha, pôs uma chaleira de água para ferver e foi cuidar de Khaled. Checou o saco de urina primeiro e, depois, se inclinou para beijar a testa do filho. Assim que seus lábios tocaram a superfície gelada da pele do menino, a mão de Alwan sentiu a rigidez do braço dele. Ela ficou imóvel, mantendo a postura desajeitada de um momento cotidiano. Seu coração disparou, e ela chorou, as lágrimas e a secreção nasal caindo na testa do menino, lubrificando o ponto de contato entre os lábios dela e a pele dele. Os olhos de Alwan começaram a tremer, logo seguidos por todo o corpo. Ela sentiu medo de se endireitar, de mover os lábios e a mão. Murmurou preces, sem saber o que fazer. Caso se endireitasse, teria de enfrentar a morte do filho e o coração partido da filha.

Braços fortes e gentis a envolveram e a levaram até uma cadeira. Era a viúva do apicultor. Assim que Alwan se afastou do filho, deixou escapar um uivo pesaroso. *Haji* Nazmiyeh se sentou na cama de almofadas e bastou olhar para a filha para se dar conta do que acontecera.

— *Allahu akbar... la ellah illa Allah.*

Ela começou a chorar e a orar, apesar de não conseguir se levantar. Não estava sentindo as pernas de novo. A chaleira de água fervia na cozinha, e a viúva do apicultor cuidava das mulheres da casa. Levou água para as duas e foi fazer o café. Queimou sálvia na cozinha para encobrir o choque e a tristeza com a fragrância da cura. *Haji* Nazmiyeh pegou o pedaço de papel em que Rhet Shel escrevera a mensagem de Khaled.

— Eu achei que seria eu. Achei que ele queria que eu fizesse uma *hafla* porque meu tempo tinha acabado — murmurou ela. — *La ellah illa Allah.*

— *Yumma*, do que é que você está falando? — Alwan semicerrou os olhos, a mente anuviada. Nur entrou na hora em que *haji* Nazmiyeh entregava o pedaço de papel à filha.

— Olha aqui. Está vendo? Khaled ditou isso aqui para Rhet Shel no gráfico das letras, e fiz o que ele pediu. Achei que a minha hora tinha chegado e que Mariam queria que eu desse uma festa. — A matriarca continuou a sussurrar: — *Allahu akbar... La ellah illa Allah.*

Alwan desdobrou o pedaço de papel, tentando decifrar a mensagem incoerente. Viu os rabiscos do menino vizinho, que também tentara decifrar as letras aleatórias. Mas não havia sentido. Só uma mensagem incoerente, como em todas as outras tentativas de comunicação com Khaled. Seu filho partira havia muito tempo, e Alwan começou a se consolar ao pensar que ele finalmente estava em paz. *La ellah illa Allah.*

— Está vendo? Está vendo só, minha filha? Khaled me mandou essa mensagem — repetiu *haji* Nazmiyeh em meio às lágrimas.

— Estou, *yumma*. Foi isso mesmo. Você fez a *hafla* de despedida que ele queria. — Alwan meteu o papel no bolso e se ajoelhou para se sentar ao lado da mãe, enquanto Nur chamava os irmãos pelo telefone.

Bem no momento em que Rhet Shel pedia, subindo no colo do irmão.

— Pisca, Khaled.

Nur largou o telefone e correu para pegá-la, e, de repente, o mundo inteiro foi inundado pelo choro da menina. Todos se concentraram em acalmá-la, mas, a cada vez que ela parecia soluçar menos, a visão do irmão fazia com que voltasse a chorar até os irmãos chegarem e levarem o corpo de Khaled. A casa ficou cheia de gente outra vez, primeiro com a família, ainda de aspecto sonolento, e, depois, com os vizinhos e outros que foram dar condolências.

Khaled

"E, mesmo durante o sono, a dor que não esquece goteja no nosso coração e, em meio ao nosso desespero, contra a nossa vontade, sentimos a sabedoria que Deus nos dá com sua graça imponente."

— Aeschylus

Na manhã em que parti, nossos vizinhos acordaram com a cadência melancólica da leitura do Alcorão. As pessoas saíram de pijama, tentando descobrir de onde vinham as lamentações. Logo se espalhou a notícia de que algo tinha acontecido lá em casa. Algumas pessoas viram meus tios e primos, que haviam saído da festa horas antes, voltarem com olheiras profundas. Ya Sater, todos oravam de um jeito ou outro, pedindo o melhor.

— Foi o menino — comentou um vizinho. — Que Alá dê descanso à sua alma.

— Aquela pobre família. É isso o que acontece quando alguém ousa dar uma festa sem motivo aparente? Será que a gente não pode ser feliz sem ser punido depois? — questionou outra.

— Morde essa língua, mulher. Você vai pro inferno por questionar a vontade de Alá assim.

Durante horas, pessoas entraram e saíram. Meus tios lavaram meu corpo, orando, envolveram-no com uma mortalha branca e o abençoaram para o sepultamento. Mama, teta e Nur se vestiram de preto. Nur ficou cuidando de Rhet Shel, que felizmente se distraiu com os primos e foi brincar do lado de fora.

Muitas mulheres que foram dar os pêsames se intrigaram com Nur. Disseram que tinha sido um milagre ela ter encontrado o caminho de volta para a família, depois de passar a vida com os americanos. Algumas olharam para os lados e baixaram a voz para cochichar sobre "ela e o médico".

— El doktor *Jamal?*

— *Que Alá afaste a língua do demônio!* Astaghfirullah! *Não fale desse jeito sobre a honra de uma mulher! E ainda mais quando ela está de luto?* Astaghfirullah.

Porém, essas eram minoria. A maioria tinha ido ajudar. Sobrara muita comida da hafla *para alimentar os visitantes que haviam ido dar os pêsames, e mais alimentos chegaram nos dias seguintes de luto, enquanto os versos do Alcorão reverberavam pelas paredes da nossa casa. Em sinal de respeito, nenhum dos vizinhos colocou música para tocar, e todos abaixaram o volume das televisões. As pessoas iam e vinham com o som cantado das palavras de Alá, entrando cabisbaixas, tomando café amargo. Homens e mulheres se reuniam em recintos separados. Não havia enfeites, maquiagem, unha feita nem cores. Era assim que transcorria o pesar.*

A viúva do velho apicultor ficou para ajudar, principalmente porque minha teta *continuava sem conseguir mover as pernas. Ela se encarregou da cozinha, garantindo o fluxo constante de comida e pratos limpos.*

Uma mulher que ninguém conhecia chegou. Todos prestaram atenção nela, porque estava com os cabelos descobertos e, apesar de vestida modestamente, de preto, tinha o porte de uma mulher rica e de prestígio. As pessoas cochicharam:

— *É a esposa do el doktor Jamal.*

Todos a viram dar os pêsames à minha avó e à minha mãe. Nur finalmente saiu do quarto, e Maisa pareceu atônita por um momento com os olhos diferentes dela. Logo se recompôs, porém, e deu condolências em nome de si e do querido marido. Disse que Jamal estava fora e que era uma pena que o trabalho de Nur no centro estivesse prestes a terminar.

— *Como o tempo voa* — *comentou, acrescentando que o marido apreciara o entusiasmo de Nur.* — *Ele disse que você era divertida* — *acrescentou de forma enfática e foi embora.*

CINQUENTA E OITO

Em Mills Home, a instituição em que Nur passara a adolescência, os residentes tinham de ir à igreja três vezes por semana. Nur era a única muçulmana do campo e, quando a pegaram fumando maconha no porão da igreja com uma amiga, foi igualmente punida pela ofensa de sua religião. Os administradores e responsáveis pelas casas olhavam para ela com repugnância. Dobraram suas tarefas, e ela foi banida, indefinidamente, de tudo, exceto da escola e da igreja. Nur só viu uma saída para aquele aprisionamento. Então, numa quarta-feira, ela percorreu a nave durante o culto para aceitar Jesus em seu coração. Foi batizada no domingo seguinte e todos se regozijaram.

— *Você está salva agora* — *disseram.*

Ela foi perdoada, e o castigo, suspenso, mas, no fundo, Nur temeu por sua alma e rezou para Alá.

O falecimento de Khaled alterou a energia e a rotina da casa. Elas não tinham se dado conta de quão ampla era a presença silenciosa do menino. Do quanto suas vidas orbitavam em torno dele, enchendo e esvaziando os sacos que o alimentavam e coletando seus dejetos, ou da quantidade de tempo que Rhet Shel dedicara ao gráfico do irmão. Nur percebeu que a menina aprendera a ler e a escrever mais do que o normal para a própria idade, na tentativa de decifrar suas sessões com Khaled. A cadeira ainda ficou um bom tempo no mesmo lugar, como um caule sem flor, mas logo a família a vendeu, e o espaço do menino foi se reduzindo aos poucos, conforme Rhet Shel ia fazendo novos amigos e brincando cada vez mais na vizinhança. Nur tirou uma licença do trabalho. *Haji* Nazmiyeh insistiu que o fizesse.

— Já aceitei muitas atitudes suas com relação àquele homem, mas agora já chega — repreendeu-lhe a matriarca pela primeira vez. — Você está parecendo uma adolescente irresponsável. Apesar da sua idade e de toda a educação que recebeu, seus sentimentos são iguais aos de uma criança abandonada se apaixonando pela primeira vez na vida. Ele é adúltero e oportunista, desrespeitou seu amor e maculou sua honra. E, se eu o vir alguma vez mais, por Alá e pelo Profeta, vou cortar o pênis dele. — Ela fez uma pausa, cada vez mais indignada. — Isto aqui não são os Estados Unidos, onde todo mundo trepa com quem quiser e quando quiser, simplesmente porque acha divertido. Aqui é Gaza. Um lugar muçulmano. Eu devia ter tentado evitar de um jeito mais enérgico o que ocorreu entre vocês dois.

Nur se encolheu, abaixou a cabeça e os olhos. No celular dela havia mais mensagens e telefonemas não respondidos do que ela gostaria de contar.

Então *haji* Nazmiyeh se condoeu e abraçou Nur.

— Só confie em mim. Não vou permitir que ele faça você de tola. Por acaso acha que aquela esposa veio aqui dar pêsames? Claro que não. Não faz a menor diferença pra ela estarmos vivas ou mortas. Veio aqui pra mostrar a você que ela venceu. Foi uma declaração de vitória. — A matriarca mudou de posição, como se não soubesse o que fazer com o próprio corpo. — Queria ter dado uma surra nela. Mas, como ia poder numa hora daquelas? Fiquei muito brava, mesmo sabendo que quem agiu errado foi você. Mas a teria surrado sim, porque você é sangue do meu sangue, e não se pode cometer essa maldade na casa de uma família de luto. — Estimulada pelas próprias palavras, ela não conseguia parar de falar. Era bom que sentisse aquela indignação. Balançando de um lado para outro, prosseguiu: — Andei observando você olhar para o celular o tempo todo, dia após dia. Ele não vai ligar nem responder às suas mensagens. Melhor lamber as feridas que quiser em casa, mas, em público, mantenha a cabeça erguida. — *Haji* Nazmiyeh mudou de posição de novo, concentrada nos pensamentos. — Essa é uma das lições que estou ensinando a você. A outra é que aqui, na sua terra, cultura e legado, o que você faz afeta toda a família. E proteger a família é mais importante do que sua fantasia pessoal.

Após as palavras de *haji* Nazmiyeh, as raízes frágeis da essência de Nur se desvelaram e restauraram ao mesmo tempo. Aquela era uma escolha entre a mulher que ela fora e a que pretendia ser? A livre, que vivia de acordo com os próprios caprichos e uma liberdade ilimitada? Ou a que descendia de pessoas oriundas de uma terra antiga que contava com o amor e a lealdade da família e se fortalecia com eles?

Enquanto Nur estava ali, as palavras da matriarca esvaindo-se com o barulho do turbilhão interno dela e a ânsia de ver Jamal, uma mensagem de texto apareceu no celular, fazendo o mundo parar: "Por favor, não envie mensagens. As coisas andam muito mal aqui em casa. Estou tentando continuar com a minha família e fui obrigado a escrever um e-mail, que você vai receber hoje, mais tarde. Saiba que tudo o que está ali é insincero e foi escrito 'da boca para fora'."

CINQUENTA E NOVE

A viúva do velho apicultor tinha sido casada antes de se unir a ele, mas acabara se divorciando porque não podia ter filhos. O apicultor tinha quase 60 anos quando se casaram. Ela, 20, somente cinco anos mais velha que Yasmine, sua nova enteada, de quem cuidou depois do Naqba de 1948. Era uma mulher simples e amável que se destacava pela incrível afinidade com a terra e a culinária. Passava os dias escavando, plantando, colhendo e cozinhando. E, quando dormia, levava a terra junto sob as unhas e entre os dedos dos pés.

Ao longo dos dias de luto, quando a viúva do velho apicultor ficou com a família, notou o estado físico frágil de Alwan e a sondou em busca de informações.

— Filha, posso ser quase cega, mas sinto uma doença atravessando suas costelas. Conta pra mim o que o médico disse. — De seu corpanzil transbordava um apelo maternal.

— É uma doença maligna. Daqui a pouco eles vão extirpar meus peitos — explicou Alwan, sem acreditar nas próprias palavras.

— Tenha fé em Alá, Um Khaled, e deixa eu ajudar você. A gente tem os próprios remédios árabes. Há séculos que nos curamos. Deixa eu ajudar você, filha. Estamos em família e somos velhas amigas.

— Que Alá lhe dê vida longa, *haji*. Já coloquei o meu destino nas mãos de Alá e vou seguir o caminho que Ele traçar para mim. Me diz o que você quer fazer.

A viúva do velho apicultor deu instruções à neta de sua Yasmine, Nur. Desenhou plantas e explicou onde estavam no seu jardim.

— Acho que Abu Shanab, o jardineiro, ainda está lá. Diga que mandei você e lhe mostre esses desenhos. Ele vai ajudar. Leve Rhet Shel junto, *habibti*, e não deixe ninguém ficar sabendo do jardim! — Quando Nur se virou para sair, a viúva do apicultor prosseguiu: — E depois a gente conversa sobre o que está deixando você triste, está bom?

Haji Nazmiyeh escutou a esposa do apicultor e se meteu, comentando:

— Isso mesmo, irmã. Quanto mais gente tentar fazer nossa filha usar a cabeça, melhor.

Nur gostou de ouvir *nossa filha* e conseguiu esboçar um sorriso ao pegar as instruções com os desenhos com uma das mãos e Rhet Shel com a outra.

No trajeto, caminhando pelas vielas estreitas e pelas existências completamente entrelaçadas dos que haviam passado a vida inteira como refugiados, Nur observou os desenhos do que pareciam ser plantas de cannabis. Deu um largo sorriso e apertou o passo. O jardim ficava perto da extremidade ocidental de Gaza, uma área um pouco perigosa, por causa das minas e da proximidade dos postos de Israel, mas a viúva do apicultor vinha passando por ali havia muitos anos. Nur abriu o portão e ficou surpresa ao deparar com fileiras e mais fileiras das mais diversas plantas, todas cuidadas e nutridas. Em meio a variadas ervas, cresciam pés de maconha parecidos com os que ela vira nas cenas de operações antidrogas. Estavam separados, numa parte árida do jardim, todos cobertos por uma resina pegajosa. Nur e Rhet Shel começaram a cortar e coletar o máximo que podiam. Ela lembrou à menina que não devia mencionar para ninguém o jardim secreto, o que lhe aumentou o entusiasmo, e, num conluio animado, ambas encheram as sacolas. Abu Shanab chegou quando estavam acabando. Parecendo aborrecido com a invasão, ele também avisou que não deviam falar do jardim para ninguém.

— Não vou falar nada — prometeu Rhet Shel, olhando para o jardineiro de expressão carrancuda. — Sei guardar bem segredos.

Nur se ajoelhou e perscrutou o rostinho da menina. Ela a beijou e a abraçou por um momento antes de voltarem para casa.

— Mas não guarde segredos da gente — pediu.

Elas regressaram horas depois, quando o chamado do *muezim* para a prece noturna partia de vários minaretes altos.

— Vocês chegaram na hora certa — disse a viúva do apicultor. — Vamos ver o que trouxeram.

Nur e Rhet Shel abriram as sacolas.

— Isto é suficiente, *haji*? — perguntou a menina, orgulhosa.

— Está perfeito, *habibti*. *Enshallah*, vai ajudar a sua mãe. A primeira coisa que a gente precisa fazer é colocar essas plantas para secar. Já limpei o telhado e o cobri com lençóis. Agora vamos pôr todas lá pra que sequem ao sol amanhã. Depois a gente vai começar a fazer o remédio — explicou a viúva do apicultor.

Na tarde seguinte, Nur e Rhet Shel trabalharam junto com ela, que repetiu o processo várias vezes: imergir as folhas secas num solvente obtido de um soldador local, extraindo óleo, lavando e filtrando. A idosa trabalhou com o mesmo encanto que levava às comidas. Nunca media nada, mas sabia dizer pelo cheiro, pela cor e pela textura quando precisava acrescentar outro ingrediente ou iniciar uma nova etapa.

Haji Nazmiyeh conseguiu movimentar as pernas de novo e saiu para se encontrar com as vizinhas. A viúva do apicultor desconfiou que a paralisia fora bem mais passageira do que ela levara a crer.

À noite, elas já estavam prontas para evaporar a água residual da última lavagem e drenar o óleo medicinal. Rhet Shel, cada vez mais entediada, saíra para brincar com os amigos. Alwan também havia saído no início da tarde para a cooperativa. Somente Nur e a viúva do apicultor ficaram em casa.

— Nur, *habibti*, não moro tão perto daqui e, com o meu peso, é difícil ficar pra lá e pra cá. Queria que você fosse me visitar mais — pediu a viúva do apicultor, derramando um balde de solvente em outro, no qual havia um funil coberto com filtro de pano.

— Vou, sim. O meu contrato de trabalho está quase terminando, e eu... — Nur não soube como finalizar o pensamento.

— Ah, sim, com relação ao seu trabalho. Me diz que não há nada entre você e aquele médico — solicitou a idosa grandalhona, as palavras amáveis, porém firmes.

Nur olhou para o celular.

— Não sei — começou a dizer, mas hesitou ao deparar com o olhar atônito da outra. — Quer dizer...

A viúva do apicultor interrompeu o que estava fazendo para examinar o rosto da neta americana de sua Yasmine. Nur mais parecia filha de Mamdouh e Yasmine do que neta.

— Minha filha, você é linda e instruída. Vem de boa família. Toda mulher de Gaza gostaria de ter sua estatura, força ou independência. Você vai encontrar alguém que não seja casado e que mereça seu amor. *El doktor* tem uma família e não vai largá-la. A não ser que você queira ser uma segunda esposa...

— Não — interrompeu Nur.

— Isso mesmo, é o que a esposa dele vai dizer. Não duvido que ele a ame de verdade, mas, mesmo que quisesse se divorciar, os pais dele não permitiriam. Isso também envergonharia os filhos de Nazmiyeh. Não há espaço em Gaza para esse tipo de coisa. Machucaria todo mundo, principalmente você. Precisa dar ouvidos aos mais velhos da sua família, minha filha — insistiu, acariciando o rosto da jovem. — Agora, passe aquele tubo e aquele sugador.

SESSENTA

No ensino médio, Nur se apaixonou por um rapaz chamado Clay Jared, que a amava também. A Sra. Whiter, mãe adotiva dela, proibiu-a de se encontrar com ele. Porém, Nur não podia desafiar as ordens do coração e foi pega telefonando para o jovem. A Sra. Whiter lhe tomou o telefone, deixou Nur mais uma vez presa e disse que ela era uma "vadia que gostava de pretos, que nem Jesus podia salvar".

Nur escutou a viúva do apicultor e fez o que ela pedia para preparar a receita do remédio, que deixou um cheiro horrível na casa. Checou o celular outra vez, na esperança de encontrar uma nova mensagem de Jamal. Desejou que a luz voltasse logo para que pudesse ver se havia um e-mail dele. Sabia que não seria boa coisa, mas ele lhe dissera que fora obrigado a escrevê-lo.

Ela observou o óleo negro subindo pelo tubo, toda vez que a viúva do apicultor apertava o sugador.

— Alwan tem que tomar seis doses deste remédio por dia. Tem gosto de estrume — avisou a viúva, e Nur se lembrou do tempo em que fumava maconha na universidade. Desejou ter separado algumas das plantas para uso pessoal.

A luz elétrica iluminou o ambiente, e Nur se levantou rápido para ver se conseguia uma conexão pelo laptop. Em poucos minutos, começou a ler a esperada mensagem de Jamal.

Querida Nur,

O que a gente fez foi um erro. Um equívoco, e sinto muito por não ter sido mais direto antes. Sou casado com a única mulher que sempre amei e estou tentando reconstruir a minha relação com ela, depois de ter traído seu amor e a família que construímos juntos. Como a data oficial do término de seu emprego temporário foi antecipada por causa da morte de seu familiar, eu agradeceria muito se você passasse no escritório para buscar suas coisas quando eu não estiver lá, entre o meio-dia e as duas, período que passo em casa com minha esposa.
Cordialmente,

Dr. Jamal Musmar

Nur leu e releu a mensagem várias vezes. Foi correndo até uma cafeteria com Internet da região para imprimi-la antes que a luz fosse embora. Precisava se apunhalar com cada uma daquelas palavras pelo maior tempo possível. Tinha de sangrar para que conseguisse parar de telefonar ou escrever para ele.

Dobrou, desdobrou e tornou a dobrar o papel, ao rumar sozinha para o litoral, onde as famílias passavam o tempo relaxando sobre mantas ou em cadeiras de plástico, nadando no mar à luz do luar ou unidas em volta de uma fogueira. Caminhou pelas sombras noturnas, procurando o corpo indistinto de Jamal esperando-a ali, mas sabia que ele não viria. Aos poucos, o corpo dela se dissipou em uma névoa, até não haver mais nada além de um sapato surrado agarrado a uma carta, chorando. Sozinha em meio à cerração noturna, com o coração partido em um litoral que resplandecia ao luar, Nur chorou, o seu eu desmontado em três partes: um sapato surrado, uma carta amassada e um período menstrual atrasado.

SESSENTA E UM

Minha teta não queria admitir, mas precisava da viúva do apicultor e acreditava que tinha sido a infinita sabedoria de Alá que a levara ao seio de sua família.

Os dias passavam em um tédio surreal. O laboratório fétido de solventes, baldes, filtros, funis, coadores, sugadores e chaleiras da viúva esvaziava e enchia, até o frasco de óleo negro ficar pronto para as doses do medicamento asqueroso do dia seguinte, que Alwan tomava obedientemente, confiando nos desígnios de Alá. *Haji* Nazmiyeh também acabou aceitando a viúva do apicultor como a nova soberana da cozinha, regente de todos os pratos, panelas e conchas. E as duas idosas, que tinham enfrentado as mesmas dores da guerra e da perda e faziam parte da mesma família por meio do casamento, tornaram-se melhores amigas. Embora o orgulho de *haji* Nazmiyeh só lhe permitisse ser no mínimo hospitaleira, no fundo ela só se conformou com o golpe na sua cozinha quando viu a vida voltar aos olhos de Alwan.

No início, as duas *hajis* conversaram sobre amenidades, o que deixou *haji* Nazmiyeh entediada em pouco tempo. Porém, depois, lembranças e velhas histórias foram irrompendo dos sedimentos dos ossos de ambas. Fantasmas de Mamdouh e Yasmine e de outros entes queridos surgiram por suas palavras. A viúva do apicultor se recordou da época de Um Mamdouh e Sulayman. As duas riram, a viúva do apicultor lembrando-se das fofocas da cidade no período em que Nazmiyeh ficou paralisada, mas continuou a ter filhos. Às vezes, elas choravam. Ambas lamentaram o dia em que Mamdouh e Yasmine deixaram Gaza.

— Bom, você é sem sombra de dúvidas a melhor cozinheira que já conheci. Ninguém pode negar isso — admitiu *haji* Nazmiyeh. — Mas eu não era a garota mais bonita de Beit Daras?

A velha viúva sorriu.

— Você realmente enlouquecia alguns meninos, Nazmiyeh, e partiu vários corações quando se casou com Atiyeh.

Satisfeita com a confirmação, a matriarca abdicou de bom grado da cozinha em favor da nova rainha, que lhe ensinou com satisfação o preparo das medicações e dos remédios.

— Vou lhe contar outro segredo, Nazmiyeh — disse a velha viúva à aluna atenta. — Faço este remédio com folhas de pés de maconha.

— Que Alá mantenha o demônio afastado! — exclamou *haji* Nazmiyeh, remexendo-se na cadeira, sem saber o que dizer à outra, uma mulher que sempre considerara devota, que jamais enveredaria para a ambiguidade moral da maconha.

A viúva do apicultor riu.

— A jovem Nazmiyeh de Beit Daras ficaria tentada com essa revelação. Me pediria para provar um pouco.

A matriarca a encarou, surpresa e de fato tentada. Franziu o cenho com olhos que, de repente, tinham a metade de sua idade, ergueu os lábios para um sorriso maroto e deu uma gargalhada que até os vizinhos puderam ouvir. Depois que as duas riram até não poder mais, *haji* Nazmiyeh se desarmou e perguntou num sussurro travesso:

— Quer dizer que durante todos esses anos, desde que eu conheço você, tem fumado maconha? Como é que não fiquei sabendo disso?

— Um Mazen, continuo uma mulher devota. Alá criou esta planta para todos os que moram em Seu planeta. Ele não proibiu a gente de usá-la — respondeu a viúva, e a outra concordou.

Apesar de terem quase a mesma idade, a viúva do apicultor passou a nutrir uma espécie de afeição maternal por Nazmiyeh, e uma nova ordem surgiu naquela casa de mulheres, onde uma aliança de matriarcas se formou, se ergueu, conspirou e orou pela restauração da vida no lar. Pela cura de Alwan, pela recuperação de Nur e pelo crescimento de Rhet Shel.

SESSENTA E DOIS

Mamãe era leal à sua fé e julgava os que não o eram. Mas o rastejar da morte nos seus seios fez com que ela mudasse. Fez com que se desapegasse das normas da sociedade e se aproximasse de Nur. As duas compartilhavam o medo da perda e da solidão e uma ânsia de amor, o que fez surgir a irmandade entre elas.

Depois de seis semanas tomando o horrível preparado da viúva do apicultor e de ter a sensação de cura que ele espalhava pelo seu corpo, Alwan saiu de manhã cedo para ir a outra consulta médica. Ela e Nur partiram no táxi-van, cúmplices na solidão. Na clínica, a enfermeira tirou sangue do braço de Alwan, observada pelas duas.

— Buscamos os indicadores de doença maligna para ver se os seus níveis estão altos ou baixos. Mas, infelizmente, Um Khaled, não podemos mais confiar de todo nesses testes, porque os estojos chegam pelos túneis sem refrigeração nem controle. Então, não sabemos se foram danificados por exposição ao sol ou por outros fatores. Vamos fazer o que estiver ao nosso alcance pela senhora, e o resto deixaremos nas mãos de Alá — informou a enfermeira. — Podemos tirar uma radiografia agora. Mas há muitos pacientes na sua frente. Vai demorar umas três horas, e aí o médico vai atendê-la.

— *Alhamdulillah* — Alwan agradeceu a Alá por tudo.

Enquanto aguardavam o médico, com Alwan entrelaçando e desentrelaçando as mãos, mexendo nervosamente nos dedos, Nur apertou a mão dela, deixando de lado a própria solidão e entrando na da outra. As duas ficaram ali, sentadas, com a mesma vontade silenciosa de viver mais, cada vez mais, indiferentemente de quão torturante fosse.

Na área de exame atrás da cortina, o médico apalpou o corpo nu de Alwan, sob um lençol florido, na presença da irmã Nur, pois a paciente insistira que ela entrasse também. As duas mulheres ficaram de mãos dadas.

— Certo. Pode pôr a roupa e depois a gente conversa — disse o médico.

Alwan se vestiu depressa, com a ajuda de Nur, e, quando as duas mulheres saíram de detrás da cortina, viram que ele segurava duas radiografias contra a luz e as comparava. Ambas observaram que a imagem na mão esquerda do médico mostrava dois tumores do tamanho de um amendoim no seio.

— Alwan, não sei afirmar ao certo o que está acontecendo... — conseguiu dizer ele, embora os olhos informassem outra coisa. Diziam a Alwan que a radiografia que ele segurava na mão direita, a sem amendoins, mostrava tumores quase imperceptíveis.

— Estou me sentindo muito melhor — contou Alwan, ainda segurando a mão de Nur.

— Bom, como sabe, só podemos obter imagens por radiografias, e, embora elas não sejam totalmente confiáveis, ao compará-las com as que tiramos meses atrás, vemos que, ao que tudo indica, os tumores diminuíram de tamanho. Às vezes as pessoas entram em remissão, e os tumores param de crescer, mas raramente vejo diminuírem tanto. Ainda estão lá, só que bem menores.

Alwan e Nur se entreolharam e apertaram as mãos.

— Graças a Alá. Somente Ele conhece o desconhecido — disse Alwan, tomando cuidado para não provocar o destino.

Enquanto esperavam pelo táxi, Alwan se ajoelhou em um canto e rezou, agradecida. Dentro do veículo, Nur elogiou com entusiasmo o remédio da viúva. Disse que seria ótimo compartilhar as boas-novas com o resto da família e que o próximo *jomaa ghada* seria maravilhoso, com todos os irmãos, as cunhadas e os filhos.

— Pare de falar assim, Nur. Dá azar ficar falando das bênçãos de Alá. Atrai o olho gordo — afirmou Alwan. — Além disso, estou querendo falar com você sobre outra coisa. — Ela passou a sussurrar, compassiva: — Notei que você não tem usado absorvente higiênico ultimamente e...

Nur ficou de queixo caído. Não esperava aquilo.

— Hein?

— Você sabe que estou do seu lado — prosseguiu Alwan, aproximando-se mais quando Nur começou a soluçar. Desde a noite no litoral com a carta, passara a derramar lágrimas com facilidade.

Fez-se silêncio, até Nur revelar:

— Nunca me senti feliz por ser gorda até perceber. Achei que daria para disfarçar por um tempo.

Ela olhou para a rua, e Alwan viu o deserto árido e solitário nos olhos de Nur, que confessou ter escrito para Jamal a fim de lhe contar o que ocorrera, mas que ele não respondera. Disse que achou, no início, que ele precisava de tempo para pensar, mas já fazia uma semana e nada. Supôs que ele não tivesse recebido o e-mail e o reenviou. E, conforme Nur ia falando, Alwan via a névoa da depressão nos olhos dela.

— Cachorro. Nunca pensei que pudesse ser tão baixo! — Alwan a interrompeu. Em seguida, disse o óbvio: — Você não pode ter um filho fora do casamento aqui. A gente vai ter que achar uma solução e precisa contar para a *nossa* mãe.

Algo no jeito que ela falou *nossa* — nossa mãe — levou Nur a soluçar mais alto.

— Está tudo bem. Pode extravasar, mas chorar demais também não é permitido em Gaza — brincou Alwan, ainda que suas palavras tivessem um fundo de verdade.

Ao entrarem em casa, Alwan achou que havia alguma coisa queimando, mas Nur reconheceu o cheiro. *Haji* Nazmiyeh e a velha viúva estavam com os olhos vermelhos e não pareceram notar a chegada de ambas.

— Mamãe, que cheiro é esse? O que é que está acontecendo? Cadê a Rhet Shel? — perguntou Alwan, o pânico aumentando a cada pergunta.

— *Habibti*! — *Haji* Nazmiyeh ergueu os braços, convidando-a afetuosamente a se aproximar. — Rhet Shel está com os primos. Seremos só nós, esta noite. Senta e conta o que o médico falou. Seja lá o que for, a gente vai enfrentar tudo junto.

Ainda atordoada, porém mais tranquila e curiosa, Alwan deu a boa notícia despreocupadamente. Olhou para a viúva do velho apicultor e sorriu.

— Seu remédio repugnante está funcionando — comentou, e Nazmiyeh começou a gritar e a cantar algo incompreensível, ululando em seguida. A viúva riu, sacudindo as banhas do corpo, e repreendeu *haji* Nazmiyeh.

— Fica quieta, mulher! Os vizinhos vão ouvir. Quer que venham meter o nariz na nossa vida?

— De jeito nenhum — respondeu a matriarca, esforçando-se para se controlar.

— O que é isso que vocês estão fumando? — quis saber Alwan, apontando acusatoriamente para um cigarro enrolado.

Nur pôs a mão no ombro de Alwan.

— *Habibti*. Você ainda não entendeu?

Alwan ainda não tinha compreendido. Aí, percebeu tudo.

Haji Nazmiyeh gargalhou e, dali a pouco, a filha provava o cigarro também. Tossiu muito e engasgou, mas duas tragadas bastaram para fazer sua cabeça girar.

— Alá que me perdoe! Isto é uma loucura — comentou Alwan.

— Do que é que está falando, filha? — perguntou a velha viúva. — Não é questão de perdão. Ele criou esta planta, da mesma forma que criou você. E Ele a colocou na sua vida para lhe curar o corpo.

Nur se recusou a fumar, colocando instintivamente a mão na barriga. Aquele gesto e a forma estranha como Alwan desviou os olhos chamaram a atenção de *haji* Nazmiyeh.

— Vocês duas estão escondendo alguma coisa, e quero saber o que é — pediu, parando de rir.

Nur começou a chorar.

A velha viúva mordeu o lábio.

— Posso ajudar você. Posso fazer um remédio que vai ajudar onde pôs a mão.

SESSENTA E TRÊS

Nur tinha uma natureza indefesa. Transitava pelo mundo com uma vulnerabilidade que atraía tanto protetores quanto predadores. Era a mais instruída de todos nós. A mais privilegiada. A que tinha mais oportunidades, potencial e futuro. Porém, a sua dor era a mais palpável, e ela adquiria força quando se tornava necessário. Então, a gente aprendeu a proteger Nur por precisar dela.

Os dias foram se acumulando na barriga de Nur. As mulheres da casa se preocupavam cada vez mais, e ela fazia o que podia para evitar uma conversa, que não passava da eterna pergunta:

— O que você vai fazer?

Ela ia diariamente à cafeteria com Internet, onde se sentava com sua vergonha discreta, esperando encontrar uma mensagem de Jamal ou falar com Nzinga pelo Skype. Enviava e-mails para ele, que nunca respondia. Tentou implorar e, depois, ofender, na esperança de obter uma resposta, qualquer coisa que mitigasse a desolação cada vez maior no coração. Que idiota fora. Como podia ter imaginado que um homem a amaria, quando a própria mãe dela não a amara? Nur não podia culpá-lo. Não havia nada a amar. Uma destruidora de lar gorda, de pernas grossas que nem mesmo Jesus conseguia salvar. Ela foi ao banheiro, ajoelhou-se na frente da privada e fez menção de meter os dedos na garganta, mas se conteve; em seguida, envolveu a barriga e se levantou.

Passou duas vezes pelo consultório e esperou, mas Jamal não chegou a entrar ou sair do prédio. Não restava muito tempo a Nur. Estava ficando sem dinheiro e sem ideias. Foi até al-Rimal, o bairro em que ele morava, mas também não o viu entrar nem sair de casa. A esposa tampouco.

Caminhou até o mar Mediterrâneo, ao longo da costa, onde tantos conquistadores tinham marchado desde os primórdios da história. Gaza sempre fora um lugar de guerreiros e sobreviventes. Nur juntou o que lhe restara de coragem, voltou a al-Rimal, subiu a escada do prédio de Jamal e bateu à sua porta. Ninguém respondeu. Ela bateu de novo.

A porta do vizinho se abriu, e uma jovem de uns 20 anos saiu carregando livros, obviamente indo para a aula.

— Oi — disse a moça. — Você está procurando a esposa do meu irmão?

— Você é a irmã do Dr. Jamal?

— Ah, não. Eles não moram mais aqui. Minha família alugou o apartamento deles para o meu irmão, que acabou de se casar.

Algo despencou no interior de Nur — talvez seu coração —, mas ela o pegou antes que se espatifasse e partisse no chão de sua vida.

— Para onde é que eles foram?

— Pro Canadá. Deram o maior festão e tudo mais. A papelada de imigração finalmente chegou! São muito sortudos. Irmã, você não parece estar bem. Quer tomar um copo d'água?

— Ah, não, obrigada. Sou uma velha amiga. Passei um tempo fora e não me dei conta de que eles já tinham ido embora. Obrigada. Que Alá a abençoe com sucesso na escola, irmã. *Salaam.*

Um sapato velho e descartado, atônito e grávido sentou-se outra vez à margem da água. Obrigada, Alá, pela água. Nur achou que ia chorar, mas não o fez. A rebentação trouxe uma canção que irrompeu nela, dançante:

> *Ah, venha me encontrar*
> *Eu estarei naquele azul*
> *Entre o céu e a água*
> *Onde o tempo é o presente*
> *E a gente, a eternidade*
> *Fluindo como um rio*
> *Ah, venha me encontrar*
> *Onde sempre é dia*

E sempre é noite
Onde o tempo não existe
Lá naquele azul
Entre o céu e a água
Onde não existem países
Nem soldados
Nem angústia ou júbilo
Só azul entre o céu e a água

Quando escureceu, ela decidiu voltar e parar na cafeteria com Internet. Finalmente o ícone perto do nome de Nzinga no Skype estava com a luz verde. Nur começou a digitar depressa.

"Nzinga, estou tão feliz por você estar online. Estou morrendo de saudades."

"Oi, boo! Também estou. Você continua em Gaza?"

"Continuo. Você pode falar? Posso pegar um fone de ouvido emprestado. Mas sem imagem, porque gasta muita banda. Pode faltar luz a qualquer momento e preciso contar uma coisa."

"Claro, minha filha. Fique calma. Você está bem?"

Nur respirou fundo, e lágrimas escorreram por seu rosto, enquanto se esforçava para conectar o fone de ouvido.

— Nzinga, estava louca para falar com você. Estou com problemas e...

— Tem a ver com os fundos?

Nur tinha aberto um pequeno consultório em Nusseirat para fazer sessões de terapia individual e em grupo com mulheres e crianças, e vinha tentando angariar fundos. Fundos modestos viriam da União Europeia, mas ela não queria aceitar dinheiro dos americanos nem dos europeus, de modo que escrevera para Nzinga com o intuito de obter recursos de nações africanas.

— Não, quer dizer. Sim, mas não... é que... — As palavras lhe faltaram, de súbito.

— Está tudo bem. Fica calma e me conta tudo. Se a conexão cair, dê um jeito de me enviar um e-mail. Eu estava mesmo para lhe escrever, porque vou participar de uma conferência pan-africana no Egito, na semana que vem, e queria ver se a gente podia marcar um encontro. Afinal, vai estar tão perto. Mas me conta, querida: o que é que está acontecendo?

— É o Jamal.

Nzinga soltou uma exclamação que Nur sabia ser oriunda de lábios contraídos em sinal de desaprovação e de sobrancelhas arqueadas que evitavam que ela xingasse o sujeito. A jovem já lhe contara que a relação havia terminado e mentira ao dizer que seguira adiante.

— Ele foi embora de Gaza pra sempre... com a família — prosseguiu Nur.

— Já não era sem tempo! Sei que você deve estar com o coração partido, mas avisei que isso não ia dar certo. Ainda bem que não durou muito e agora você pode se recuperar e retomar a sua vida. Tenho uma informação sobre os fundos e... — Nzinga parou de falar. — Nur?

A região no âmago de Nzinga, na qual ela era uma jovem assistente social que encontrara uma garotinha morena de cabelos cacheados agarrada ao avô moribundo, ficara repleta ao longo dos anos com os ornamentos das lembranças, do aprendizado e do amor entre as duas. As palavras se formaram naquela área, mas Nzinga só percebeu quando irromperam de sua própria boca:

— Você está grávida, Nur?

SESSENTA E QUATRO

Minha irmã falava comigo nos momentos reservados antes de dormir. Então, eu ia visitá-la nos seus sonhos, e ela ficou sabendo que eu sempre estaria com ela, embora, ao acordar, não se lembrasse do que tinha sonhado.

O cabo do pirulito estava pendurado na boca de Rhet Shel. O ruído de sucção ecoava, enquanto ela observava as roupas dobradas serem empilhadas.

— *Khalto* Nur, posso ir com você pro Egito?

Nur parou e sorriu, desculpando-se.

— Não desta vez, *habibti*.

— Por que você está indo pro Egito?

— Vou me encontrar com uma velha amiga que costumava cuidar de mim quando eu era pequena. E também vou ver se consigo angariar fundos para o nosso consultório novo, que nós duas vamos pintar quando eu voltar.

— Posso escolher a cor?

— Pode! Na verdade, acho que a gente deve reservar uma parede inteirinha só pras crianças escreverem.

— Uau! — A menina arregalou os olhos. — Você vai deixar as crianças escreverem na parede?

O olhar espantado ante a ideia divertiu a jovem.

— A-hã! E você pode escolher a cor pra pintar a parede.

— Quando?

— Assim que eu voltar do Egito.

— Quando?

— Daqui a alguns dias.

— E se os egípcios ou israelenses não deixarem você entrar?

— Aí simplesmente vou esperar até a fronteira ser reaberta. — Nur interrompeu o que fazia para dar um beijo no rosto de Rhet Shel. — Mas pode ter certeza de que vou voltar.

— Promete?

Nur hesitou, mas, em seguida, sorriu.

— E também vou trazer presentes pra você.

SESSENTA E CINCO

A viúva do apicultor se mudou para lá de vez. Ninguém lembrava exatamente quando nem como, mas ficou claro que o lugar dela era na nossa casa. Seu corpanzil ajudou a preencher a lacuna que eu havia deixado. Ela sugeriu um remédio para o estado de Nur, mas todos perceberam que a jovem se horrorizara com a ideia. Elas também. No entanto, acharam que Nur ainda era muito americanizada para compreender inteiramente o que significava cometer um pecado. Foi mamãe que surpreendeu todo mundo, comentando:

— O pecado já foi cometido. Ela vai dar à luz, enshallah, alguém do nosso sangue.

A viúva do apicultor falou besteira ao insinuar que talvez as pessoas não se importassem, pois Nur fora criada nos Estados Unidos, onde muita gente fazia aquele tipo de coisa. Mas a minha teta olhou para ela de soslaio e disse:

— Para início de conversa, minha filha tem razão, e eu, não. Abortar alguém do nosso sangue também é pecado. Mesmo que as pessoas não fiquem sabendo, Alá vai saber.

Então, elas começaram a fazer um plano. Nur podia ter o filho no exterior e voltar dizendo que adotara um bebê. Podia ir embora, fingir ter se casado e regressar com uma aliança no dedo. Elas podiam alegar que o marido fora parado na fronteira. Ou, então, podiam dizer apenas que já era casada antes de chegar a Gaza. Uma visita ao marido no Egito seguida por um divórcio explicaria o nascimento da criança. Quem haveria de duvidar? A minha teta, a viúva do apicultor e até a mamãe começaram a fantasiar secretamente sobre ter um bebê em casa.

Alwan viu Nur entrar na sala com uma mala grande. Uma espécie de confissão fez sua postura se curvar de um jeito suplicante. Planejava partir bem cedo na manhã seguinte.

— Acho que já terminei. A mala está quase vazia e, *enshallah*, vou voltar com ela bem cheia. Mas vocês ainda não me disseram o que querem que eu traga do Cairo — disse Nur.

— Não queremos nada. Só vai e volta em segurança pra cá — pediu Alwan.

Haji Nazmiyeh protestou:

— Fale por si só! Um Zhaq faleceu no mês passado, que Alá dê descanso à sua alma, e Abu Zhaq pode estar procurando uma nova esposa. Preciso me preparar. — Ela já estava rindo. — Traga pra mim umas camisolas sensuais. Para o caso de Alá me mandar um marido.

Tanto ela quanto a velha viúva caíram na gargalhada, ainda mais ao verem a expressão escandalizada de Alwan. Quando *haji* Nazmiyeh recobrou o fôlego, disse à filha:

— Eu só estava brincando, *habibti*. Faz tanto tempo que não uso as partes baixas que já devem até ter enferrujado.

Então as duas idosas riram tanto, que a velha viúva urinou na calça.

— Olha só o que você fez, sua pervertida! E ainda se chama de *haji*!

Nur e Alwan acabaram se unindo a elas e foram ajudar a viúva do apicultor a se levantar para que fosse se lavar.

— E se a gente não precisasse fazer xixi, podia até se esquecer dessa parte do corpo! — acrescentou *haji* Nazmiyeh.

A outra idosa correu para o banheiro e, em meio às risadas, gritou:

— Para de danação, mulher! Você me fez fazer xixi de novo!

— Você sabe que é verdade. Nem sou viúva há tanto tempo quanto você e estou com tudo caído há séculos.

Haji Nazmiyeh não parava de falar besteira.

— Ainda bem que ninguém mais está ouvindo a mamãe! — sussurrou Alwan.

A viúva do apicultor voltou e acendeu um incenso em uma pequena cumbuca. As mulheres passaram a noite daquele jeito, naquele mundo feminino de alegria e mirra. Prepararam o jantar, e Rhet Shel chegou, exausta depois de brincar durante horas. Comeram juntas, e toda vez que uma das mulheres dava risada, a menina ria também, mesmo sem saber por quê. A garota contou piadas, muitas sem nexo, mas todas riram para incluí-la na conversa. Depois do jantar, Alwan deu um banho na filha que, mesmo cansada demais para ficar acordada, se recusou a ir dormir, achando que os adultos se divertiriam sem sua presença. Os olhos esgotados da menina fechavam e tremulavam quando havia qualquer mudança no tom da conversa, até ela por fim pegar no sono, aconchegada à mãe. Nur cedo lhes desejara boa-noite e fora se deitar.

Quando o silêncio da noite se espalhou na casa, a viúva do apicultor começou a conversar com Alwan, que recostara na parede, embalando a filha adormecida.

— Quando vão cortar os seus peitos?

Alwan se sobressaltou com a pergunta, mas se recompôs.

— Marquei a data no calendário. Os médicos disseram que podem me operar daqui a duas semanas, *enshallah*, a não ser que Israel nos ataque até lá e os hospitais fiquem lotados de novo.

— Não fique triste. É o melhor a fazer — disse a velha viúva. — Agora que os tumores diminuíram muito, quando tirar os peitos, vai ficar curada!

— Também, pra que eles servem depois que as crianças crescem demais pra amamentar e a gente não tem marido pra sugá-los? — intrometeu-se *haji* Nazmiyeh, mas Alwan não quis mais saber.

— Para com isso, *yumma*!

— Está bom, *habibti* — disse a mãe, cansada, em tom escusatório. — Só não quero que você fique triste. Só estava tentando fazê-la rir.

— Sinto muito, *yumma*. É que estou exausta. Boa noite.

— Certo. Não tem problema. Está bom. Boa noite, *habibti* — retrucou a mãe, tentando se acomodar no tapete. Em seguida, pegou uma pequena almofada e a jogou na velha viúva para que parasse de roncar. — Detesto quando ela dorme antes de mim. Ronca demais!

— *Yumma*, por que não dorme na cama com a gente? Além do mais, o seu ronco também não é lá uma sinfonia — salientou a filha, levando Rhet Shel até o quarto.

— Gosto de ficar aqui. Vá pra cama. Vou ficar bem. Só deixe umas coisas pra eu atirar nela quando precisar — acrescentou *haji* Nazmiyeh, procurando outras almofadas.

Alwan pôs a filha na cama, ao lado de Nur. Então sentiu o doce aroma da noite e saiu de casa. A luz do luar salpicava as ruelas. Alwan teve vontade de caminhar até o oceano, mas o ruído dos seus próprios passos perturbava o silêncio. Portanto, ela se sentou na escada diante da casa e se recostou na porta de metal. Naquela quietude, ouviu o zumbido das criaturinhas que rastejavam, esvoaçavam e chiavam nos recônditos da escuridão tranquila. Deixou que tudo naquele ambiente permeasse seu corpo, agradeceu a Alá o remédio da viúva e pediu que Ele a mantivesse um pouco mais naquela terra.

SESSENTA E SEIS

Nzinga já estava casada, com três filhos, quando Nur terminou o mestrado. Foi à formatura dela (a terceira) com a família inteira, formando um grupo barulhento no meio da plateia. Os filhos da assistente social agitaram cartazes com o nome Nur, assobiaram e bateram palmas assim que a chamaram para receber o diploma. Ela deu um sorriso largo e lançou um beijo para eles do palco.

A viagem para o Cairo foi longa e exaustiva, apesar de mais simples do que Nur imaginara. A fronteira de Rafah estava aberta, e ela a cruzou sem maiores problemas. A passagem pelo posto de Hamas levou apenas alguns minutos, o que era típico, e os egípcios fizeram com que ela esperasse várias horas. Depois disso, Nur seguiu caminho, sacolejando na parte de trás de um táxi-van que ia até o Cairo levando outros passageiros. Ela colocou a mão sobre a barriga e cantarolou uma cantiga de ninar para a vida secreta sob seu umbigo. Não era a primeira mulher em Gaza a vivenciar aquela situação complicada. Indiferentemente de serem poucas ou muitas, todas iam ao Egito, se tivessem meios para tanto, e voltavam com os úteros vazios e os olhos fundos.

Nur checou a hora no telefone, ansiosa por chegar ao hotel em que Nzinga estava hospedada. Ainda faltavam pelo menos duas horas. O silêncio vasto e ancestral do deserto do Sinai a envolveu, com suas dunas ondulantes passando com rapidez pela janela. Ela fechou os olhos e observou os pensamentos se transformarem em sonhos.

Lá, Khaled coletava palavras no chão, pequenas contas espalhadas por todos os lados, e as unia, formando um colar.

— É pra mim? — perguntava ela.
— *Claro.*
— O que eu faço, Khaled?
— *Me ajuda a pegar essas contas.*

Nur olhou para as contas que formavam palavras: "amável", "luz da vida do *jiddo*", "inteligente". Ela se abaixou para pegá-las, mas acabou caindo para a frente. O taxista tinha pisado no freio. Nur bateu a cabeça no assento adiante. Era a única passageira que restara.

— Hotel Golden Tulip! — vociferou o motorista.

Nur aguardou ansiosamente para ver Nzinga, que participaria de uma oficina até as sete horas. Eram seis naquele momento. Saiu e perambulou pelas ruas do bairro de Zamaalek. A noite começava a lançar suas sombras e, dali a pouco, a escuridão percorria as mesmas ruas que ela. Em Gaza, Nur apreciava a densidade das noites escuras. Eram acolhedoras e reconfortantes. Porém, ali, a noite lhe pareceu nervosa, e a escuridão vibrava com ameaças invisíveis, que ela não podia ver, apesar dos poucos postes de luz. Seriam reais ou haveria verdade no dito que a gravidez deixava as mulheres mais alertas e protetoras dos próprios corpos? Ela voltou depressa para as luzes do Golden Tulip.

Nzinga estava no saguão e perguntava por ela na recepção.

— Zingie!

As duas se abraçaram, emocionadas e chorosas. Quaisquer que fossem as emoções que tivessem se acumulado em Nur, elas se dissiparam. Tudo foi levado embora, até que só restasse uma garotinha com um bebê na barriga segurando a mão de Nzinga com força.

Elas conversaram sem parar e, depois, continuaram a fazê-lo durante um jantar tardio. O bate-papo girou em torno de relações, cruzou continentes e, por fim, foi parar no passado.

— Sabe, aquele lar adotivo foi adequado. Nunca enfrentei nem testemunhei as situações terríveis que a gente ouve por aí. Sempre teve comida suficiente, um teto e todo o básico. Ninguém abusou de mim lá. E, ainda assim, de alguma forma era profundamente doloroso — comentou Nur.

Nzinga escutou com atenção, mantendo o olhar maternal.

— Na viagem de carro pelo Sinai, percebi por quê. E, pela mesma razão, você é a única pessoa do mundo que eu precisava ver agora. — A jovem fez uma pausa, remexendo a comida no prato. — Tem a ver com um fio que conecta todos os anos das nossas vidas. Com ter outra pessoa que conheça a gente de verdade. Alguém que nos conheça desde pequena. Essa é a peça que falta pra mim em Gaza. Sei que eles me amam lá. É quase instintivo. Mas me pergunto o quanto me conhecem. Eles não me enxergam como você, Nzinga. Cheia de imperfeições, medrosa e...

— Espere aí. Não é assim que vejo você — protestou ela.

— Bem... não sei. Simplesmente não sei o que fazer. Não posso ter este filho em Gaza e tampouco posso abortá-lo. E nada me resta nos Estados Unidos. As minhas únicas conexões lá envolvem instituições e um punhado de amigos que se tornaram distantes.

— Bom, uma coisa de cada vez. Em primeiro lugar, não vejo defeitos e medo quando olho pra você. Vejo força, determinação, inteligência, audácia, gentileza e amor. Posso continuar, mas aposto que sua família vê a mesma coisa. Em segundo lugar, sei que está assustada e que essa situação parece sem solução. Mas não é. Você sempre viveu a vida como bem entendeu. Isso é o que acontece quando não se tem família. Você pôde tomar as próprias decisões, criar as próprias regras e viver de acordo com elas. Mas, agora, você tem a família que sempre desejou e acha que tem que optar entre ser leal ao seu eu, à pessoa que você desenvolveu sozinha, ou levar a vida seguindo as novas regras sociais de proteger e amar a família que também a protege e a ama. Como estou indo até agora?

— Você faz tudo parecer tão simples, mas a escolha continua impossível.

— Tenho razão em dizer que, primeiro, você quer ficar em Gaza? E, segundo, que você quer manter e criar o filho? — perguntou Nzinga, continuando a analisar o caos interno de Nur.

— Sim.

— A gente já sabe que não pode ter esse filho em Gaza sem ser casada. Mas que tal criar um filho adotado ali?

Alwan havia lhe sugerido essa possibilidade e outras, que Nzinga, pelo visto, também considerou. Analisaram diferentes situações até o mundo parecer menos sombrio.

Como a família de Nzinga participara ativamente da luta contra o apartheid e ela própria se destacara na área da assistência social e da organização comunitária, conseguira arranjar um subsídio para Nur por meio de departamentos governamentais. Foi a novidade que lhe contou naquele momento:

— Sabe, Nur, o Congresso Nacional Africano sempre apoiou a causa palestina. Então, há muitos programas governamentais internacionais disponíveis especificamente para palestinos.

Nur pôs a mão na barriga.

— Na certa esta vai ser a única época da minha vida em que vou me sentir feliz por ser gorda — disse. — Posso voltar e ficar mais um mês lá, até resolver o que vou fazer. Muito obrigada por me ajudar a conseguir fundos para dar continuidade à orientação psicológica. Eu me sinto bem fazendo algo importante. Esse dinheiro vai me permitir passar o tempo necessário fora, e não vou precisar voltar para os Estados Unidos.

— E aquele outro detalhe? Você sabe que não pode continuar a fazer isso. — As palavras de Nzinga caíram como chumbo nela. — Ah, não me olhe com essa cara de espanto. Sabe como eu sempre pedia pra ver as suas unhas pelo Skype?

— Sei — respondeu Nur, ainda mais intrigada.

— Na verdade, nunca olhei para suas unhas, querida. Eu procurava as duas marcas de dentes nos seus dedos.

Nur estendeu a mão e fitou as velhas marcas marrons e calosas que antes viviam esfoladas e vermelhas, ainda que pequenas. Nunca imaginou que alguém prestasse atenção ao lugar em que seus dois dentes da frente pressionavam a mão quando forçava o vômito.

Nzinga segurou a mão da jovem com ternura.

— Foi assim que eu soube que você estava em casa, quando foi pra Gaza. Não tinha mais aquelas marcas vermelhas.

— É verdade, não faço mais isso — admitiu Nur com os olhos marejados.

— Talvez você não veja isso agora, mas acho que aquele homem tem algo a ver com isso. Sentir-se verdadeiramente amada por um homem, ainda que por um breve período, foi algo que você nunca tinha sentido desde que o seu *jiddo* faleceu.

— Talvez. E talvez tenha sido por isso que sempre procurei o *tío* Santiago — acrescentou Nur. E, num momento, enquanto as horas se arrastavam, Nzinga perguntou-lhe sobre a última vez que ela se encontrara com a mãe.

— Não quero falar disso agora.
— Na verdade, Nur, você nunca falou disso. Toda vez que o assunto vinha à tona, você dizia que não queria falar a respeito, exatamente como agora. Você está prestes a se tornar mãe e, talvez, fosse bom você abordar comigo esse assunto, pra que possa ouvir, em alto e bom som, o tipo de mãe que você não quer se tornar. Tenho a noite inteira, mas vamos tomar café primeiro.

SESSENTA E SETE

O tío Santiago de Nur sempre tinha sido uma fonte de amor para ela, embora a presença dele tivesse sido breve e intermitente. Às vezes, ele telefonava para Nzinga para saber de Nur, quando ela ainda estava na escola. Então, sumia por um longo tempo, e Nzinga sabia que devia estar em uma clínica de reabilitação, na prisão ou drogando-se pra valer. Quando as duas mulheres se encontraram no Cairo, Nur mostrou a Nzinga a velha gaita.

— Ele era um homem amável e atormentado — comentou a assistente social.

O garçom serviu duas xicarazinhas de café arábico para elas.

— Os árabes sem sombra de dúvida sabem fazer café — disse Nzinga, flertando com o jovem garçom, que sorriu com delicadeza e informou:

— Foram os árabes que inventaram o café, madame.

— Sério? — perguntou ela, mantendo o rapaz no lugar com os grandes olhos castanhos. — Então me diz uma coisa, meu rapaz. — Ela examinou a pele morena e os cabelos cacheados. — Você se considera árabe ou africano?

— Sou egípcio, madame.

— E o egípcio é africano ou árabe?

— Os dois — respondeu o garçom, acrescentando, ao perceber que ela continuaria a lhe fazer perguntas: — E, como egípcio, tenho orgulho de ser africano e árabe. Eles não são incompatíveis.

— Você está falando isso porque sou negra? — questionou Nzinga, voltando a flertar.

— Você se considera negra ou africana? Não seria o negro uma classificação de pigmento que os escravagistas brancos inventaram para reduzir os habitantes e as inúmeras culturas do nosso continente?

Àquela altura, Nzinga dava um largo sorriso, a falha entre os dentes parecendo um acessório à sua benevolência.

— Uau. Bonito e ainda por cima inteligente! Se eu fosse mais jovem, você teria que tomar cuidado comigo. O que falou é verdade, mas, sabe, agora a palavra *negro* pertence à gente, e nós nos unimos em torno dela e recuperamos o poder. — Ela deu uma risada, erguendo o punho como referência ao movimento negro. — Já foi apresentado à minha amiga Nur?

Naquele momento, os dois jovens enrubesceram e se cumprimentaram com um aceno de cabeça. Então, Nur falou com ele em árabe:

— Obrigada, irmão, pelo excelente café.

— De nada, irmã — retrucou ele, retirando-se em seguida.

Quando ele se afastou o bastante para não ouvir o que diziam, Nzinga cochichou:

— Você devia investir nesse belo irmão, Nur.

— Nzinga, você me faz lembrar muito minha tia Nazmiyeh. Eu nunca tinha percebido isso antes, mas são bem parecidas.

— Ela deve ser maravilhosa — comentou a assistente social. — Você devia aprender a paquerar um pouco. Não há nenhum mal nisso.

— É a última coisa em que quero pensar agora. — Nur suspirou.

— Tudo vai dar certo. A primeira decisão que você precisa tomar é se quer ter esse filho. Sabe o que penso a respeito, mas é sua vida e seu corpo.

— Acho que você sabe o que quero, Zingie.

— Então diz.

A jovem hesitou e falou mais baixo:

— Eu quero.

— Quer o quê?

— Quero ficar com ele — respondeu Nur, mas o semblante de Nzinga exigia mais. — Quero ser mãe. — Lágrimas escorreram dos olhos de Nur. Elas atraíram mais lágrimas silenciosas e mais palavras. — Quero ter alguém que eu possa amar e que retribua o meu amor. Alguém que seja só meu. Não no sentido possessivo, mas espiritual. Quero saber qual é a sensação.

— O amor é o melhor motivo para se ter um filho, minha pequena — disse Nur. — E esse bebê já a transformou. Conheço você a maior parte da sua vida, e hoje foi a primeira vez que a vi chorar, desde que era criança. Isso é bom. Tudo vai se ajeitar, Nur. É daí que você começa. Ainda que seja difícil. Você vai ficar bem, minha linda menina.

Aquilo fez Nur chorar ainda mais, mas também com certa felicidade e alívio.

— Tem alguma coisa mais passando pela sua cabecinha? — perguntou Nzinga, esperando a resposta por um longo tempo.

— E se eu for uma péssima mãe... — Nur finalmente conseguiu dizer, logo engolindo as palavras de volta com um soluço.

A outra mulher segurou a mão dela.

— Você não tem nada que lembre, nem de leve, sua mãe. — Nur ficou calada e Nzinga prosseguiu: — Me conta uma coisa: você ama Rhet Shel? Sabe, você olha pra ela e deseja o melhor que a vida possa lhe oferecer?

— Claro que sim.

— Isso já prova que você não é sua mãe e nunca será. Acho que você já concluiu, com o passar do tempo, que ela é uma típica narcisista.

— Vou contar sobre a última vez que a vi.

Nur desviou os olhos e, então, fitou o café. Tomou um gole e depois baixou gentilmente a xícara. Eram duas horas, plena madrugada. A noite se estendia no Cairo, enquanto Nur revivia uma lembrança traumática.

SESSENTA E OITO

Nós estávamos aprisionados em Gaza. De um milhão e meio de pessoas, só cinco ou seis podiam ir e vir a cada dia pelo Egito. A miséria se espalhara pelas ruas, fermentando sob o sol por vários anos. Porém, observar Nur me ajudou a compreender o tipo de liberdade que a gente tinha. Queríamos consumir o mundo além das nossas fronteiras, tomar o sol de outros litorais, abrir os olhos para uma lua de outro céu, caminhar no chão de outra terra. Queríamos viver, nos movimentar e viajar para trabalhar, produzir e exportar. Nossa prisão não nos dava autorização para ver nem fazer, e nossa válvula de escape era encontrar meios de saborear o resto do mundo. Nur tinha autorização para se movimentar, e a gente, não. No entanto, em vez de absorver tudo que existia, ela ia para todos os lados tentando se esvaziar, porque levava uma prisão dentro de si, e a saída que tanto buscava exigia que se despojasse da sua pele. Até o amor ser plantado em sua barriga e começar a crescer ali.

Fora fácil para Nur descobrir o endereço da mãe. Ela e Sam tinham se mudado para San Diego e tiveram os gêmeos, Eduardo e Tomás, que estavam no ensino fundamental quando Nur resolveu ir visitá-los, na época em que era universitária.

Ela aguardou dentro do carro alugado, do outro lado da rua, em frente à casa da mãe no bairro de Clairemont. Uma névoa de luz começou a iluminar a rua. O vermelho da porta da frente emergiu das sombras, e uma cerca de madeira deteriorada, outrora branca, apareceu em volta da pequena propriedade decrépita. Nur se lembrou de que a mãe sempre quisera morar numa casa com cerca branca e ouviu vozes ressurgirem de um cemitério de lembranças: *Por que a gente não pode usar o fundo fiduciário pra comprar uma casa? Por que pelo menos isso, na minha vida, não é do jeito que eu quero, porra?*

Um velho passeando com o cachorro espiou o carro dela, desconfiado, ao passar pela calçada. O ruído de um gato remexendo no lixo de alguém distraiu Nur. Ao se virar, avistou uma versão trágica de Sam saindo da casa e fechando a porta. Os cabelos antes loiros estavam grisalhos. Usava um jeans surrado e uma camiseta preta que parecia ter sido feita inteiramente de tristeza. De longe, não dava para ver os detalhes de seu rosto, mas não havia como não perceber o peso da melancolia na pele flácida. Sua vida parecia decadente, seguindo em um rastejar como se estivesse ansiosa para abandoná-lo. Ele andava com passos pesados e expressão vazia. Nur o observou até ele sumir rua abaixo, virando a esquina. Surpreendentemente, não sentiu raiva. Nem mesmo depois de tentar. Somente pena.

As portas das outras casas se abriram e fecharam: homens, mulheres e crianças saindo para o trabalho ou para a escola. Pouco tempo depois, os gêmeos saíram. Eduardo e Tomás, com certeza. Eram magrelos, com cabelos castanhos seborosos e desgrenhados, e levavam livros pendurados nas costas. Nur semicerrou os olhos, tentando distinguir os traços de ambos, quando viu uma mulher pequena, de jeans apertado e uma bonita blusa cor de pêssego atrás deles. A mulher se virou na hora para trancar a porta e, aparentemente por força de hábito, os meninos beijaram o rosto dela antes de saírem correndo rua abaixo, desaparecendo na esquina, para onde também se dirigiam outros estudantes. Os dois já tinham sumido de vista quando a mulher se virou depois de ter trancado a porta da frente. De dentro do carro, Nur viu o rosto da mãe, com o cabelo preso. Ela não envelhecera com o passar dos anos, e a jovem se surpreendeu ao ver como estava bonita. Uma onda de ternura encheu o peito de Nur, que sentiu uma fraqueza ante o sentimento de compaixão. Atrapalhou-se com a maçaneta da porta do carro até sair, parando ao lado, vendo a mãe por completo. A mulher esticou o pescoço, tentando ver se conhecia a pessoa que a observava do outro lado da rua, e então parou. Mesmo a distância, Nur conseguiu discernir a personalidade pétrea e os contornos dos pensamentos subitamente gélidos da mãe. O impulso inicial de correr para os imaginários braços abertos daquela mulher se evaporou no ar fresco matinal e foi esmagado pelo sapato velho, que ficava cada vez maior dentro dela. Nur ficou imóvel, seu destino sem mãe prendendo a respiração.

A mulher deu meia-volta, rumo à porta vermelha, em uma inversão dos movimentos de momentos antes. A filha a observou; ainda sem conseguir se mexer, notou a pequenez da cintura dela, e uma lembrança veio à tona.

Você com certeza não herdou essa merda de mim, Nubia, dissera-lhe a mãe, certa vez, beliscando a gordura na barriga da filha. *Olha só como a minha cintura é fina.* A menina encolhera o abdômen para disfarçá-lo ao máximo.

A porta vermelha finalmente se abriu, e a mãe de Nur desapareceu dentro da casa. Nur exalou. Com pernas bambas, entrou rápido no carro e segurou com força a direção, para controlar a tremedeira. Ficou daquele jeito pelo que pareceu uma eternidade e, quando conseguiu juntar forças para se mover, quer para ligar o carro e partir, quer para abrir a porta e sair de novo — ela não sabia o que queria fazer —, alguém bateu à janela. Espantada, ergueu os olhos e deparou com um policial. Ele lhe fez algumas perguntas e sugeriu que seguisse seu caminho.

Ao ligar o carro, Nur observou mais uma vez a casa da mãe e viu uma cortina parcialmente erguida no andar de cima, com o vulto de alguém. Então a cortina se fechou. Nur olhou para o policial e, em seguida, partiu.

— Ser rejeitada pela própria mãe é algo fora do comum — disse Nur. — Empobrece a alma. Deixa vazios por todos os lados, e você passa a vida tentando preenchê-los. Com o que encontra pela frente. Comida. Drogas e bebida. Com todos os homens errados, que você sabe que vão abandoná-la, mas que talvez recriem a dor original que sentiu. Você faz isso para sentir o abandono várias vezes, pois foi tudo o que aprendeu com sua mãe. E é só o que sabe fazer para tentar trazê-la pra mais perto.

— Ah, minha pequena. — Pela primeira vez, Nzinga ficou sem saber o que dizer.

— Está tudo bem, Zingie. Na medida do possível, já me conformei com o que aconteceu. O que importa agora é que quero ser o tipo de mãe que sempre quis ter. Não tenho escolha a não ser ter este filho e amá-lo, independentemente das consequências.

— Desde que era pequena, Nur, você sempre teve autoconsciência. Tem gente que vive e morre sem nunca se conhecer, mas não é esse o seu caso — salientou Nzinga. — Me diga uma coisa: é por isso também que você insiste em voltar para Gaza?

— Talvez sim. Fico pensando na Rhet Shel. Não sei por quanto tempo Alwan ficará entre nós, e tia Nazmiyeh já está velha demais para tomar conta dela. A família é grande. Tios, tias, primos. Mas ela ficaria perdida naquele caos. Todos têm muitos filhos. No início, eu não me lembrava dos nomes, nem sabia dizer quem era filho de quem. Não haveria espaço para Rhet Shel contar com o mesmo amor e atenção. E ela os merece.

Os funcionários do turno seguinte começaram a chegar ao hotel. Eram quase cinco horas quando as duas mulheres se submeteram ao jugo da exaustão. Nur se deitou na cama e ficou olhando para o alto até um sonho começar a dançar no teto branco.

Havia um rio, e o garotinho dos seus sonhos apareceu para a aula de árabe.

— Khaled! — exclamou Nur. — Era você o tempo todo!

— Claro que sim — disse ele.

— Mas cadê a Mariam?

— Ela está esperando minha irmã Nazmiyeh lá no poço — respondeu um homem.

— *Jiddo*!

E, então, Nur acordou ao som do *adan* do meio-dia.

VII

No abandono daquela solidão, víamos como éramos pequenos e como era diminuta e indefesa a nossa terra. E, a partir daquela assombrosa dignidade, ouvimos as palavras sussurradas por uma velha de outrora: *Esta terra vai se erguer de novo.*

SESSENTA E NOVE

Nur sempre estava a caminho. Talvez por causa da instabilidade dos lares adotivos. A ideia de ficar adulta nesse ou naquele lar, de não ter a opção de voltar depois de partir. Como ela não tinha âncoras no mundo, sempre estava a caminho. A caminho de si mesma. A caminho da redenção. A caminho da linguagem. A caminho de algo pesado o bastante para dar-lhe lastro contra o vento.

O retorno a Gaza foi difícil, cheio das banalidades da burocracia e das investigações da opressão. Os egípcios fecharam, abriram e em seguida fecharam de novo a fronteira. Nos documentos de Nur faltava um ponto ou um hífen. As respostas dela eram insuficientes. Mandaram-lhe esperar. Ela conversou com algumas pessoas. Cantarolou para o próprio útero. Enfim, encontrou um caminho pelos túneis com outros viajantes. Jovens, com corpo e espírito cobertos pela fuligem do trabalho subterrâneo, conduziram Nur e um grupo de viajantes por ali, empurrando bagagem em um carrinho nos trilhos de madeira. Ela segurou o corrimão com uma das mãos e a barriga com a outra ao descer os degraus rumo àquele mundo subterrâneo gelado e úmido. Na base do túnel, seus olhos se ajustaram à escuridão. Pequenas lanternas, cada uma separada por alguns metros, estavam penduradas em um arame que se estendia ao longo de todo o túnel, pérolas efervescentes que cintilavam em um vácuo escuro no qual sussurravam ratos, cobras e outras criaturas mordazes e rastejantes. Ela continuou a caminhar, e o fez por vinte minutos. Então, surgiu uma luz, e Nur estava do outro lado, de volta a Gaza.

Nur se dirigiu ao primeiro táxi vazio na fronteira.

— Você pode me levar para Nusseirat? — perguntou.

Conforme se afastavam, viu um grupo de pessoas correr para saudar uma mulher com os filhos que tinham atravessado os túneis com ela. Eles se abraçaram e se beijaram, seguindo o costume entre familiares e as tendências do amor. Nur imaginou Alwan, Rhet Shel, todos os primos e as cunhadas circundando-a. Ela não telefonara para avisar que atravessara a fronteira. *Eles vão ficar surpresos*, pensou, o coração acelerado com a ânsia da chegada.

— Vire aqui — pediu ao motorista. Quando o táxi passou lentamente pela ruela, buzinando para que as crianças saíssem do caminho, um menininho jogou a bola de futebol no carro e gritou ao motorista que parasse de buzinar.

— Pode me deixar aqui. Só vou precisar andar um pouco, e os carros não conseguem avançar muito mais que isso.

Várias crianças acorreram para ajudá-la com a bagagem. Uma delas tentou falar as poucas palavras em inglês que conhecia, e Nur ouviu um rapaz vociferar:

— Seu idiota! Ela não é estrangeira não! É parente de *haji* Nazmiyeh.

Nur o reconheceu e acenou para ele.

— *Salaam*, Wasim.

O rapaz a saudou e correu para ajudá-la a carregar as malas. O sol ainda estava alto no céu, e a vida transcorria com toda sua agitação. Nur apertou o passo.

— *Khalto* Nur! *Khalto*! — gritou uma voz infantil, e Rhet Shel surgiu em meio à multidão de crianças.

Nur a ergueu, e as duas se abraçaram e se beijaram até a menina se soltar e correr para anunciar a novidade. Quando Nur finalmente a alcançou, as mulheres de sua vida tinham saído de casa e já estavam à espera. Até a velha viúva do apicultor, que andava com muita dificuldade, havia aparecido.

Sentindo o calor humano da tia Nazmiyeh, de Alwan, das cunhadas, de alguns irmãos, de Rhet Shel, dos vizinhos e de mais crianças do que podia contar, Nur tocou na barriga. As risadas e as conversas formaram um redemoinho ao seu redor. Chá, café e uma variedade de doces e petiscos não paravam de ser servidos. Era sua primeira volta ao lar. A primeira vez que ela voltava a um lugar que a acolhera. Sempre fora impelida a seguir adiante, a partir e a ter esperança de que a próxima parada seria melhor. Ainda com a mão no centro do seu mundo, Nur observou o recinto ao seu redor com satisfação, e, por um instante interminável, tudo o que ouviu foi o batimento cardíaco da segurança. *Haji* Nazmiyeh olhou para a mão de Nur e, em seguida, para o seu rosto, e a puxou para perto. Inclinou-se e sussurrou-lhe no ouvido:

— Vamos dar um jeito nisso. As pessoas vão fazer reverências quando mencionarem seu nome ou o do seu filho. Vocês são sangue do meu sangue. Mas, por enquanto, tira essa mão da barriga para que as pessoas não fiquem imaginando coisas.

Nur afastou o rosto para fitar a face envelhecida de *haji* Nazmiyeh. Olhos travessos que amavam a vida retribuíam seu olhar.

Nur trouxera presentes do Cairo, mas nada causara mais impacto do que os ovos mágicos de chocolate.

— Isto é um Kinder Ovo — explicou ela, entregando um para Rhet Shel, que mal acreditava na própria sorte.

Teve medo de abri-lo, comê-lo e descobrir o brinquedo que tinha dentro para que não acabasse. Porém, quando descobriu que havia uma caixa inteira deles na mala de Nur, resolveu chamar os primos. Eles abriram o delicado papel alumínio com cuidado e vivenciaram um momento de chocolate tão doce que todos ao redor também o sentiram. O encanto perdurou naquele dia, até os visitantes começarem a ir embora e a noite chegar de mansinho. Rhet Shel adormeceu no colo da mãe, e a velha viúva começou a roncar.

— Vamos fazer outra reunião na praia amanhã, em homenagem à volta de Nur — anunciou *haji* Nazmiyeh, atirando uma almofada na outra para acordá-la. — Mas sem convidar *ela*.

Sem abrir os olhos, a viúva do apicultor disse:

— Escutei o que você falou. Ninguém virá se souber que não fui eu quem cozinhou.

— *Fasharti!* — *Haji* Nazmiyeh riu. — Abu Zhaq vai.

— Minha menina — prosseguiu a velha viúva, agitando o indicador para a matriarca e contendo o riso —, por que você sempre fala do Abu Zhaq? Ou você já provou um pouco daquele material ou pensou em provar.

Alwan e Nur olharam para Rhet Shel, a fim de ver se ela estava dormindo.

Haji Nazmiyeh riu.

— Ouvi dizer que aquele homem não tem nada *pequeno!*
Alwan atirou uma almofada na mãe.
— *Yumma*! Eu vou beijar suas mãos e seus pés e fazer o que quiser se parar de falar essas coisas!
As duas idosas riram em cumplicidade.
— Está bom, minha filha. Mas não precisa se preocupar. A única cobra que eu já vi foi a do seu pai.
— Que Alá ajude essa mulher a encontrar o caminho dos virtuosos.
Alwan ergueu as mãos, entregando os pontos, e foi se deitar com Rhet Shel.
— É o que sempre peço — comentou a viúva do apicultor.
— Você é tão danada quanto ela — queixou-se Alwan, por sobre o ombro.
Nur por fim se levantou para se unir a Alwan e Rhet Shel.
— Amo vocês duas — disse às anciãs.
— E essa criatura aqui, hein? Não quer que a gente fale do Abu Zhaq, mas não para com esse *eu amo vocês* dos americanos.
Os escombros do contentamento do dia se assentaram, e o ronco das duas *hajis* repercutiu pelos ambientes, embalando a casa em sonhos tranquilos.

SETENTA

Quando eu era mais novo, os combatentes do Hamas capturaram um soldado israelense chamado Gilad Shalit. Israel escavou a terra à procura dele, mas não o encontrou. Eles mataram muitos de nós para recuperar seu soldado, mas não conseguiram. Como criança mimada num acesso de raiva, Israel lançou objetos de morte e destruição na gente, da terra, do céu e do mar, os quais nos mutilaram, arruinaram, devastaram e destroçaram. Só que voltaram outra vez de mãos abanando. O Hamas estava fora do alcance da violência deles.

A provocação entre *haji* Nazmiyeh e a velha viúva continuou de manhã, ora com indecências, ora com baboseiras, enquanto as duas enrolavam folhas de uva para fazer *waraq dawali*, lavavam frangos para preparar *msakhan*, punham o arroz de molho e picavam abobrinha para o *koosa*.

Quando Alwan acordou para ir ao trabalho, *haji* Nazmiyeh já havia preparado o café da manhã com chá quente para ela.

— Não fica brava com a sua velha mãe, *habibti*.

— Vai depender de como está o café da manhã. — Alwan sorriu.

— Você é mesmo minha filha! Não foi trocada quando nasceu.

Alwan fez sons apreciativos ao comer os ovos fritos, estrelados como gostava, *zeit* e *za'atar* com pão quente. O chá estava doce e aromatizado com bastante hortelã.

— *Yumma*, isto está perfeito. Não esquece que Rhet Shel tem aula de música às dez. Deixei que ela dormisse um pouco mais com Nur — disse Alwan, saindo para entregar dois *caftans* que tinha bordado. Porém, a viúva do apicultor a impediu.

— Você ainda precisa tomar isso todo dia — afirmou, segurando o frasco com óleo de maconha.

Ela engoliu o líquido.

— Tem um gosto horrível! — exclamou, sacudindo a cabeça para afugentar o gosto residual.

Rhet Shel estava indo para a aula de música, de má vontade, quando a mãe voltou. Então, implorou para ficar em casa e não perder a festa.

— *Habibti*, não é uma festa. A gente só vai fazer um *ghada* na praia. Juro que a gente não vai começar nada antes de você voltar.

— Mas não vou poder ajudar a preparar tudo — protestou a menina.

— Que pena. Agora vai lá! — ordenou a mãe, e Rhet Shel saiu, bufando de raiva.

Minutos depois ela voltou com o rosto assustado, seguida do barulho de buzinas de carros e gritos nas ruas. As mulheres foram até as entradas das casas e os vizinhos também. Como alguns ficaram curiosos, e outros relutantes, uma parte das pessoas correu na direção do campo enquanto a outra caminhava devagar. Carros cheios de jovens passavam buzinando. O povo ocupou as ruas e vielas, e uma torrente de corpos emergiu dançando. Em meio ao caos, a notícia se espalhou: o Hamas tinha vencido. Gilad Shalit, o soldado israelense capturado, seria trocado por mil prisioneiros políticos palestinos.

Haji Nazmiyeh amarrou apressadamente o véu e saiu de casa gritando:

— Mazen!

SETENTA E UM

Já falei antes: estávamos acostumados a sermos os perdedores, de modo que as pequenas conquistas eram inebriantes, e todo mundo parava o que estava fazendo para comemorar junto. O nome do meu khalo Mazen estava na lista, e a minha teta saiu correndo pelas ruas, com o rosto e os braços erguidos aos céus, gritando Allahu akbar. Todo mundo em Gaza fez o mesmo, sentindo a mesma alegria, o mesmo alívio e triunfo, a mesma percepção de que Alá era misericordioso. A percepção de que a dignidade da paciência e a espirituosidade da família eram nossas fontes de força. Rhet Shel não entendeu, mas bastou saber que não haveria aula para que comemorasse muito.

Quando a euforia passou, os detalhes da troca de prisioneiros vieram à tona. Eles seriam liberados aos poucos. A transferência efetiva do prisioneiro israelense ocorreria no Egito, depois que quinhentos palestinos fossem soltos e voltassem para casa. Dali a sete dias, Mazen regressaria para casa.

— Hoje é terça-feira, não é? — perguntou *haji* Nazmiyeh.

— É sim, *yumma* — respondeu Alwan. — Eles disseram que o Mazen vai chegar aqui, *enshallah*, na segunda.

Haji Nazmieyeh contou os dedos.

— São sete dias.

Ela contou de novo para se certificar.

— *Enshallah*, meu irmão vai estar em casa com a gente no próximo *jomaa ghada* da família. — disse Alwan, dando um beijo na testa da mãe.

— Todo mundo está na praia hoje. Mas ainda é bom a gente se reunir lá. Gosto de rezar no litoral. Me sinto mais perto de Alá.

O queixo de *haji* Nazmiyeh começou a tremer, e ela chorou.

— Meu filho — choramingou. — Mazen está voltando pra casa. Não pensei que viveria pra ver esse dia.

Ouviu só, Mariam?

A viúva do apicultor cozinhou sem parar, animada com o último placar: Israel 1, Hamas 1.000. Como soberana da cozinha, ela mandou suas súditas, Nur e Rhet Shel, irem colher verduras e folhas no jardim, pegar isso ou aquilo, descascar e picar, ferver, refogar, salgar e temperar.

— Alá é misericordioso. *La ellah illa Allah.* Ele nos dá presentes quando a gente menos espera — disse ela a *haji* Nazmiyeh, que resolvera ir até a mesquita. Quando a *haji* voltou, a comida já estava pronta e coberta, esperando para ser transportada ao litoral. Rhet Shel mal podia esperar. A notícia matinal permeou o dia, e a euforia adejou como uma névoa. A menina sentia saudades do irmão, Khaled, e queria tê-lo ali consigo quando ela e Nur se sentaram nas tábuas da carroça de Abu Marzooq, puxada por um burro e cheia de bandejas de comida, e partiram sacolejando pela estrada esburacada e pelas areias, com outras crianças correndo ao lado. Ao chegarem à praia, viram que as cunhadas já haviam estendido as mantas e os irmãos já estavam acendendo um braseiro, que queimaria a noite toda.

Depois do *ghada*, outras famílias se aproximaram e se uniram a eles. *Haji* Nazmiyeh e a viúva do velho apicultor se sentaram juntas, acompanhadas de outras matriarcas do campo; o lugar em que se acomodaram se tornou o espaço principal, o foco e o centro de comando da praia. A água do oceano borrifava neles e levava o vento a acariciar seu rosto. As mulheres formaram um círculo, sentadas em cadeiras de plástico. Trajavam *caftans* enfeitados com bordados milenares e véus tão antigos quanto o Islã. Fumavam narguilé, apesar de o Hamas ter proibido que as mulheres fumassem em público. Ninguém conseguiria escapar impune se questionasse aquelas avós e bisavós, e a desobediência era uma insistência em público a favor da dignidade e da autoridade das mães. No comando daquela resistência estava *haji* Nazmiyeh, a eterna líder, que naquele momento se deleitava com a graça da brisa do mar, prevendo a redenção dali a apenas alguns dias. Elas conversaram sobre os mil filhos e filhas da Palestina que retornariam em breve para casa, graças a Alá. Todas as mulheres tinham um parente aprisionado em Israel e todas já haviam imaginado o reencontro e rezado por ele.

— *Enshallah* Mazen e todos os colegas dele, todos os nossos parentes aprisionados, vão estar aqui na próxima vez que a gente se reunir assim — desejou *haji* Nazmiyeh, e todas suplicaram aos céus para fortalecer aquela oração.

Então ela teve uma ideia e cochichou para a velha viúva:

— Talvez Mazen e Nur se casem! Ele vai precisar de uma esposa, e ela precisa de um marido. É a solução perfeita, se eles concordarem, *enshallah*.

— Os americanos não se casam com parentes como a gente, e você acha que Mazen vai concordar em ser o pai do filho de outro homem? — perguntou a viúva do apicultor. — Mas Alá é grande. A vontade Dele vai se realizar.

— Ela não é mais americana, e o meu filho é um rapaz amável e generoso — retrucou *haji* Nazmiyeh, irritada. — Alá é grande. A vontade Dele vai se realizar.

Alguém pegou um tambor *tabla*, e os homens se alinharam para o *dabke* e dançaram. As pessoas cantaram. Rhet Shel e as outras crianças brincaram, brigaram, choraram, riram, dançaram e tagarelaram umas com as outras. Fazia anos que Alwan não se sentia tão feliz. Era uma alegria inexplicável, talvez do tipo que se originava do fato de ela ter sido beijada pela morte várias vezes e, no fim das contas, poupada. Então, ela dançou com as outras mulheres em torno da fogueira. Dificilmente se via uma mulher da geração dela entrelaçar os braços com homens como aconteceu naquele *dabke*, mas a multidão acobertou aquela ofensa contra a retidão.

Nur também dançou, e a comemoração prosseguiu até o sol se cansar e o dia se dissipar. Todos ficaram calados quando rajadas de dourado, ferrugem e vermelho-fogo fizeram o céu resplandecer. Nur viu uma lágrima escorrer pelo rosto de *haji* Nazmiyeh quando o sol começou a se pôr na beirada do oceano, derramando-se pelas águas de Gaza. O astro mergulhou, formando um semicírculo e, em seguida, apenas uma excrescência ao se acomodar sob a água, enquanto as pessoas observavam no silêncio da humildade. Depois disso, ele se foi.

A ninguém em especial, a matriarca sussurrou:

— Certa vez, minha mãe disse que esta terra ia se erguer de novo.

Alguém reavivou a fogueira, e ela se ergueu, como um punho em desafio. A lua chegou cheia, uma visitante bem-vinda que todos cumprimentaram com maravilha no olhar. Era a mesma que contemplava o mundo além de sua gaiola à beira-mar, o que os levou a se sentirem livres.

Em momentos como aquele, tudo parecia possível. As incertezas e a precariedade da idade avançada, a doença em remissão dentro do corpo de uma mãe, pais e irmãos desempregados, um filho voltando depois de uma vida atrás das grades, um bebê no útero de uma mãe solteira e o potencial de uma garotinha — tudo cercado por um oceano e navios de guerra a oeste, por cercas elétricas e franco-atiradores a leste e por um exército descomunal nas extremidades sul e norte — podiam ter redenção.

A noite foi avançando, e, quando eles começaram a guardar as coisas a fim de voltar para casa, uma canção familiar dançou no tutano dos ossos das pessoas ali e logo irrompeu de suas gargantas. *Haji* Nazmiyeh cantou primeiro, e os outros a acompanharam:

> *Ah, venha me encontrar*
> *Eu estarei naquele azul*
> *Entre o céu e a água*
> *Onde o tempo é o presente*
> *E a gente, a eternidade*
> *Fluindo como um rio*

Khaled

"Na harmonia essencial de que tudo que foi sempre será."
— William Wordsworth

Eu estava lá, com as mulheres da minha vida. Estava nas cores. Na cor de amora, no magenta e nos tons de coral do sol exaurido. No azul entre o céu e a água.

Eu estava lá, observando. As conversas e risadas ancoravam a terra no lugar, metiam o litoral por sob a água, penduravam o céu e o decoravam com estrelas, lua e sol. Tudo isso aconteceu em Gaza. Aconteceu na Palestina. E fiquei o máximo que pude.

Epílogo

Assim que terminei este romance e o enviei para publicação, Israel atacou Gaza com requintes de selvageria, no verão de 2014. Durante sete semanas, seus soldados atingiram o pequeno enclave, já isolado e mantido sob cerco. No linguajar frio da estatística, 2.191 palestinos foram mortos, em sua maioria (cerca de 80%) civis, 527 dos quais crianças; 71 israelenses foram mortos, 93% deles soldados combatentes; 11.239 palestinos ficaram feridos, 61.800 lares palestinos foram bombardeados, bem como 220 escolas, 278 mesquitas, 62 hospitais e a última usina de energia elétrica restante de Gaza. Nesse período, combatentes da resistência palestina, escondidos em túneis onde havia não muito além de pão, sal e água, recusaram-se a se entregar e continuaram a lutar contra uma força militar bem superior. Apesar dos terrores e horrores que sofreram, os palestinos de Gaza apoiaram a resistência, porque, nas palavras de um homem: "Preferimos morrer lutando a continuar vivendo ajoelhados, como pessoas indignas que Israel pode usar para testar suas armas."

Gostaria de expressar meu respeito a esses combatentes palestinos. Entraram de livre e espontânea vontade em uma esfera em que a morte era praticamente garantida, para lutar pela liberdade. Sua coragem é lendária.

Agradecimentos

Gostaria de agradecer às seguintes pessoas pelas contribuições para este livro: Mame Lambeth foi a primeira a ler e comentar a versão preliminar e, depois, a seguinte. Antes, Martha Hughes, minha primeira editora, leu o rascunho com o fluxo de consciência inicial, o início do livro. Ela me encorajou e animou nos momentos de insegurança, até a história por fim tomar forma. Sou grata também a Anton Mueller e a Alexandra Pringle por acreditarem nesta obra, e a todos da Bloomsbury que ajudaram a transformar este manuscrito em um livro, incluindo a equipe da Agência Literária Pontas por sua excelente representação. A todos os meus editores internacionais, em especial: Gunn Reinertsen Næss, Synnove Helene Tresselt e Asbjørn Øverås, da Aschehoug; Gunilla Sondell, da Norstedts; Fabio Muzi Falconi, da Feltrinelli; e Britta Claus, da Diana Verlag. À minha amiga Sameeha Elwan, que reservou parte de sua agenda lotada para ler esta história e, sobretudo, avaliar as descrições geográficas e culturais de Gaza, sua terra. Aos meus amigos Amal Abdullah, Hanan Urick, Jacqueline Berry, Rana Baker, e professor Richard Falk, que leram o manuscrito e deram sugestões valiosas. O livro de Ramzy Baroud, *My Father Was a Freedom Fighter: Gaza's Untold Story* [*Meu pai era um revolucionário: a história não contada de Gaza*], serviu de base para a escolha dos lugares (Beit Daras e Gaza) desta narrativa. Serei eternamente grata pela sabedoria, pelo conhecimento e pela amizade dessas pessoas.

Fontes epigráficas

PÁGINA 11: De Conal Urquhart, "Gaza on Brink of Implosion as Aid Cut-off Starts to Bite", *Observer*, 15 de abril de 2006.

PÁGINA 167: Do site Breaking the Silence, *Breaking the Silence: Soldiers' Testimonies from Operation Cast Lead*, Gaza, 2009 (Jerusalém: Shovrim Shtika, 2009): <www.breakingthesilence.org.il>.

PÁGINA 175: Dos Dr. Mads Gilbert e Dr. Erik Fosse, Eyes in Gaza (Charlottesville, VA: Quartet Books Ltd, 2010).

PÁGINA 195: De Mahmoud Darwish, "State of Siege", traduzido para o inglês por Sabry Hafez e Sarah Maguire, em *Modern Poetry in Translation* 3, n. I (2004), Ed. Helen Constantine e David Constantine. De *Halat Hisar* [Estado de Sítio] (Beirute: Riyad El-Rayyes Books, 2009). Usado com a permissão de Syracuse University Press.

PÁGINA 211: De Mahmoud Darwish, "A Traveler", traduzido para o inglês por Sina Antoon, em *Jadaliyya* (agosto de 2011). De *La Uridu Li-Hadhi 'l-Qasidati An Tantahi* [Não quero que este poema termine] (Beirute: Riyad El-Rayyes Books, 2009).

PÁGINA 223: De Nour Samaha, "The Voices of Gaza's Children", *Al Jazeera*, 23 de novembro de 2012.

PÁGINA 229: De Chris Hedges, "A Gaza Diary", *Harper's*, outubro de 2001.

PÁGINA 241: De T. S. Eliot, "East Coker", *Four Quartets* (Nova York: Harcourt, 1943). Usado com a permissão de Faber & Faber.

PÁGINA 261: De Aeschylus, *Agamemnon*, traduzido para o inglês por Edith Hamilton, *Three Greek Plays* (Nova York: W.W. Norton & Co., 1937).

PÁGINA 313: De William Wordsworth, "Ode: Intimations of Immortality from Recollections of Early Childhood", *Poems in Two Volumes* (1807).

Impresso no Brasil pelo
Sistema Digital Instant Duplex da Divisão Gráfica da
DISTRIBUIDORA RECORD DE SERVIÇOS DE IMPRENSA S.A.
Rua Argentina, 171 – Rio de Janeiro, RJ – 20921-380 – Tel.: (21)2585-2000